Sandrone Dazieri

Ein Gorilla zu viel

Kriminalroman

Aus dem Italienischen von
Barbara Neeb

grafit

Der Autor

Sandrone Dazieri, geboren 1964 in Cremona/Italien, war nach seiner Ausbildung an einer Hotelfachschule als Koch in ganz Italien in diversen Hotels beschäftigt. Zudem engagierte er sich als Mitglied verschiedener politischer Vereinigungen gegen die Atomkraft, besetzte Häuser und Schulen und arbeitete als Journalist für einen Piratensender. Inzwischen ist er Lektor für Kriminalromane bei einem großen italienischen Verlagshaus. ›Ein Gorilla zu viel‹ ist sein erster Kriminalroman.

Erster Teil

Tückische Kunden

Prolog

Cremona 1970

Auf dem Weg zur Schule, an der ihr Sohn auf sie wartete, wurde der Frau klar, dass sie sich endlich entscheiden musste. Sie hatte die Wahl, entweder ihrem Mutterinstinkt zu folgen oder das zu tun, was sie bislang stets getan hatte, nämlich sich auf die Meinung von Ärzten und das Urteil von Leuten zu verlassen, die ihr zu verstehen gaben, mehr als sie über Leben und Tod zu wissen.

Eine schwierige Entscheidung. Sie war Krankenschwester und bei ihrer Arbeit im Krankenhaus hatte sie niemals auch nur daran zu denken gewagt, dass Patienten etwas anderes beschieden sein könnte, als ergeben die für sie festgelegten Behandlungen anzunehmen, so schmerzhaft oder unsinnig diese auch wirken mochten. Die ersten Zweifel waren ihr damals gekommen, als ihr Mann krank wurde und kein Arzt an seinem Schicksal etwas zu ändern vermochte, trotz all der Therapien, der Operationen und der nicht enden wollenden Nachbehandlungen, die schließlich in einen Kampf mit dem Tod übergingen, der erst recht kein Ende zu nehmen schien. Als sie dann Witwe war, tat sich vor ihr eine andere Welt auf, fremd und voll ungewisser Zukunftsaussichten. Mehr noch als alle Demütigungen wie aufgehäufte Schulden oder ausgetretene Schuhe beschämte es sie zutiefst, dass sich das gewohnte blinde Vertrauen in die Wissenschaft nicht mehr einstellen wollte, das sie von der Schulbank bis zu den langen Arbeitstagen in den Krankenzimmern begleitet hatte. Die Medizin hatte versagt und alles ließ sie zu dem Schluss kommen, dass sie nun auch bei ihrem Sohn versagen würde und sie am Ende einsam und allein dastehen würde.

Während sie versuchte, Klarheit zu gewinnen, hielt sie einen Moment auf dem Bürgersteig inne und zündete sich eine Zigarette an. Sie musste daran denken, wie sehr ihr Mann es gehasst hatte, wenn sie auf der Straße rauchte: Er fand es unschicklich. Einen Augenblick lang erfüllte sie die Erinnerung daran mit einem stechenden Schmerz, doch unter Aufbietung all ihrer Kräfte konnte sie diese Gedanken aus ihrem Kopf vertreiben.

Sie durfte ihren Sohn nicht weiter in der Obhut der Ärzte lassen, auch wenn diese bereits nach einer Woche der Beobachtung meinten, genügend über ihn zu wissen. Allerdings war in ihrer Diagnose nur relativ oberflächlich von irgendwelchen psychischen Problemen die Rede. Erst auf ihr hartnäckiges Nachfragen hin hatten sie ein wenig verlegen die merkwürdigen Symptome erwähnt, die das Kind beim Schlafen zeigte. Auch sie hatte längst bemerkt, dass ihr Sohn während der Nacht öfter wach wurde und seltsam reagierte: Sie hatte schließlich nicht einfach aus einer Laune heraus beschlossen, ihn untersuchen zu lassen. Manchmal fand sie ihn im Dunkeln in einem Zimmer, wie er Schubladen aufzog oder in den Ecken herumstöberte, ganz so, als ob er sich auf unbekanntem Terrain befände, das er erkunden wollte; am nächsten Morgen erinnerte er sich dann an nichts mehr.

Schlafwandeln. Kinder im Wachstum konnten dazu neigen, davon hatte sie schon gehört und ihr Sohn hatte durch den Tod des Vaters einen schweren Schock erlitten. Der Neurologe allerdings hielt dies alles für Symptome, die man ernst zu nehmen habe und um die man sich Sorgen machen sollte. Auch das Elektroenzephalogramm wies seiner Meinung nach Auffälligkeiten auf. Mehr hatte er allerdings nicht sagen können, er konnte nur eine Form der Epilepsie ausschließen. Etwas ›Anomales‹. Also wieder etwas ›Anomales‹, wie das Magengeschwür ihres Mannes, das sich dann als etwas ganz anderes herausgestellt hatte. Als sie an der Grundschule ankam, vor der schon viele Eltern auf ihre Kinder warteten, hatte die Frau ihre endgültige Entscheidung getroffen. Ihrem Sohn ging es so weit recht gut, und wenn er doch irgendein Problem haben sollte, dann würden sie beide damit umzugehen wissen. Auf ihre eigene Art und Weise.

Der Junge bemerkte sie und lief zu ihr herüber.

1

Das Haus Viale Tibaldi 4 ragte mit seiner grauen und anonymen Fassade vor mir auf, drei Stockwerke, die man zwischen andere, erheblich höhere, aber ebenso farblose

Häuser gequetscht hatte. Durch den Spalt zwischen den Torflügeln aus Holz mit schmiedeeisernen Beschlägen konnte ich jedoch einen kleinen Park erspähen, der im Innenhof verborgen lag. Ein steinerner Brunnen, grünlich bemoost, sprudelte munter vor sich hin und ein paar Schwäne stolzierten über den streichholzkurz gestutzten Rasen. Kletterpflanzen verdeckten einen weiteren Einblick, aber ich hatte nicht den geringsten Zweifel, dass es irgendwo auch einen kleinen See geben musste: Wahrscheinlich war der Herr des Hauses dort gerade beim Windsurfen.

Mechanisch strich ich mit den Händen über meinen guten Anzug und versuchte erfolglos, die Minderwertigkeitsgefühle zu verjagen, die mich plagten. Ich hatte schon zuvor für Leute mit dicker Brieftasche gearbeitet, doch bei dem Mann, der nach der Meinung von Valentina und meinem Partner mein nächster Klient werden sollte, kam ich mir ein wenig vor wie das kleine Mädchen mit den Schwefelhölzern, das um Almosen bettelt. Wenn es nach mir gegangen wäre, dann hätte ich einen Riesenbogen um diesen Eisenhüttenmagnaten gemacht, doch niemand hatte es für nötig befunden, mich nach meiner Meinung zu fragen.

Wenige Stunden zuvor, gleich nach dem Aufwachen, hatte ich in dem Tagesbericht, den mein Partner für mich am Kühlschrank hinterlassen hatte, schlicht und ergreifend die Anweisung vorgefunden, mich in Schale zu werfen und Vale am üblichen Treffpunkt zu erwarten, um über einen neuen Auftrag zu sprechen. Nachdem ich kurz meine äußerst heruntergewirtschaftete Finanzlage überschlagen hatte, entschloss ich mich, der Aufforderung Folge zu leisten und begab mich in die Motta-Bar am Domplatz. So wartete ich dort auf die liebliche Maid und fühlte mich in meiner schlammbraun-grünen Kombination wie eine Schaufensterpuppe. Keines der vorbeieilenden Fotomodelle hatte sich bislang nach mir umgedreht, um mein fantastisches Aussehen zu bewundern. Nur der Kellner hatte mir einen neugierigen Blick zugeworfen, da er daran gewöhnt war, mich in meinem Parka zu sehen oder, als äußerster Ausdruck von Eleganz, in meinem üblichen Trenchcoat, der älter war als ich.

Ich ließ ihn im Ungewissen und beschränkte mich auf ein schlaues Grinsen, als ich mir etwas zu trinken bestellte.

Vale hatte wie gewohnt Verspätung und so blieb mir nichts anderes übrig, als mich an der spärlichen Sonne des Mailänder Septembers zu wärmen und mich dem Studium der menschlichen Vielfalt zu widmen, die auf dem Platz zu sehen war. Touristen, die ihren Spaß mit den Tauben hatten, Jugendliche, die sich auf den Stufen der Kathedrale flegelten und aus Dosen tranken, und der schier endlose Strom kleiner Büroangestellter, die nach Hause eilten und in Erwartung des feierabendlichen Gedränges in der U-Bahn mehr oder weniger finster dreinblickten.

An Mailand kann praktisch keiner der Menschen, die hier leben, etwas Gutes finden. Sie hassen den Rhythmus, der sie zwingt, sich immerfort abzuhetzen, auch dann, wenn sie nur kurz im Supermarkt einkaufen wollen oder am Wochenende durchs Stadtzentrum flanieren, sie haben Magenprobleme, weil sie sich von aufgebackenen Sandwiches oder bunten Salaten zum Mitnehmen ernähren. Sie können es nicht ausstehen, wenn es in den Unterführungen nach Pisse oder dem Erbrochenen von Drogensüchtigen stinkt, wenn die kleinen Gässchen mit Kondomen oder Hundehaufen fast schon flächendeckend zugepflastert sind. Sie träumen vom Grünen und finden doch nur den einen oder anderen sterbenden Baum und in den Parks treffen sie an allen Ecken auf Polizisten, die sie umgehend zurechtweisen, dass es dem wenigen Gras aber gar nicht gut tue, wenn man darauf herumlungere und sich einen schönen Lenz mache.

Die Menschen sind orientierungslos, da es so wenige Möglichkeiten gibt, sich in der Öffentlichkeit zu treffen, nur wenige Plätze mit noch weniger Bänken, sie sind verwirrt ob der wild durcheinander gemischten Architekturstile, der würfel-, ananas- oder zapfenförmigen Häuser, dem Rokoko- oder Gotikimitat. Sie kapieren einfach nicht, dass Mailand keine Stadt ist, sondern ein Lavabrocken, der schon alles mitgemacht hat. Mailand ist unfruchtbar wie die Wüste, und wenn man dort überleben will, muss man entsprechend gerüstet sein. Diese

Metropole ist nichts für Amateure und genau deshalb liebe ich sie.

Vale tauchte bei meiner dritten Flasche Corona auf und ich hatte mein Vergnügen daran, ihre roten Locken mal hier, mal da aufblitzen zu sehen und aufmerksam zu beobachten, wie sie mit ihrem entschlossenen Schritt den Fußgängerstrom teilte.

Sie trug ein graues Kostüm, ihre Arbeitskleidung als Rechtsanwältin. Die Anwaltskanzlei, in der sie die jüngste Teilhaberin war, lag nur ein paar Schritte vom Dom entfernt und aus diesem Grund hatte der Domplatz seit jeher die Ehre, unser üblicher Treffpunkt zu sein. Ich selbst habe kein Büro, ja nicht einmal einen festen Arbeitsplatz, und wenn es ums Geschäftliche geht, muss ich mich halt ihrem Rhythmus und ihren Wegen anpassen.

Als sie den Tisch erreichte, beugte sie sich vor und küsste mich flüchtig auf die Lippen.

»Ciao, Sandrone ...«, mit diesen Worten schnappte sie sich meine halb volle Flasche, noch ehe sie Platz nahm, »und vielen Dank, bestell dir eine neue.« Nachdem sie mit ihren langen, mattweiß lackierten Fingernägeln die Zitronenscheibe herausgeangelt hatte, leerte sie die Flasche in zwei Zügen. Trotz ihrer zierlichen Erscheinung hat Vale außerhalb der Bürozeiten ein Benehmen wie ein Hafenarbeiter und mit ihrer Geduld ist es auch nicht allzu weit her, vor allem mir gegenüber. Nur im Gerichtssaal lässt sie den raffinierten Profi heraushängen, der sie ist: Es ist wohl das heilige Feuer der Justitia, das sie beflügelt.

Einen Moment lang fixierte sie mich, ein scharfer Blick hinter halb geschlossenen Lidern. »Immer diese schmutzigen Brillengläser«, bemerkte sie am Ende ihrer Inspektion, zog mir die Brille von der Nase und putzte sie an meinem Hemdkragen. »Dein Partner achtet wesentlich besser auf sein Äußeres als du.«

»Weil er ein paranoider Pingelheini ist. Ich dagegen bin manisch-depressiv und brauche Streicheleinheiten. Ich lasse mich absichtlich gehen, um die Aufmerksamkeit auf mich zu lenken.«

Ich gab dem Kellner ein Zeichen, der auf dem Absatz kehrtmachte und ins Lokal zurückging, um für unseren

Nachschub zu sorgen. »Also, was gibt's? Einen fetten und einträglichen Auftrag, hoffe ich.«

»Na ja …«, sie warf eine Nuss nach einer Taube, die in der Nähe des Tischchens herumtrippelte, »sagen wir mal so, er ist einfach und schnell erledigt. Auch wenn es nichts ist, was du gern machst.«

»Ach herrje …«

»Ich weiß ja, dass du am liebsten auf der faulen Haut liegst, aber dein Partner und ich sind uns einig, dass du mal wieder etwas tun solltest. Also eigentlich soll ich dir ausrichten, dass er einen Beitrag zur Haushaltskasse sehr zu schätzen wüsste. Er ist es ein wenig leid, dass er als Einziger in eurer Familie Geld nach Hause bringt. Aber vielleicht hast du ja schon etwas ganz Tolles in Aussicht …«

Da dem leider nicht so war, blieb mir nichts anderes übrig, als zu ihren schnippischen Bemerkungen zu schweigen.

»Siehst du. Also, hör zu. Wie du weißt, gibt es bei mir in der Kanzlei ein paar Leute, die sich um Zivilrecht kümmern, und die sind immerhin so gut, dass Paolo Gardoni zu ihren Klienten zählt. Der Name wird dir nichts sagen, mir hat er auch nichts gesagt, aber was ich so mitbekommen habe, macht er in Immobilien, Finanzierungsgesellschaften etc. pp. Dieser Typ veranstaltet jedes Jahr in seiner hübschen Patriziervilla eine Sommerabschiedsparty für Freunde und Verwandte. Leute aus der Schickeria, die Geld wie Heu haben: alles in allem so um die hundert Leute.«

Mir stellten sich die Nackenhaare auf. »Ich will doch sehr hoffen, dass du nicht etwa das meinst, was ich gerade denke.«

Der Kellner hatte zwei neue Flaschen auf den Tisch gestellt und Vale, die sich wieder an ihre guten Manieren erinnerte, schenkte sich diesmal ein Glas ein, ehe sie antwortete: »Ich fürchte doch, mein Lieber. Gardoni braucht jemanden, der sich an diesem Abend diskret um die Sicherheit kümmert, und hat darüber mit meinem Kollegen gesprochen. Der wiederum hat mich angesprochen und ich habe Gardoni angerufen und ihm von einem meiner Bekannten mit nachweislicher Erfahrung erzählt. Ich habe ihm gesagt, dass Diskretion eines seiner Markenzeichen sei, oder so ähnlich, und ich habe ihn überredet, ihn sich einmal anzusehen. Was hältst du davon?«

Schlimmer hätte es gar nicht kommen können.

Im letzten Jahr war bei anderer Gelegenheit ein Fest von reichen Bonzen in eine Art Orgie ausgeartet und ich hatte alle Hände voll zu tun, einen riesigen Fleischberg außer Gefecht zu setzen, der sich auf der Toilette über eine Frau hergemacht hatte. Mit der Diskretion war es anschließend natürlich vorbei, da die Hälfte der Gäste sofort angelaufen kam, angelockt vom Geschrei und dem Getöse von zerbrechendem Porzellan. Als sie sahen, wie ich den Kopf des Fettwanstes gegen das Bidet hieb und gleichzeitig zu vermeiden suchte, von seiner Leibesfülle erdrückt zu werden, hatten sie sofort ihre eigenen Schlussfolgerungen gezogen und sich auf mich gestürzt. Sie prügelten auf mich ein, bissen mich, zerrten an mir herum und drohten, mir die Augen aus dem Schädel zu kratzen.

Am Ende stand ich da mit einer gebrochenen Rippe und dem Vorwurf, etwas gründlich missverstanden zu haben, was zum Teil auch daran lag, dass das eigentliche Opfer nicht ein gutes Wort zu meiner Verteidigung eingelegt hatte. Ich muss wohl nicht weiter erwähnen, dass der Angreifer eine hoch angesehene Persönlichkeit war, deren Leumund wesentlich besser war als meiner.

»Also danach ist mir wirklich nicht«, stammelte ich. »Betrunkene von Schlägereien abhalten und darauf aufpassen, dass sich niemand das Tafelsilber in die Taschen steckt, das geht über meine Kräfte. Und beim letzten Mal hat man mich nicht einmal bezahlt.«

Auch wenn sich Vale wegen des Alkohols, der allmählich auf ihren Blutkreislauf einwirkte, mehr und mehr entspannte, konnte sie mich immer noch so scharf anblitzen, dass ich verstummte. »Das glaube ich gern, bei dem Chaos, das du damals angestellt hast. Aber bevor du weitermotzt, sei erst mal ruhig, denn jetzt kommt das Beste.«

»Wie, da kommt noch was?«

»Aber ja doch. Also, die Gardonis haben keine Angst vor Diebstahl oder Vergewaltigung, sondern sie befürchten, dass jemand vorbeischauen und die erlesene Atmosphäre des Abends ruinieren könnte.« Dann schwieg sie erst einmal und wartete ab, bis der ohrenbetäubende Lärm eines Ghettoblasters vorübergezogen war, mit dem drei Schwarze bei voller Lautstärke Raï-Musik hörten, ohne sich groß um die Polizisten in dem gepanzerten Einsatzwagen zu scheren, die sie ins Visier genommen hatten. »Letztes Jahr hatte die Tochter der Gardonis die hervorragende Idee, zu einem Fest einen Haufen Punks einzuladen, die sie auf ihren nicht gerade standesgemäßen Streifzügen kennen gelernt hatte. Daraufhin ist es fast zu einer Schlägerei mit den Bediensteten gekommen und am Ende musste die Polizei anrücken. Seitdem leben die Gardonis in der Angst, dass so etwas wieder passieren könnte. Verstehst du jetzt, weshalb deine wertvollen Dienste vonnöten sind?«

Ich schaute sie entgeistert an. »Punks?«

»Punks. Beziehungsweise Punkabbestia.«

Die Extrempunker stellen einen der Stämme unter den vielen Stadtindianern, die sich im Schatten der Madonnina, der goldenen Schutzpatronin Mailands, herumtreiben. Jugendliche, die bis auf die eine oder andere ältere Ausnahme allesamt so um die zwanzig sind, auf der Straße oder in den schlimmsten besetzten Häusern leben, sich das Geld für ihre Saufereien zusammenschnorren und stoisch jeglichen Kompromiss mit der Konsumgesellschaft ablehnen. Man kann sie an zwei Dingen erkennen: Zum einen folgen ihnen auf Schritt und Tritt eine Unmenge Hunde, zum anderen befinden sie sich in einem alkoholischen Dauerrausch.

Sie sind bei niemandem gern gesehen, nicht einmal in den selbstverwalteten Sozialzentren, wo man sie nicht ganz zu Unrecht für Schmarotzer hält. Von Zeit zu Zeit stirbt einer von ihnen an einer Krankheit oder durch Selbstmord und niemand nimmt Notiz davon.

Ich wusste nicht, ob ich mich aufregen oder lachen sollte. »Hör mal, es ist ja schön und gut, dass ich Geld verdienen soll, aber den Punkabbestia-Schreck zu spielen, das geht mir nun wirklich gegen den Strich. Abgesehen davon haben Punkabbestia zwar eine gewisse Abneigung gegen Reinlichkeit, sie sind aber ansonsten absolut friedlich.«

»Das weißt du und das weiß ich, aber unser zukünftiger Klient macht sich Sorgen. Weshalb willst du ihm das bisschen Seelenfrieden nicht gönnen, noch dazu, wo er dafür bezahlt?«

»Und was soll ich machen, wenn sie doch aufkreuzen? Vielleicht das Gesundheitsamt rufen?«

»Das wirst du schon ganz allein auf die Reihe kriegen, bei deiner Erfahrung und deiner angeborenen Genialität. Sandrone,« sie sprach nun in einem wesentlich zärtlicheren Ton weiter, »ich weiß selbst, dass diese Art von Arbeit nicht gerade das Höchste der Gefühle ist. Aber dein Bankkonto ist überzogen und außerdem ist dein Kühlschrank kaputt. Dieses eine Mal kannst du doch über deinen Schatten als ehemaliger APO-Aktivist springen.« Selbstzufrieden lächelnd biss sie in eine Zitronenscheibe. »Ich habe eine Million Lire ausgehandelt: Für einen einzigen Abend Arbeit scheint mir das nicht gerade wenig.«

Damit hatte sie meinen ohnehin schwachen Widerstand gebrochen. Ich ließ mich vom Glanz des Mammons blenden und ein paar Minuten später saß ich in dem erstbesten Taxi, das mich kurze Zeit später vor dem Haus der Gardonis ablud.

Jetzt mussten sie mich nur noch anheuern.

Ich klingelte am Eingang neben dem Tor. Bis zuletzt hatte ich überlegt, ob ich den goldenen Ring aus meinem rechten Ohrläppchen entfernen sollte oder nicht, entschied mich aber dann dafür, ihn weiter zu tragen. Zusammen mit der Krawatte würde der Kontrast signalisieren, dass ich eine seriöse, vertrauenswürdige Person war, die die Wirklichkeit auf originelle Weise auslegte. Der perfekte Wachmann für Festivitäten. Und außerdem hätte man bei näherem Hinsehen das Loch im Ohrläppchen ja doch gesehen.

Ein verhärmtes Hausmädchen öffnete mir und führte mich mit schlappendem Schritt durch einen Flur, der so lang wie der große Sankt-Bernhard-Tunnel zu sein schien, bis zu einem riesigen Wohnzimmer, in dem es nach Edelhölzern und dem Leder der Couchgarnituren roch.

Eine Wand war mit einem Quadratkilometer Bibliothek bedeckt, die restlichen verschwanden hinter Bildern, die ich in meiner Unwissenheit nicht erkannte, kostbaren Teppichen und afrikanischen Holzmasken. Der Stil schwankte im Großen und Ganzen zwischen klassischem Geschmack und modischer Moderne, mit einem Hauch Exotik, der ja nie schaden kann. Perserteppiche und Skulpturen von Pomodoro, Metalltischchen und ein hölzerner Schreibtisch, ein ovaler Esstisch aus Teakholz, ein Riesenfernseher und eine Stereoanlage. Bücher in verschiedenen Sprachen ließen ein überdurchschnittliches Bildungsniveau oder eine sorgfältige Hand fürs Arrangement erkennen.

Signor Gardoni erwartete mich im amarantroten Hausmantel, die nackten Füße in einem weißen Langhaarteppich versunken. Ein schlecht erhaltener Fünfziger, grob geschätzt, mit grau melierten Locken und schwarzen Augen, eine hagere Gestalt, etwa ein Meter siebzig groß. Entweder schlief er schlecht oder er arbeitete zu viel, denn unter den Augen hatte er dicke Tränensäcke. Er reichte mir höflich die Hand, die ich mit der gebotenen Aufmerksamkeit schüttelte, und ich reichte ihm meine Visitenkarte mit dem Aufdruck: SANDRO DAZIERI – SICHERHEIT UND PERSONENSCHUTZ. Das las sich besser als Miet-Gorilla und ich hatte dem Schriftsetzer einen gehörigen Batzen Geld hingelegt, damit er mir etwas Ordentliches machte, mit Reliefbuchstaben und allem Drum und Dran. Gardoni allerdings steckte sich die Karte nur zerstreut in die Tasche, während er mich angestrengt und ein wenig nervös musterte. Auf seine Aufforderung hin ließ ich mich auf einer Art weichem Puffkissen nieder, wobei ich versuchte, mich nicht gleich wie Fantozzi zu überschlagen, und sorgfältig darauf achtete, dass man meine ungleichen Socken nicht sehen konnte.

Er bot mir einen Drink an, den ich ablehnte, um einen tugendhaften Eindruck zu machen, und dann entschloss er sich, ein wenig verlegen sofort zur Sache zu kommen.

»Signor Dazieri, Sie wurden mir von der Dottoressa Valentina empfohlen. Sie hat sich sehr positiv über Sie geäußert und mir versichert, dass Sie die geeignete Person seien und über große Erfahrung auf diesem Gebiet verfügten. Sie scheint sehr viel von Ihnen zu halten.«

»Ich habe in der Vergangenheit für sie gearbeitet«, improvisierte ich.

»Ja, das hat sie erwähnt. Ich habe nicht genau verstanden, ob Sie auch im Polizeidienst tätig waren …«

Es gelang mir, die Haltung zu bewahren, mittlerweile war ich daran gewöhnt, für einen Bullen gehalten zu werden.

»Eigentlich nicht«, antwortete ich. »Ich habe bei einigen Privatagenturen Erfahrungen gesammelt« – ich zählte ihm dann ein paar Namen auf, »aber seit einiger Zeit bin ich selbstständig.«

»Und weshalb haben Sie dieses Metier gewählt, wenn das nicht zu indiskret ist?«

Ich gab eine vorgestanzte Antwort: »Während des Studiums habe ich hin und wieder in dieser Branche gejobbt, um meinen Lebensunterhalt zu finanzieren, und danach zog ich es vor, so weiterzumachen, anstatt mich um eine Beamtenanwartschaft zu bewerben.«

»Sie wollten also keine Büroarbeit machen?«

»Ich denke nicht, dass mir das allzu sehr liegen würde. Mit der Security fahre ich wesentlich besser.«

Das alles beeindruckte ihn herzlich wenig.

»Sehen Sie«, hob er nach einem Moment des Nachdenkens wieder an, »in der Vergangenheit habe ich mich an eine der von Ihnen genannten Agenturen gewandt, aber ich war damit nicht sonderlich zufrieden. Die Männer, die man mir schickte, waren ein wenig zu – wie soll ich sagen …«

»Auffällig?«, schlug ich vor.

»Genau, auffällig. Sie sahen aus wie die Kerle, die man in den Nachrichten als richterliche Eskorte sieht, oder wie die, die an den Eingangstüren von Diskotheken stehen. Sicher, sie vermittelten ein gewisses Gefühl von Sicherheit, aber sie wussten sich einfach nicht zu benehmen. Es sind auch einige kleine … Fauxpas passiert.«

Es fiel mir nicht schwer, ihm zu glauben, denn ich hatte sofort ein paar Neandertaler vor Augen, die sich im Metier herumtrieben.

»Sie dagegen,« fuhr er fort, »wirken auf mich wie ein anständiger junger Mann«, ich erschauerte, »doch andererseits … also, wenn ich so frei sein darf, Sie scheinen mir nicht hinreichend – nun, ich möchte Sie nicht beleidigen ...«

»Stattlich?«, kam ich ein weiteres Mal zu Hilfe.

»Ja genau, ich sähe es nicht gern, wenn Sie bei etwaigen Schwierigkeiten der Situation nicht gewachsen wären.« Er betrachtete seine Hände, dann fuhr er mit leiserer Stimme fort: »Vor kurzem hatte ich mit meiner Familie ein hässliches Erlebnis mit ein paar Halbstarken. Also, verstehen Sie, ich kann es mir nicht erlauben, dass meine Gäste einem Risiko ausgesetzt werden.«

Herr im Himmel! »Signor Gardoni, wenn es darum geht, ausgerastete Fans im Zaum zu halten, dann ist sicher ein Schrank von einem Mann vonnöten, wie jene Vertreter der Agenturen, an die Sie sich gewandt haben. Aber wenn es um delikatere Aufgaben geht« – ich betonte das Wort delikat, »dann sind Intelligenz und eine gewisse Geistesgegenwart nützlicher als alle Muskeln. Wenn ich recht verstanden habe, dann brauchen Sie doch jemanden, der während des Festes aufpasst, dass sich keine Unbefugten einschleichen oder dass niemand ausfällig wird, weil er ein Gläschen zu viel erwischt hat, und nicht etwa eine Kampfmaschine.«

Er machte eine Handbewegung. »Ja, das mag stimmen. Aber gesetzt den Fall, es erscheinen Leute, die nichts Gutes im Sinn haben. Das ist es, was mich am meisten beunruhigt.«

»Ich werde versuchen, so etwas schon im Vorfeld zu unterbinden. Und wenn es sich nicht um einen Kommandotrupp Terroristen handelt, dann gelingt mir das normalerweise auch.« Ich lächelte Vertrauen erweckend.

»Diesen Worten darf ich wohl entnehmen, dass Sie bereits ähnliche Erfahrungen gemacht haben.«

Ich zögerte einen Augenblick und dachte darüber nach, wie viel ich zu erzählen bereit war, dann entschloss ich mich zu einem kurzen Abriss.

»Als ich für die Agenturen arbeitete, habe ich mir meine Sporen im Bekloppten-Dienst verdient.« Er blickte mich fragend an. »Sie werden diesen Ausdruck in keinem Prospekt finden, aber so nennen wir das, wenn wir unter uns sind. Also, die Polizei glaubt fast nie, dass anonyme Briefe oder obszöne Anrufe der Auftakt zu einem tätlichen Angriff sind, und stellt daher keinen Begleitschutz ab, wenn es sich nicht gerade um besonders wichtige Persönlichkeiten handelt. Rein statistisch betrachtet, hat sie natürlich Recht, aber die Leute haben dennoch Angst und wenden sich an Privatagenturen. Die Agenturen wiederum schicken dann Leute wie mich, um das eventuelle Zielobjekt zu bewachen und jeden aufzuhalten, der sich mit unlauteren Absichten nähert.«

Ehe er mich jetzt fragen konnte, warum ich denn in genau diesem Moment meine Zeit mit Leuten wie ihm verbrachte, statt draußen Jack the Ripper zu jagen, spielte ich das übliche Spielchen mit ihm.

»Um diese Art Arbeit, die nun einmal sehr delikat ist«, wieder betonte ich das Zauberwort, »ordentlich erledigen zu können, benötigt man mehr als alles andere eine gute Beobachtungsgabe, um auffällige Gesichter zu bemerken, und ein gutes Gedächtnis, um sich auch an sie zu erinnern. Über diese Gaben verfüge ich, und wenn Sie erlauben, möchte ich Ihnen das kurz beweisen. Schließen Sie bitte die Augen.«

Er sah mich verblüfft an. »Wie bitte?«

»Schließen Sie die Augen, ich mache einen kleinen Test mit Ihnen.« Er gehorchte, völlig überrumpelt. »Wie bin ich gekleidet? Und nicht die Augen aufmachen.«

»Ähem, Jacke und Hose.«

»Das wäre wohl ein bisschen zu einfach. Welche Farbe?«

»Es ist ein kastanienbrauner Anzug«, er wurde ein wenig unwirsch, aber ich machte mir deswegen keine Gedanken.

»Falsch. Und das Hemd, das Muster der Krawatte?«

Er dachte einen Moment angestrengt nach, dann gab er auf. Er öffnete die Augen. »Und was soll das beweisen?«

Jetzt schloss ich die Augen. »Sie sind dran, stellen Sie mir eine Frage.«

»Ach so, ich verstehe. Nun gut, meine Kleidung wäre jetzt wohl ebenfalls zu einfach. Mal sehen …«, er dachte etwas nach, »im Eingangsbereich, da hängt ein Bild. Beschreiben Sie es mir.«

»Es ist ein Gemälde mit blauem Hintergrund. Mit Pferden, den Maler kenne ich nicht. Darunter klebt ein gelber Notizzettel, auf dem steht: KLEMPNER ANRUFEN.« Ich öffnete die Augen. »Richtig?«

Er war aufgestanden, um nachzusehen. Dann kehrte er mit dem fraglichen Merkzettel in der Hand zurück und lachte kopfschüttelnd. »Nicht zu glauben. Wie haben Sie das gemacht?«

»Berufsgeheimnis.«

Es schien mir nicht angebracht, ihm zu erzählen, dass mein Partner und ich seit ewigen Zeiten Berichte austauschten, die wir zur Vermeidung von peinlichen Zwischenfällen auswendig lernen mussten. Ebenso wenig wie die Tatsache, dass mein krankes Hirn auf seine ganz eigene Art und Weise funktioniert.

»Also gut …« Er grübelte kurz. »Die Vorstellung war überzeugend, soweit ich das beurteilen kann. Aber wirklich absolut keine Kampfsportkenntnisse?«

Ich seufzte innerlich auf. »Also, ein wenig habe ich schon gemacht. Möchten Sie, dass ich Sie am Arm packe und über meine Schulter abrollen lasse?«

»Nein, um Himmels willen! Ich glaube Ihnen aufs Wort.« Er zögerte wieder, dann fragte er: »Sind Sie bewaffnet?«

»Nein.« Ich hatte nicht einmal einen Waffenschein.

»Nun ja, also für alle Fälle …«, er zog eine Schreibtischschublade auf – Settecento, nach meiner Einschätzung – und holte eine flache Kassette hervor, »hier befindet sich meine.«

Er öffnete die Kassette und entnahm ihr eine zweiläufige Beretta, die er munter auf mich richtete. Ich sprang auf und brachte mich aus der Schusslinie, indem ich vorgab, sein hübsches Spielzeug, so glänzend wie brandneu, zu bewundern.

»Ich habe ein Versteck, in dem ich sie in der Villa deponiere«, fuhr er fort. »Ich werde es Ihnen zeigen, damit Sie im Notfall darauf zurückgreifen können. Ich nehme an, Sie können damit umgehen.«

»Absolut.«

Etwas in meinem Tonfall musste nicht allzu überzeugend gewesen sein, da er wieder diesen zweifelnden Blick bekam, den er beibehielt, bis ich mich verabschiedete.

2

Viel später, als Vale in ihrem Bett schlief und dabei Porky, das Plüschschweinchen, in den Armen hielt, das ich ihr geschenkt hatte, stand ich wieder auf, zog mich im Dunkeln an und ging nach draußen. Sie würde sich darüber nicht weiter ärgern: Durch das Zusammenleben mit jemandem, der niemals schlief, war sie daran gewöhnt, fast immer allein aufzuwachen. Ich dagegen verlasse sie immer ein wenig widerwillig.

Nach meiner Begegnung mit Gardoni hatte ich sie abgeholt und sie war über meinen glänzenden Erfolg so erfreut gewesen, dass sie mich zum Abendessen in die Sushi-Bar *Koma* gleich bei ihr um die Ecke einlud. Es ist eines unserer Stammlokale, ein klitzekleiner Schuppen, in dem fast ausschließlich japanische *Sarariman* verkehren, wo der rohe Fisch wirklich gut ist, und das zu erschwinglichen Preisen. Ich glaube, dass es auch sauber ist, allerdings muss ich gestehen, dass ich niemals die Küche inspiziert habe.

Der einzige Nachteil ist, dass man in Kauf nehmen muss, sich in einem winzigen Raum zusammenzuquetschen, Ellbogen an Ellbogen mit den anderen Gästen. Dafür gibt es auch keinen asiatischen Tinnef oder Touristennepp. Zudem kann ich dort meine Kenntnisse in der Sprache des Landes der aufgehenden Sonne anbringen, mit deren Studium ich begonnen hatte, als ich in einer von Asiaten geführten Diskothek arbeitete und verstehen wollte, was die sich wohl hinter meinem Rücken zu erzählen hatten. Die Mühe hätte ich mir sparen können.

Nachdem sich Vale mein Gejammer einige Sekundenbruchteile lang geduldig angehört hatte, brachte sie das Gespräch geschickt auf unterhaltsamere Themen wie Kino, Liebe und Sciencefiction-Romane, so dass ich ganz vergaß, dass ich soeben für einen Scheißjob engagiert worden war, den letzten in einer ganzen Reihe von Scheißjobs.

Wir stopften uns mit Fisch voll, spülten mit viel Sake nach, und rundeten dann den Abend mit einer netten, von Alkohol und Rettichsauce beflügelten Kuschelei bei ihr zu Hause ab.

Mittlerweile war es drei Uhr nachts und ich lief zum Taxistand am Piazzale Loreto, der mit seinem seit ewigen Zeiten ausgetrockneten Brunnen und den Laternen rund um den Kreisverkehr taghell erstrahlte. In den Straßen war wenig los: die letzten Junkies, ein paar Lustgeier in ihren Autos, die auf der Suche nach Nutten langsam herumkreisten, und ein Streifenwagen der Polizei mit Blaulicht. Ich gähnte und beschleunigte meinen Schritt.

Durch den Jetlag des verschobenen Schichtdienstes der letzten Zeit war ich nachts überwiegend unterwegs, fast immer allein, oder ich blieb zu Hause und surfte im Internet, während mein Partner sich einen Großteil des Tages unter den Nagel gerissen hatte. Normalerweise lief es genau andersherum: Ich streifte auf der Suche nach Arbeit im Glanz des Tageslichts umher, während er sich gerne in den übelsten Lokalitäten die Nacht um die Ohren schlug und sein unglaubliches Netzwerk an Kontakten pflegte. Eigentlich war es ja unser Netzwerk, aber ich vermied es tunlichst, seine Bekannten kennen zu lernen, so weit mir das möglich war.

Seit einem Monat jedoch hatten wir unsere Gewohnheiten geändert. Mein Partner verdiente ein paar Lire als Ausbilder in einem paramilitärischen Camp, in dem einige Selbstverteidigungsfreaks von einem Kerl abgekocht wurden, der sich seiner Vergangenheit als Guerillakämpfer in Afrika brüstete. Samstag- und Sonntagmorgen erzählte mein Partner, der sich als professioneller Killer ausgab, einem Grüppchen neonazistischer Idioten einfach das, was er am Vortag in ›Soldier of Fortune‹, der amerikanischen Zeitschrift für angehende Söldner, oder in einem von diesen billigen Heftchen gelesen hatte, die man am Bahnhofskiosk kaufen kann, so was in der Art von: ›Lernen Sie in nur zehn Lektionen, wie man seinen Feind durch Blicke töten kann.‹ Die hatte ich nämlich trotz seiner Versuche, sie vor mir zu verbergen, entdeckt und mich für ihn geschämt.

Als ich am Piazzale Loreto ankam, war dieser noch verlassener als sonst, da das übliche Gewusel von Bankangestellten fehlte. Die einzigen Orte mit Anzeichen menschlichen Lebens waren die Spanferkelbude und der Zockertreff der Albaner, die meines Wissens nicht weit von hier, im Dunkel des Piazzale Durante, fantastische Würfelrunden organisierten. Da mir im Augenblick nicht danach war, mein Glück zu versuchen, steuerte ich also Erstere an, um ein bisschen Zeit zu verplempern. Ich kaufte eine Dose lauwarmes Bier, versuchte, beim Atmen nicht den schwarzen Qualm in die Lunge zu bekommen, der vom Drehgrill aufstieg, wechselte ein paar Worte mit einem vom Leben enttäuschten Transvestiten und stieg dann in ein Taxi, um mich nach Hause bringen zu lassen.

Ich wohne in Ticinese, einem Viertel, das zu Unrecht als der letzte erhaltene Überrest der historischen Altstadt Mailands gilt. In Wirklichkeit ist es so falsch wie die Pappmachékulisse eines zweitklassigen Kinofilms, mit all seinen ›urigen Gasthäusern‹ und ›traditionellen Tavernen‹, die man in den Achtzigern renoviert oder hochgezogen hatte, aber ich fühle mich ganz wohl dort. Mittlerweile stören mich auch die Autos nicht mehr, die den Bürgersteig zuparken, oder die Jugendlichen, die auf der Suche nach Abenteuern die Gegend unsicher machen, und ich kann fast rund um die Uhr irgendwo etwas zu trinken finden, wenn mir danach ist. Ein paar Meter neben meiner Haustür machte die Kneipe *La Madonnina* gerade zu.

Ich grüßte den Wirt, Oreste, einen groß gewachsenen Mann in den Vierzigern, der daraufhin die Rollläden auf dem Weg nach unten stoppte.

»Sandrone, endlich sehe ich dich mal! Komm auf einen Sprung herein, ich will dir einen ausgeben.«

Ich zögerte. »Aber nur einen, ich möchte eigentlich bald nach Hause.«

In dem halbdunklen Lokal roch es nach abgestandenem Rauch und Putzmitteln. Ich setzte mich auf einen Hocker an die Bar, während Oreste zwei Gläser mit Bourbon füllte.

»Du lässt dich ja schon seit einer ganzen Weile nicht mehr blicken. Ich wollte dich nämlich um einen Gefallen bitten«, sagte er, als er neben mir Platz nahm.

Ich zog eine Grimasse. »So viel Freigiebigkeit deinerseits kam mir ja gleich etwas spanisch vor. Solange ich dich kenne, hast du mir höchstens die Oliven für meinen Martini spendiert.«

»Undank ist der Welt Lohn. Ich bin einer der wenigen, die dir noch Kredit gewähren. Wie auch immer, der Gefallen ist nicht für mich, sondern für meine Freundin. Sie …«

»Ach, du hast eine Freundin?«

»Was ist denn daran so Besonderes? Wenn sogar du eine Freundin hast, so hässlich wie du bist.«

Ich winkte ab. »Schon gut. Mach lieber weiter im Text.«

»Also, sie will zum Konzert von *The Prodigy*. Und weil du doch mit Musikerkreisen zu tun hast, wollte ich dich fragen, ob du uns nicht zwei Karten besorgen kannst.«

Ich schüttelte den Kopf. »Tut mir Leid.«

»Wieso nicht?«

»Ich hab damit nichts mehr zu tun.«

Er strich sich fragend über den von grauen Haaren durchzogenen Schnurrbart. »Wie jetzt, warst du nicht mal Bodyguard von Rocksängern und so? Du hast die doch auch manchmal mit hierher gebracht …«

»Schnee von gestern. Die gucken mich nicht mal mehr mit dem Arsch an.«

»Ach, Kacke!« Die Enttäuschung stand ihm deutlich ins Gesicht geschrieben. »Schaffst du es wirklich nie, mal bei einer Arbeit zu bleiben?«

Ich zuckte mit den Schultern. »Es gibt solche und solche Jobs. Und das war auf jeden Fall nichts.« Ich schenkte mir kurz nach, ehe Oreste es bereuen würde, mich eingeladen zu haben. »Im Gegensatz zu dem, was du dir so vorstellst, hatte ich bloß das Kindermädchen für ein paar Großkotze zu spielen, die nichts Besseres zu tun hatten, als sich auf dem Klo Kokain reinzuziehen oder Mädels abzuschleppen. Man hat mich dafür bezahlt, um sicherzugehen, dass sie vor der Vorstellung nicht allzu groggy waren oder etwa mit dem Vorschuss abhauen würden. Wirklich ein Mordsjob.«

Er schüttelte ungläubig den Kopf. »Das klingt mir aber nicht nach viel Arbeit. Schau mich doch an, ich stehe jeden Tag zwölf Stunden hinter der Theke und das auch nur, wenn ich Glück habe.«

»Du musst wenigstens keine menschlichen Wracks aus ihrem eigenen Erbrochenen ziehen und sie auf die Bühnen schubsen, obwohl sie sich kaum auf den Beinen halten können. Und wenn du es schon so genau wissen willst, am Ende habe ich mich mit einer Band angelegt und man hat mich gefeuert.«

Eigentlich war es mein Partner gewesen. Es ging um eine Hardrock-Band, vier nicht mehr ganz so jugendliche Amerikaner, die nur dann ihren Spaß hatten, wenn sie Flaschen zerdeppern oder ihre Kronjuwelen aus der Hose baumeln lassen konnten, und das nach Möglichkeit in aller Öffentlichkeit. Ich bin ja schon an einiges gewöhnt und normalerweise begnüge ich mich damit, woandershin zu schauen und mich gegebenenfalls zu ducken, um durch die Luft segelnden Gegenständen auszuweichen. Zwei Abende lang hatte ich auch keine Probleme mit diesem Häufchen Idioten. Am dritten Abend allerdings hatte ich, bedingt durch ein zu ausgiebiges Nickerchen, aus Versehen meinen Partner zur Arbeit gehen lassen. Beim ersten Unfug öffnete er die Autotür und schmiss den Sänger auf die Straße.

»Und deshalb bist du jetzt wieder auf Jobsuche?«

»Aber woher denn, ich arbeite gerade. Ich darf dir aber nichts darüber erzählen, berufliche Schweigepflicht ...«

»Dass ich nicht lache.«

Ich blickte ihn streng an. »... allerdings kann ich dir ganz im Vertrauen verraten, dass es sich um eine hochrangige Persönlichkeit aus der Wirtschaft handelt, die meinen Schutz benötigt.«

»Der übliche Beschiss?«

»Ich fürchte ja.«

Oreste beeilte sich, die Flasche wegzustellen, ehe ich mich ein weiteres Mal bedienen konnte, dann begleitete er mich zum Ausgang. »Wenn das wieder schief geht, dann denk dran: Mein Bruder ...«

»... verkauft Diebstahlsicherungen und könnte mir einen Job anbieten«, beendete ich den Satz. »Das hast du schon einmal erwähnt. Trotzdem vielen Dank.«

»Das ist immer noch besser als nichts.«

»Ich werde darüber nachdenken«, log ich.

Zu Hause erwartete mich nichts und niemand, abgesehen von dem einen oder anderen schmutzigen Teller in der Spüle. Ich machte den Fernseher an und zappte ein bisschen zwischen den Telefonsexangeboten umher, ehe ich bemerkte, dass das Lämpchen an der Pausentaste des Videorekorders leuchtete. Ich seufzte.

Während ich schlief, musste mein Partner etwas aufgezeichnet haben, und es war bestimmt eine Videobotschaft für mich: Das ist eine seiner Macken. Er hasst das Schreiben, und wenn er mir etwas Umfangreicheres mitzuteilen hat, nimmt er sich am liebsten selbst mit der Kamera über dem Fernseher auf. Eine kleine Privatvorstellung, die mich immer noch leicht aus der Fassung bringen kann, auch nach all den Jahren, in denen ich eine Beziehung zu der einzigen Person habe, die ich niemals in meinem Leben persönlich treffen kann.

Ich überwand mich also und drückte die Taste der Fernbedienung: Auf dem Bildschirm erschien mein Gesicht.

»Hallo Partner«, sagte es. »Hast du gut geschlafen?«

Ich erinnerte mich nicht daran, etwas auf Video aufgezeichnet zu haben, weil ich mich an die Hälfte dessen, was ich in meinen wachen Stunden mache, niemals erinnern kann. Ich greife auf tausend Tricks zurück, um nicht aufzufliegen, ich lüge der ganzen Welt das Blaue vom Himmel herunter und fast glaube ich schon selbst daran. Und doch ließ das, was ich in diesem Moment sah, mein ausgeklügeltes Lügengebilde wie ein Kartenhaus zusammenstürzen.

Ich bin verrückt, einfach komplett verrückt, daran gibt es nichts zu rütteln.

Mein Partner bin ich selbst.

3

Als ich zum letzten Mal in einer Stadt in ausreichender Entfernung von meinem Wohnsitz, damit ich mich einigermaßen anonym fühlen konnte, einen Arzt konsultiert habe, hatte er lustlos dasselbe Programm abgespult wie all die anderen Spezialisten – Psychologen, Psychiater und Psychoanalytiker –, die ich bereits zuvor aufgesucht hatte. Mehr oder weniger läuft es immer gleich ab. Nach anfänglicher Ungläubigkeit, in die ein wenig der Verdacht hineinspielt, gerade kräftig auf den Arm genommen zu werden, gelangt die jeweilige medizinische Kapazität schnell zu der Auffassung, mein Problem liege nicht darin, dass ich eine doppelte Persönlichkeit besäße, sondern dass ich davon nur ›überzeugt‹ sei. Ich bin nicht deshalb verrückt, weil ich verrückt bin, sondern weil ich eben die ›fixe Idee‹ habe, verrückt zu sein. So weit das, was ich als Phase eins bezeichne. Phase zwei folgt sogleich, wenn ich diverse Male auf der Couch eingeschlafen bin und mein Partner und ich uns ebenso oft abgelöst haben. Sicher, ich könnte auch ein exzellenter Schauspieler sein, doch die Körperhaltung bei meinem Partner und mir ist komplett verschieden: Ein Spezialist bekommt solche Dinge normalerweise mit, vor allem dann, wenn er die Veränderungen direkt miterlebt. Ich habe meinen Partner ja noch nie von Angesicht zu Angesicht gesehen, klar, aber ich weiß absolut sicher, dass er läuft, als habe er einen Besenstiel verschluckt. Sagen wir so, er ist ein wenig steifer.

In Phase zwei beginnt der Arzt, mich mit Fragen zu malträtieren, offensichtlich überrascht davon, dass jemand wie ich nicht weiter auffällig ist, sondern wie eine ganz normale Person aussieht und sogar über eine rege Intelligenz verfügt, wie ich in aller Bescheidenheit behaupte. Nach dem Verhör wird ihm klar, dass er einen Fall vor sich hat, der ihm einen Platz in der Fachliteratur einbringen könnte. Das ist dann Phase drei, in der sich der Stümper schon in die Geschichte eingehen und seinen Namen in goldenen Lettern leuchten sieht: ›Dies ist Doktor Soundso, dem wir die Definition des Soundso-Syndroms verdanken.‹

An dieser Stelle fragt er mit Unschuldsmiene, ob es mir etwas ausmachen würde, wenn er mich filmte oder die Gespräche aufzeichnete, also nur, um mich besser studieren zu können. Ich sage dann immer nein, mache einen Termin für den nächsten Tag und gehe einfach nicht mehr hin. Das ist dann Phase vier.

Wie all die anderen machte auch Doktor Nummer zehn keine Ausnahme, allerdings durchlief er die verschiedenen Phasen in beachtlichem Eiltempo innerhalb einer einzigen Sitzung (bei den sehr hartnäckigen Fällen hatte es fünf oder sechs davon gebraucht) und ich glaube, dass er wie die anderen immer noch auf der Suche nach mir ist. Ich mache mir allerdings keine Gedanken darum, dass er mich wirklich ausfindig macht: Mein Gesicht ist ziemlich durchschnittlich und ich habe ihm auch ganz bestimmt nicht meine richtigen Personalien hinterlassen. Er wird es wohl nie erfahren, aber eine ganz besondere Ehre ist ihm doch zuteil geworden: Er war der absolut letzte Vertreter seiner Zunft, dem ich mein Problem geschildert habe.

Zehn Versuche sind genug, vor allem dann, wenn du dabei jedes Mal wieder Blut und Wasser schwitzt vor Angst, dass dich gleich jemand packt und in eine Zwangsjacke steckt. Und es war ja auch vergebliche Liebesmüh. Keiner von ihnen konnte mir mehr erzählen als das, was ich sowieso in medizinischen Fachbüchern oder in Sammelbänden zur Geschichte der Psychoanalyse finden konnte.

Es ist immer die gleiche Leier: Den Heiligen Schriften zufolge dürfte es jemanden, der niemals schläft, gar nicht geben. Er müsste sterben oder zumindest innerhalb kürzester Zeit verblöden. Stattdessen steh ich nun hier. Ich bin der ungewöhnlichste Mensch auf Erden und doch hat sich mein Hirn noch nicht in Mus verwandelt und ich habe vor, noch ziemlich lange weiterzuleben, vor allem, seit ich nicht mehr eine Schachtel Zigaretten pro Tag rauche und Safer Sex praktiziere.

Was einem außenstehenden Beobachter entgeht, ist die Tatsache, dass ich in Wirklichkeit schon schlafe, auch wenn es nicht danach aussieht und mein Körper ständig in Bewegung ist, aber selbst das ist der Wissenschaft zufolge unmöglich. Es gibt einfach keine anerkannte Hypothese über ein wirklich gespaltenes Bewusstsein, das abwechselnd schläft. Beziehungsweise bei dem jeweils genau eine Hälfte schläft.

Es gab keine einschneidenden Erlebnisse als Auslöser. Weder bin ich von einer radioaktiven Spinne gebissen worden noch habe ich mir beim Sturz aus dem Kinderstühlchen den Kopf angeschlagen und mir wächst auch kein Fell bei Vollmond. Irgendwann habe ich als Kind begonnen, nachts im Haus herumzuwandern. Anfänglich dachte man, dass ich schlafwandelte, wohl auch, weil meine andere Hälfte, die aufwachte, während ich schlief, noch nicht über eine perfekte Bewegungskoordination verfügte und auch noch nicht sprechen konnte. Im Grunde genommen hatte ich fünf Lebensjahre Zeit gehabt, den Umgang mit meinem Körper zu lernen, mein Alter Ego dagegen nicht. Er holte allerdings sehr schnell auf, auf Kosten einiger Haushaltsgeräte und Unfälle, da er ein ausgesprochen wissbegieriges Kerlchen war. Während ich bis dahin ein eher stilles und introvertiertes Kind gewesen war, erwies er sich als eine unermüdlich arbeitende entropische Kraft, die alles zerlegte, was ihr in die Finger kam. Nicht aus blinder Zerstörungswut, sondern aus einem unstillbaren Wissensdurst heraus. Er wollte verstehen, wie die Dinge funktionierten, von meinen aufziehbaren Robotern bis hin zur Waschmaschine, und der beste Weg, das herauszufinden, war nun einmal, in sie hineinzuschauen.

Das war glücklicherweise nur eine vorübergehende Phase, aber ich verdanke es allein der beschützenden Hand meiner lieben Mutter, dass niemand auf die Idee kam, mir vor Schuleintritt eine Lobotomie zu verpassen.

Stattdessen habe ich mit Wissen meiner Familie mein geteiltes Doppelleben fortgeführt. Für mich war das so, als hätte ich irgendwo einen Bruder – einen Bruder, den ich zwar niemals sah, aber der mir bei den Schularbeiten half, der für mich das Zimmer aufräumte und der am nächsten Tag zurückprügelte, wenn man mich verhauen hatte. Alles in allem, auch wenn ich das Leben eines Schizophrenen aus dem Lehrbuch führte, oder besser gesagt eines Schizophrenen, der in keinem Lehrbuch vorkommt, war ich für den Rest der Menschheit ein völlig normaler Junge, abgesehen von einer ausgeprägten Schüchternheit und der Neigung zum Rotwerden. In der Schule kam ich ganz gut zurecht und meine Lehrer lobten meine Leistungen, auch wenn sie sich ein wenig über meinen Hang beklagten, ›mit offenen Augen zu träumen‹. Dann sollen sie doch einmal ausprobieren, wie das ist, wenn man plötzlich in der Schulbank aufwacht und sich daran erinnert, dass man zuletzt drauf und dran war, vor dem Fernseher beim Sandmännchen einzunicken.

Es war ein bisschen, als ob man ständig Detektiv spielen würde. Ich hatte ein Geheimnis, dass ich niemandem erzählen durfte, meine Mutter hatte sich darüber sehr klar ausgedrückt und deshalb fühlte ich mich als etwas ganz Besonderes.

Aber es war nicht immer amüsant. So sehr mein Partner (ich glaube, ich begann schon in der Grundschule, ihn so zu nennen) und ich uns auch Mühe gaben, einander Informationen darüber zukommen zu lassen, was wir während der wechselseitigen ›Abwesenheit‹ gemacht hatten, brauchten wir doch viele Jahre, ehe wir die notwendige Perfektion erlangten, und lange Zeit passierten uns immer wieder unverzeihliche Fauxpas. Unsere ersten Liebesbeziehungen waren die reinsten Katastrophen.

Ein anderes Problem war, dass sich mein Geschmack und der meines Partners mit den Jahren allmählich auseinander entwickelten. Glücklicherweise nichts wirklich Aufsehenerregendes. Wir waren beide heterosexuell und keiner von uns hatte so schauderhafte Angewohnheiten, wie etwa Hühner bei lebendigem Leibe mit den Zähnen zu zerreißen, aber wir mussten immer öfter Kompromisse finden bei so grundlegenden Fragen wie körperlicher Ertüchtigung und Ernährung. Ich bin beispielsweise vor ihm Vegetarier geworden und ich bin auch viel, viel fauler.

Und die Moral von der Geschicht: Mit der Zeit und mit viel Geduld gewöhnt man sich an alles und ich habe gelernt, sehr viel Geduld aufzubringen.

Im reiferen Alter habe ich auch eine Person gefunden, die mich so liebt, wie ich bin. Oder vielmehr, die uns beide liebt, und das ist nicht gerade wenig.

Von all den Unannehmlichkeiten, die sich aus meiner Situation ergeben, ist die Konfrontation mit mir selbst auf Video sicherlich nicht die schlimmste. Ich überwand also mein Befremden und nahm die Informationen auf, die mein Partner zum Besten gab. Ich erfuhr, dass er sich bereits vor mir ausführlich mit Vale unterhalten und danach seine befreundeten Experten für die Hochfinanz –

alles Betrüger – nach Klatsch und Tratsch abgeklopft hatte. Zusammen mit den Ausführungen, die ich direkt von meinem Kunden erhalten hatte, konnte ich mir endlich ein genaues Bild von dem machen, was mich in ein paar Tagen erwarten würde.

Zunächst einmal lag die Villa, in der das Fest stattfinden sollte, in einer Gegend im Hinterland von Mailand, die ich nur wenig kannte und die in meiner geistigen Topographie irgendwo zwischen der Brianza und dem Nichts angesiedelt war. Das Haus, erbaut Ende des letzten Jahrhunderts, hatte vom verblichenen Vater meines Klienten den idiotischen Spitznamen ›Jagdpavillon‹ verpasst bekommen, und soweit ich verstanden hatte, musste ich es mir als eine Art Mausoleum vorstellen.

Punkt zwei: Paolo Gardoni war der voraussichtliche Erbe eines beträchtlichen Vermögens, das der oben genannte Verstorbene mit einigen Immobilienspekulationen angehäuft hatte. Derzeit verfügte er noch nicht über die Kontrolle des Unternehmens, die fest in der Hand seiner Mutter lag.

»Sie heißt Rosa Gardoni«, erläuterte mein Partner. »Sie hat die Pensionsgrenze bereits überschritten, trifft aber weiterhin alle strategischen Entscheidungen. Man munkelt, dass sie die graue Eminenz hinter dem unternehmerischen Erfolg ihres Mannes gewesen sei. Schwer zu sagen, ob das stimmt oder nicht, nach Angaben meiner Quellen steht jedoch mit Sicherheit fest, dass sie in geschäftlichen Angelegenheiten immer noch ein gutes Händchen hat.«

Punkt drei: Gardoni hatte geheiratet, war früh Witwer geworden und hatte dann wieder geheiratet. Seine jetzige Frau Claretta hatte ein wenig als Model gearbeitet; nichts Berühmtes, aber mit einem ausgezeichneten Gespür für Kohle, da es ihr immerhin gelungen war, Paolo Gardoni einzufangen und damit seiner viel versprechenden Karriere als Playboy ein Ende zu setzen. Aus der ersten Verbindung war eine Tochter hervorgegangen, die berühmtberüchtigte Sechzehnjährige, die mit den Punkabbestia herumhing: Alice.

Mein Partner geriet ins Stocken. »Nach Meinung der Eltern ist Alice, hm, na ja, mental instabil.« Er kräuselte die Lippen zu jener Grimasse, die er als freundliches Lächeln benutzte. »Wenn du dir, wie ich annehme, diese Aufzeichnung am Abend ansiehst, also nach dem Vorstellungsgespräch, das hoffentlich gut verlaufen ist, dann kann ich dir ja jetzt verraten, dass Valentina dir nichts davon erzählt hat, um deine … ›sensible Ader‹ nicht unnötig zu belasten, und mir diese Aufgabe überlassen hat. Am Telefon hat sich Gardoni lang und breit darüber ausgelassen und ihr erzählt, dass Alice vor kurzem einen Nervenzusammenbruch erlitten hat. Vor ein paar Tagen haben ihre Eltern beschlossen, sie ständig von einer Krankenschwester betreuen zu lassen, und wahrscheinlich wirst du sie nicht einmal zu Gesicht bekommen, komm also gar nicht erst auf dumme Gedanken.«

»Was für dumme Gedanken?«, fragte ich die Flimmerkiste.

Er zwinkerte mir zu, als ob er mich gesehen hätte. »Mach einen guten Job«, schloss er. »Ciao ciao.«

Das Bild wurde unscharf, dann verschwand mein Partner vom Bildschirm und wurde durch einen alten Karatefilm ersetzt. Ich schaltete so wütend ab, dass das Gehäuse der Fernbedienung krachte, und verfluchte die Unheilige Allianz zwischen meinem Partner und meiner Freundin, die sich gegen mich verbündet hatten, um mich zur Arbeit zu zwingen.

MEINE sensible Ader, so ein Scheiß, als ob ER keine Probleme hätte.

Mir genügte die kurze Zeitspanne, in der ich die Kassette wegräumte, und schon war ich zur Solidarität mit der armen Alice entschlossen, auch wenn ich sie gar nicht kannte. Wir Bekloppten müssen uns gegenseitig helfen: Ich würde sie entführen, wir würden heiraten und dann mit dem väterlichen Erbe eine hübsche musterhafte Irrenanstalt aufmachen.

Sechzehn Jahre. Ich versuchte, mich daran zu erinnern, wie ich mich in ihrem Alter gefühlt hatte, von meinen hormonellen und psychischen Schüben wie eine Nussschale auf stürmischer See hin- und hergeworfen, doch ich hatte die Erinnerung an diese Zeit zu tief begraben. An der Oberfläche waren nur meine damaligen Alpträume geblieben, in denen Gespenster mit weißen Gesichtsmasken und Skalpellen herumspukten. Diese fühlten sich nunmehr zur Rückkehr animiert und suchten mich heim, als ich wenig später einschlief.

In den folgenden Schlafphasen blieben sie meine ständigen Begleiter, bis zum Abend des Festes. Danach musste ich mit einem anderen Alptraum fertig werden.

4

Vale hatte von einer Patriziervilla gesprochen und sie hatte nicht ganz Unrecht damit, auch wenn das Landhaus der Gardonis sich alle Mühe gab, seine Stattlichkeit hinter einer drei Meter hohen und stacheldrahtbewehrten Umfriedungsmauer und einem kilometerweiten Park mit Nadelhölzern zu verbergen. Es war ein dreigeschossiges Gebäude mit rechteckigem Grundriss, erbaut in einem Stil, der mit den zwei Säulen am Eingangsportal und dem weiten Innenhof an amerikanische Herrenhäuser aus der Zeit vor dem Bürgerkrieg gemahnte. An der Hauptfront hatte ich zwanzig Fenster gezählt, unter Auslassung der vier Fenstertüren des Wohnzimmers, die zum Garten geöffnet waren. Dort ließen die Köche Spieße rotieren und grillten Steaks, während eine Heerschar von Bediensteten zwischen den Gästen umherschwirrte, mit Tabletts, auf denen sich alle erdenklichen Köstlichkeiten türmten. Es fehlte nur noch, dass irgendwo Scarlett O'Hara auf der Suche nach ihrem Rhett auftauchte, dann wäre das Bild vollständig gewesen.

In Anbetracht der Tatsache, dass mein Partner den Führerschein hatte und der Ort der Festivitäten sich in beträchtlicher Entfernung von der nächsten Straßenbahnhaltestelle befand, hatte ich mich zwei Stunden vor Beginn von meinem Freund Alex herbringen lassen. Er sollte mich gegen drei Uhr früh, der anvisierten Stunde für den Truppenrückzug, auch wieder abholen.

Alex springt des Öfteren bereitwillig ein, wenn ich mal einen Chauffeur oder einen Mann zum Schmierestehen brauche, zum einen wegen des Geldes, zum anderen aber auch, um die Monotonie seines Alltagstrotts zu durchbrechen. Seit er ein mustergültiger Bankangestellter geworden ist, langweilt er sich, denn noch bis vor vier Jahren konsumierte er täglich zwei Gramm Heroin, knackte Autos ruck, zuck mit einem Sardinendosenöffner und startete sie mit einer alten Haarnadel. Und das, ohne je von der Polizei erwischt zu werden oder bei seinen Arbeitskollegen aufzufliegen. Ein wahrer Dr. Jekyll und Mr. Hyde, fast wie ich. Daher waren wir Freunde geworden, nachdem er dem Stoff abgeschworen hatte.

Als einzige Überbleibsel seines exzessiven Lebenswandels waren ihm eine komplette Taubheit auf dem rechten Ohr als Folge einer Mittelohrentzündung und eine ausgeprägte Verachtung für Dealer geblieben. Wenn ich mit irgendwelchen Pushern zu tun hatte, musste ich ihn immer zurückhalten, damit er ihnen nicht mit dem Wagenheber den Schädel einschlug. Alex ist klein von Statur, aber in ihm lodert ein atavistischer, mittlerweile nicht mehr durch Betäubungsmittel gezügelter Zorn, auch wenn er nach außen eine unerschütterliche Gelassenheit zur Schau trägt.

Als ich mich dazu durchgerungen hatte, ihm von meinem Partner zu erzählen, war sein einziger Kommentar: »Also deswegen bist du so ein Arschloch.«

Ab einundzwanzig Uhr begannen die Gäste einzutrudeln, Luxuskarossen standen dicht an dicht auf dem abseits gelegenen Parkplatz, dem einzigen Ort des Grundstückes, der nur spärlich beleuchtet war. Eine kurze Allee verband ihn mit dem Park: In der Ferne konnte ich die Zigaretten der Chauffeure aufglühen sehen, die man dort warten ließ.

Gardoni zeigte mir zunächst das Versteck seiner Pistole hinter einigen dicken Bänden in seinem Arbeitszimmer, und dann geleitete er mich persönlich auf meiner Erkundungstour durch sein Eigentum mit den alles in allem dreißig Räumen, wobei er mich auf eine unendliche Sammlung von Originalgemälden, ausgesuchten Kristallgläsern und Antiquitäten hinwies. Als wir den Salon fürs Heimkino passierten mit Flüssigkristallflachbildfernseher, Laserdisc-Player, Videorekorder neuesten Modells und darüber hinaus einer kompletten Wand aus

Videokassetten, fühlte ich, wie mir mein kleines Herz brach. Wenn ich wiedergeboren werde, dann wünsche ich mir neben einem gesunden Hirn eine reiche Familie.

Ich hatte auch die Kellerräume inspiziert und in Profimanier hinter unzählige Korbflaschen, Salamis, Kühlschränke und Tiefkühltruhen geguckt, mit denen man eine ganze Armee hätte versorgen können. Zwischen zwei Stockwerken hatte ich die Herrin des Hauses kennen gelernt, eine magersüchtige Fünfunddreißigjährige, die über und über mit Gold und Perlen behängt war und mir ihren Ring zum Kuss reichte – und auch die legendäre Alice, die Rebellin.

Wie ich befürchtet hatte, war es kein allzu fröhliches Zusammentreffen.

Sie lag in Nachthemd, zerrissenen Jeans und Kniestrümpfen auf dem Bett in einem kleinen Zimmer im zweiten Stock, das von einer auf das Minimum heruntergedimmten Halogenlampe kaum erleuchtet wurde. Sie machte den Eindruck, als hätte sie sich schon seit geraumer Zeit nicht mehr gewaschen, ihr Körpergeruch wurde allerdings diskret vom Duft der Räucherstäbchen überdeckt, die in einem dieser Tongefäße steckten, wie man sie an jeder Straßenecke zu kaufen bekommt.

Alice hätte vielleicht ein hübsches Mädchen sein können, doch soweit ich das in diesem Halbdunkel überblicken konnte, hatte sie im ganzen Gesicht Schmuckringe und Piercings, angefangen bei den Ohren bis zu allen weiteren freien Stellen, die nicht von ihrer zerwühlten kastanienbraunen Haarmähne verdeckt wurden. Ich mag diesen Sado-Maso-Typ nicht allzu sehr.

Auf einem Sessel neben dem Bett thronte die Krankenschwester und Aufpasserin: Sie hätte perfekt in meine Alpträume von einer geschlossenen Anstalt gepasst. Eine fette, ungefähr einen Doppelzentner schwere Person jenseits der fünfzig, mit dick geschminkten Lippen und Lidern, eingezwängt in einen weißen, mit Essensresten bekleckerten Kittel. Sie sah aus wie Trudi, die Freundin von Kater Karlo, die sich für einen Überfall auf das Krankenhaus von Entenhausen zurechtgemacht hat.

Alice hatte mich verächtlich von den Füßen bis hinauf zu meinen wenigen verbliebenen Haarspitzen gemustert und mich dann gefragt, was, verdammte Scheiße, ich Arschgesicht denn von ihr wolle. Ihr peinlich berührter Vater versuchte, mich vorzustellen, aber sie fing an zu schreien, ohne sich dafür vom Bett zu erheben oder eine Miene zu verziehen. Sie verlangte, dass wir ihr Zimmer verlassen sollten, wir Schweine, wir Ausbeuter und Knechte der Ausbeuter.

Wir entsprachen ihrem Wunsch und Gardoni, der immer fahriger wurde, begann mir seine Probleme zu schildern. Da er nun einmal zahlte, musste ich ihm leider zuhören.

»Vor zwei Jahren fing sie damit an, mit diesen stinkenden Hippiebanden herumzuziehen, die zusammen mit ihren Hunden leben«, erzählte er mir. »Ihre Mutter und ich, wir haben gedacht, dass es sich nur um eine vorübergehende Phase der Rebellion handeln würde, und uns keine weiteren Sorgen gemacht, auch wenn sie uns ein paar von diesen Verbrechern ins Haus gebracht hat.«

Seit einiger Zeit war ihr Benehmen allerdings nicht mehr nur lästig, sondern Besorgnis erregend. Alice begann, an sich herumzuschnippeln und sich mit Ringen zu behängen, darüber hinaus verschwand sie immer öfter und kehrte nach ein paar Tagen, offensichtlich zugedröhnt, zurück. Vor einem Monat dann hatte sie den endgültigen Zusammenbruch erlitten.

»Sie spricht mit niemandem mehr, sie wäscht sich nicht, sie weigert sich, ihr Zimmer zu verlassen. Wir mussten einsehen, dass sie nicht bereit ist, sich von dort wegzubewegen, und zuletzt haben wir ihr eine Krankenschwester an die Seite gestellt. Wir schauen jeden Tag bei ihr vorbei, aber entweder spricht sie kein Wort mit uns oder sie schreit uns an. Wenn sie uns wenigstens sagen würde, was sie will …«

Sie hatten keinen Psychiater konsultiert, da sie dachten, dass sie das allein wieder hinbekommen würden. Mittlerweile allerdings waren sie davon nicht mehr so überzeugt.

Nachdem ich die Besichtigungstour und diverse Vorstellungen hinter mich gebracht hatte, begann ich mit meinen Rundgängen drinnen und draußen, während bei der Party allmählich Stimmung aufkam, soweit das auf einem Zombietreffen möglich ist.

Ich hatte dem Chef der Kellnertruppe und dem Parkplatzwächter, der auch den Einlass überwachte, diskret kleine Funkgeräte ausgehändigt, damit sie mich sofort erreichen konnten, wenn irgendetwas in ihrem Zuständigkeitsbereich passieren sollte. Da niemand daran dachte mich herbeizurufen, um eine Schlägerei beizulegen oder den Überfall der Stadtindianer abzuwehren, war ich es bereits gegen elf Uhr ziemlich leid, mit unbeteiligter Miene umherzustiefeln und dem gesamten Repertoire von Fausto Papetti zu lauschen, das aus den Lautsprechern quoll.

Ich setzte mich auf eine Steinbank am Rande des festlichen Geschehens und genoss die hervorragende Aussicht auf die Crème de la Crème, die sich den Bauch voll schlug und dabei wahrscheinlich über Plantagen auf Borneo und den Bau von Wolkenkratzern verhandelte. Von den Niederungen meines Bankkontos her konnte ich natürlich nicht mitreden. Ein Teil der Gesichter war mir dank meiner umfangreichen Lektüre aus Tageszeitungen bekannt, andere waren mir komplett unbekannt, doch aus ihren hochnäsigen Mienen schloss ich, dass sie mit Sicherheit keine armen Teufel waren, die man aus zwischenmenschlicher Solidarität eingeladen hatte. Auf jeden Fall hatte ich, da es sich um potenzielle Kunden handeln konnte, die Gästeliste mechanisch auswendig gelernt; im Bedarfsfall würde ich Vale um weitere Erläuterungen bitten, da sie sich immer ein wenig besser als ich in der besseren Gesellschaft auskennt.

Ich wünschte mir nichts sehnlicher, als mir einen oder zwei Cocktails einzuverleiben, einfach so, um die Zeit totzuschlagen, doch das hätte einen schlechten Eindruck auf meinen Kunden gemacht und außerdem meinen Partner verärgert. Er mag es überhaupt nicht, wenn ich dem Körper so kurz vor dem Schichtwechsel Alkohol zuführe. Daher beginne ich mit dem Trinken normalerweise sofort nach dem Wachwerden.

Ich erwog sogar ernsthaft die Idee, mich auf eine Bank zu legen, ein paar Stunden früher als gewöhnlich einzuschlafen und somit ihn zur Arbeit zu schicken, aber das wäre ein ebenso unfreundlicher Akt gewesen. Abgemacht ist abgemacht: Die Arbeit wird nun mal geteilt und mit seinen Idioten in Tarnuniform hatte er zurzeit schon genug um die Ohren.

Ich gähnte und bedauerte es, das Rauchen aufgegeben zu haben; auf der Suche nach etwas Ablenkung erhob ich mich, vielleicht würde ja eine besonders aufgeschlossene Partyteilnehmerin vorbeikommen, mit der ich eine Unterhaltung anfangen könnte, oder eine halb blinde Kellnerin, die mich für ein hohes Tier halten würde. Gott sei Dank war der dunkle Anzug nicht verbindlich vorgeschrieben worden, doch mein Zweiteiler konnte mit Sicherheit nicht als das Werk edler Schneiderkunst durchgehen. Ich verstehe auch nicht warum, aber ich kann anziehen, was ich will, elegant wirke ich nie. Ich wandte mich wieder dem Mittelpunkt des Festes zu, dem Buffet. Ich hatte schon ein wenig genascht, aber die Lachshäppchen sahen wirklich zu verlockend aus.

»Wein für den Herrn?«, fragte mich eine junge Barfrau in Uniform. Niedlich.

Während ich mein Hirn auf der Suche nach einem interessanten Gesprächsthema zermarterte, verneinte ich mit einem schmierigen Lächeln. Mein berühmter Witz über den verstümmelten Pianisten schien mir angebracht, doch ehe ich ihn loswerden konnte, glitten ihre aquamarinblauen Riesenaugen zu einem Hünen im Abendanzug hinüber, der eher ihren Beifall zu finden schien, vielleicht, weil er die Statur eines Bodybuilders hatte, dazu schulterlange, blonde Haare und ein dickes Portemonnaie. Ich entschied mich, nicht weiter mit ihm konkurrieren zu wollen, und überließ ihm das Feld. So wanderte ich traurig zur dunkelsten Ecke des Gartens, zum feuchten Grund am Fuß des Hains.

»Hätten Sie vielleicht Feuer, bitte?«

Die Möchtegernverführerin, die mir ihre auf eine lange schwarze Spitze gesteckte Zigarette hinhielt, war leider nicht so appetitlich wie das Barfräulein. Sie hatte mindestens achtzig Lenze auf dem Buckel, auf ein Jahrhundert mehr oder weniger kommt es nicht an, und steckte in einem Rollstuhl, eine leichte Missoni-Decke über die dürren Beine drapiert. In dem runzligen Gesicht allerdings lagen zwei Augen, die alles andere waren als vom Alter getrübt, sie blickten hart wie Stein drein. Ich wühlte in meinen Taschen, holte mein altes Zippo-Sturmfeuerzeug hervor und zündete ihre Zigarette an.

»Passen Sie auf, Sie wissen ja, Rauchen schadet der Gesundheit«, sagte ich zu ihr.

Die Alte machte einen Zug und pustete ein Mentholwölkchen in meine Richtung.

»In meinem Alter gibt es nichts mehr, das gut oder schlecht für die Gesundheit ist, nur noch Sargnägel. Sie sind der ... Wachmann, oder?«

Ich schaute sie genauer an.

»So etwas in der Art. Trägt mein Schlagstock etwa doch zu sehr auf?«

Sie lachte trocken. »Nein, mit Ihrer Erscheinung ist alles in Ordnung, doch ohne Sie beleidigen zu wollen, Sie sehen nicht aus wie einer der üblichen Gäste. Außerdem hat mein Sohn Sie ganz gut beschrieben. Ich bin Rosa Gardoni, Paolos Mutter.«

Sie reichte mir die Hand und packte stahlhart zu; ich sagte ihr meinen Namen, der ihr offensichtlich schon bekannt war.

Rosa Gardoni zog wieder an ihrer Zigarette und schien einen Augenblick nachzudenken.

»Ich hatte gehofft, Sie zu treffen«, sagte sie bedächtig, »denn ich wollte Sie etwas fragen, wenn Sie nichts dagegen haben.«

»Ich stehe zu Ihrer Verfügung, vorausgesetzt, Sie verlangen nicht von mir, dass ich jemanden umbringen soll. Für so etwas bekomme ich einen Sonderzuschlag.«

Sie lachte erneut auf ihre trockene Art. »Machen Sie sich darüber keine Gedanken.« Dann wurde sie ernst. »Ich wollte nur wissen, ob Sie meine Enkelin kennen lernen konnten.«

»Das schon, aber gefreut hat sie sich nicht darüber.«

Sie seufzte. »Das habe ich mir schon gedacht, seit einiger Zeit scheint es mit ihr immer schlimmer zu werden.«

»Ich weiß ja nicht, wie sie früher war, aber nach dem, was ich gesehen habe, würde ich Ihnen zustimmen.«

»Sie war stets ein lebhaftes Mädchen mit ihren ganz eigenen Vorstellungen vom Leben«, fuhr sie fort, ohne erkennen zu lassen, ob sie mich gehört hatte. »Mit mir hat sie sich allerdings immer verstanden. Jetzt will sie mich weder sprechen noch sehen. Ich weiß nicht, was ich davon zu halten habe.«

»Haben Sie Geduld«, versuchte ich sie zu trösten. »Wenn Kinder groß werden, machen sie verschiedene Phasen durch. Die Trotzphase, die Essensverweigerung, das Moped, der Nasenring ... Das ist alles ganz normal, man muss nur abwarten. Und am Ende heiraten sie doch alle kirchlich und ganz in Weiß.«

Sie zog die Kippe aus der Spitze und drückte sie auf einem Reifen aus.

»Ich bin zwar alt, aber nicht blöd: Ich kenne meine Enkelin ganz gut und ich glaube nicht, dass es sich um eine einfache Krise handelt. Ich bin die Einzige in der Familie, der sie sich stets anvertraut hat, denn ich verurteile sie nicht so wie mein Sohn und meine Schwiegertochter.« Ich konnte mich nicht des deutlichen Eindrucks erwehren, dass sie wenig Sympathie für diese Frau hegte. »Doch jetzt weiß ich gar nicht mehr, was ich von all dem halten soll. Vor einem Monat wollte sie mich sprechen, doch da war ich auf der anderen Seite der Erdkugel. Vielleicht hatte sie ja irgendein Problem und fühlte sich verraten und allein gelassen, weil ich nicht da war, um ihr beizustehen. Ich hatte gehofft, dass es Ihnen gelingen würde, mit ihr zu sprechen, da Sie ein junger Mensch sind und sie vielleicht besser verstehen können ...«

»Glauben Sie nicht an das, was Alberoni schreibt. Soviel ich weiß, sind die Angehörigen von Alices Generation Aliens, die sich von Menschenfleisch ernähren.« Die Alte lachte erneut. Sie wurde mir allmählich sympathisch: Im Grunde genommen war sie die einzige Frau, die mich heute Abend eines Blickes gewürdigt hatte.

»Hören Sie, es täte mir Leid, Sie hier so allein herumstehen zu lassen. Kann ich Sie irgendwohin bringen?«

Sie schüttelte den Kopf. »Nein, mein Lieber. Ich warte hier auf meinen Mann, der etwas zu trinken holen wollte, auch wenn er mit Sicherheit irgendwo hängen geblieben ist und mit einem hübschen Mädchen herumschäkert. Die sind ganz verrückt nach ihm, aber«, sie senkte die Stimme zu einem verschwörerischen Raunen, »ich bin nicht eifersüchtig. Ah, da kommt er auch schon.«

Ich drehte mich um, doch in der näheren Umgebung

erblickte ich bloß den sagenhaften Thor, der mir vorhin die Aufmerksamkeit der Barfrau gestohlen hatte. Und eigentlich hatte mir mein Partner doch gesagt, dass Gardoni senior schon vor geraumer Zeit gestorben war. Ob die alte Frau etwa seinen Geist sah? Sie hatte gar nicht verkalkt auf mich gewirkt.

»Wo bitte, mit Verlaub?«, fragte ich sie.

»Sehen Sie denn nicht den blonden Mann direkt vor Ihnen? Bei seiner Größe ist er eigentlich nicht zu übersehen.«

Ich erstarrte leicht. »Ähem, also das ist Ihr Mann?«

»Ja, warten Sie, dann kann ich Sie vorstellen. Lars«, rief sie und winkte, und der liebe Gemahl – er war es wirklich – eilte schleunigst mit zwei vollen Gläsern in der Hand herbei. Eines davon reichte er seiner holden Gattin und schaute mich dann fragend an.

»Lars, das ist Sandro Dazieri, unser Schutzengel. Lars Volkmar. Das ist selbstverständlich mein zweiter Ehemann. Ich habe den Namen des ersten behalten. Nach so vielen Jahren würde es mir schwer fallen, mich an einen neuen zu gewöhnen.«

Wir reichten uns die Fingerspitzen.

»Sehr erfreut«, sagte er mit einem leichten deutschen Akzent.

»Das Vergnügen ist ganz meinerseits.« Ich gewann meine Fassung wieder. »Schade, dass ich nicht länger bleiben kann. Ich muss wieder auf meine Runde. Vielen Dank für das nette Gespräch.« Ich versuchte, nicht gerade davonzulaufen, und entfernte mich gemessenen Schrittes. Rosa Gardoni rief mir hinterher:

»Falls Sie doch noch mit Alice sprechen können, dann sagen Sie mir bitte Bescheid.«

»Eher werde ich wohl den Papst treffen, aber ich tue mein Bestes.« Ich sah zu, dass ich Land gewann, und konnte mir das Grinsen verkneifen, bis ich außer Sichtweite war. Für eine Frau, die Angst vor der Generationenkluft hatte, kam Rosa Gardoni aber verdammt gut damit klar. So eine lüsterne alte Greisin. Zum ersten Mal waren die Informationen meines Partners unvollständig. Ich wollte ihm das bei nächstbester Gelegenheit unter die Nase reiben.

Ich setzte meine Runden fort, drinnen und draußen, oben und unten, ringsherum und mittendrin, zählte die Grashalme, die Fliesen und die Betrunkenen. Die allgemeine Stimmung wurde allmählich gedämpfter. Die betagteren Gäste konnten sich kaum noch auf den Beinen halten und die Unterhaltungen der Grüppchen, die an den über den Rasen verteilten Metalltischchen saßen, und der Pärchen, die herumschlenderten, wurden immer verhaltener. Sogar die Musik war ein wenig heruntergefahren worden und dudelte nur noch leise. Ich hoffte, dass dies die ersten Anzeichen für einen baldigen Aufbruch wären.

Ich kam noch einige Male an der Barfrau von vorhin vorbei, doch ich begnügte mich damit, ihr hochmütige Blicke zuzuwerfen: Tja, auf das falsche Pferd gesetzt, mein Schatz. Auf meinem Weg kam ich schließlich durchs halb leere Wohnzimmer, in dem verstreut ein paar Pärchen herumsaßen, und entbot der Geisterstunde meinen Gruß.

Ein lautes Getöse von zersplitterndem Glas am anderen Ende des Flures ließ mich aufschrecken.

Ich lief in diese Richtung, jetzt wieder hellwach. Mein Magen hatte sich durch den Adrenalinstoß sofort zusammengezogen und das letzte Häppchen stieß mir sauer auf. Der Lärm war meines Wissens aus dem Gästezimmer gekommen. Ich hoffte, dass es nur ein Betrunkener wäre, der über ein Tablett gestolpert war, aber das Glück war mir nicht gewogen. Die Glasfront war von innen her zertrümmert worden, wahrscheinlich mit dem Stuhl, der jetzt kopfüber auf dem davor befindlichen Rasen lag. Trudi saß auf dem Bett und hielt sich mit den Händen den Kopf: Ein kleines Blutrinnsal drang aus einer Wunde auf der Stirn.

»Sie ist davongelaufen«, stöhnte sie. »Sie hat mich niedergeschlagen und ist dann davongerannt.«

Alice, na klar. Ich kletterte durch das Fenster, vorsichtig, um mich nicht an den Glasscherben zu verletzen, und rannte in Richtung der dichten Baumreihen. Dieser Flügel des Palazzos befand sich auf der abgelegenen Seite, das Fest fand auf der anderen Seite statt, und so war niemand hier. Ich erwartete eigentlich, Alices Nachthemd zu sichten, doch stattdessen fiel das gelbliche Licht der Laternen auf die Schultern eines Riesenkerls in einem beigefarbenen Anzug und Stiefeln, der mit einer zum Himmel gerichteten Pistole in der Hand vor mir her rannte und wahrscheinlich derselben Beute hinterherjagte wie ich. Ich wusste zwar nicht, was ich zu Alice sagen sollte, wenn ich sie einmal eingeholt hatte, doch ich wollte auf keinen Fall, dass sie von diesem Unbekannten – ich erkannte in ihm keinen der Gäste und auch niemanden vom Personal – niedergeschossen wurde. Ich beschleunigte auf maximale Geschwindigkeit , wobei ich mit einer Hand meine Brille festhielt. Es ist schon ein Kreuz mit der Kurzsichtigkeit. Der Typ fiel fluchend hin, aber er wurde schnell still, als ich mich auf ihn stürzte und ihm mit einem Fuß auf die bewaffnete Hand trat und mit dem anderen ein paar Mal ins Gesicht kickte, knapp oberhalb des Schnurrbärtchens, damit er endlich brav war.

»Neeiin«, hörte ich hinter mir eine Frauenstimme verzweifelt aufjaulen. »Das ist mein Chauffeur. Lassen Sie ihn sofort in Ruhe!«

Ich drehte mich um. An der zerbrochenen Fensterfront standen ein paar Gäste. Die Schreie kamen von einer fettleibigen Fünfzigerin, die hinter dem glaslosen Loch stand.

»Dann halten Sie ihn gefälligst an der Leine«, rief ich ihr zu und nahm die Verfolgung wieder auf. Allerdings erst, nachdem ich mir die Kanone des heroischen Chauffeurs gegriffen hatte. Im Weiterlaufen entfernte ich das Magazin, warf es in die Nacht und ließ kurz darauf die Waffe folgen. Ich wollte schließlich nicht mit einer Kugel im Hintern enden.

Wenn ich schon vorher im Hintertreffen gewesen war, dann war ich jetzt weit abgeschlagen. Vor mir konnte ich keinen Menschen erkennen, bis ich die Umfriedungsmauer erblickte, die von Neonlampen taghell erleuchtet war. Oben machte sich eine Gestalt mit flatternden Hemdschößen gerade daran, auf die andere Seite hinunterzuspringen.

»Alice«, stieß ich atemlos hervor, »ich bin's, der Knecht der Ausbeuter, warte doch einen Augenblick auf mich.«

Ich war wohl nicht besonders überzeugend, denn das Mädchen verschwand. Als ich an der Mauer ankam, sah ich, dass es mit Hilfe eines Seils hochgeklettert war. Es war an den Stützwinkeln für den Stacheldraht festgemacht, der wiederum war an dieser Stelle sorgfältig mit einer Decke abgedeckt worden.

Ich benutzte dieselben Hilfsmittel, um auf die andere Seite zu gelangen, und purzelte gerade rechtzeitig auf die Straße, um eben noch zu sehen, wie Alice auf den Rücksitz eines Motorrades sprang, das daraufhin davonjagte. Vom Fahrer bekam ich nur eine behandschuhte Hand zu sehen, mit der er mir einen freundlichen Gruß mit seinem emporgereckten Mittelfinger entbot. Na ja, den hatte ich mir wohl verdient.

Der Rest vom Fest war dann nicht mehr allzu berauschend.

5

Montagnachmittag wachte ich um fünf Uhr wieder auf, und zwar in der Badewanne, den Kopf bequem gegen eine Stütze aus Holz und Gummi gelehnt, die als Kissenersatz diente. Das Wasser war gerade noch lauwarm. Auf den beschlagenen Spiegel links von mir hatte mein Partner geschrieben: GEH EINKAUFEN!!! Er hatte ja Recht, ich war an der Reihe und im ganzen Haus gab es nichts Essbares, das nicht danach aussah, als sei es aus einer Armenküche gestohlen.

Ich ließ warmes Wasser nachlaufen, um die Temperatur zu erhöhen und noch ein bisschen auszuspannen. So wie meine Finger aussahen, weichte ich schon seit einem guten Stündchen ein, doch mir war einfach noch nicht danach, mich auf der Jagd nach Proviant und Klopapier in die feindliche Umwelt zu stürzen. Es regnete noch immer, wie den ganzen Vortag, und genau wie am Vortag wollte ich meine Schicht zu Hause mit Saufen, Lesen und Fernsehen verbringen.

Du wirst allmählich asozial, sagte ich mir. Ich war immer schon ein asozialer Typ, antwortete ich mir. Wenn man einen einzigen Körper abwechselnd bewohnt, dann hat man auch ein Schlafproblem: Man wacht immer urplötzlich auf und kann dann nicht noch mal zurück ins warme Bett kriechen, um noch ein wenig zu dösen, da die Traumsphäre schon besetzt ist.

Ich habe allerdings nie so recht herausbekommen, ob mein Partner wirklich träumt. Er behauptete zwar so etwas auf den Zetteln, auf denen wir uns über dieses Thema austauschten, doch es wäre nicht das erste Mal gewesen, dass er mich aus irgendeinem Grund anlog. Sei's drum.

Wellenschlagend erhob ich mich aus der Wanne und wickelte mich in die sauberen Handtücher, die sorgfältig für mich bereitgelegt waren. Darunter fand ich den Bericht meines Partners über seinen Tagesverlauf und seine verschiedenen Begegnungen. Die ersten Stunden des Tages hatte er mit ein wenig Hausarbeit und den Vormittag dann in Gesellschaft von Vale verbracht, die sich einen halben Tag freigenommen hatte und nun die nächsten Abende zu tun haben würde.

Unsere Nachbarin aus dem Stockwerk über uns, Stefania, hatte ihn für den Nachmittag auf einen Tee eingeladen. Er hatte für mich zugesagt, da er wusste, dass Stefania, eine fünfundzwanzigjährige Brünette, die ein wenig Ähnlichkeit mit Nastassja Kinski hatte, stets an meine niederen Instinkte appellierte. In den zwei Jahren, die ich sie kenne, hat sie in mir nie etwas anderes als einen guten Freund gesehen, doch von so etwas lasse ich mich nicht entmutigen; schließlich hatte ich gelernt, mich in der Kunst der Beharrlichkeit zu üben, seit ich herausgefunden hatte, dass ich leider nicht wie Paul Newman aussah.

Ich trocknete mich schnell ab und zog mich ebenso schnell an, wobei ich mich im Spiegel, den ich mit einer Hand blank gewischt hatte, betrachtete. Okay, ich bin nicht unbedingt ein Adonis, aber was heißt das schon bei meinem unwiderstehlichen Blick? Natürlich nur, wenn man ganz genau hinschaute.

Als Stefania mir aufmachte, schlug mir eine übel riechende Rauchwolke entgegen.

»Ist das dein neues Raumspray: Geruchsverzehrer mit Haschischaroma?«

»Ach, du bist es«, begrüßte sie mich, während sie mich

einließ. Sie trug weite Jeans und ein orange-violett gebatiktes T-Shirt. »Umso besser. Ich habe mir gerade eine Tüte gedreht und hatte schon Bammel, es wäre diese Nervensäge Eritreo Cazzulati.«

Ich schloss die Tür und folgte ihr in ihr Zimmer, in dem die wenigen Ikea-Möbel und der Fußboden fast vollständig von getragenen Klamotten bedeckt waren. Ordnung war nicht gerade ihre Stärke.

»Wer ist Eritreo Cazzulati?«

Stefania setzte sich wieder vor ihren Computer, auf dessen Bildschirm verschiedene Diagramme zu sehen waren. Ich wusste, dass sie kurz vor Ende ihrer Abschlussarbeit in Informatik stand. Ich machte es mir auf dem Boden bequem und schob dazu ein paar Sweatshirts zu einem Sitzkissen zusammen.

»Der Rentner aus dem Erdgeschoss.« Sie begann, wieder auf die Tastatur einzuhämmern – sie konnte gleichzeitig arbeiten und sich unterhalten. »Ich nenne ihn wie diese Comicfigur, weil er einfach genauso aussieht, findest du nicht?«

»Ein wenig«, gab ich ihrem Rücken zur Antwort. Der Typ war ein alter Mann mit einer Riesennase, der im Hof die Katzen fütterte. Immer wenn ich in einen Scheißhaufen trat, machte ich meine Schuhe auf seinem Fußabstreifer sauber. »Was hat der mit dir zu tun? War er etwa in Lourdes und stellt dir jetzt nach?«

»Ach was. Von Zeit zu Zeit möchte er sich einfach mit jemandem unterhalten und dann kommt er halt zu mir. Dir geht er aus dem Weg, er meint, dass er sich in deiner Gegenwart unwohl fühlt.« Sie streckte ihren Arm aus und holte den Joint vom Fenstersims herein, wo sie ihn versteckt hatte und er wunderbarerweise vom Regen verschont worden war. Dann zündete sie ihn mit einem langen Streichholz an und bläuliche Rauchschwaden umnebelten ihr Haupt. Sie bot mir auch einen Zug an, doch ich lehnte ab: Haschisch und Marihuana haben einen sehr negativen Einfluss auf meinen Wach-Schlaf-Rhythmus.

»Wollen wir hoffen, dass er sich auch weiterhin beherrscht. Sonst muss ich ihn leider die Treppe hinunterschubsen, wenn ich ihn das nächste Mal sehe.«

»Oh, was für ein Mann …« Sie bewegte sich heftig auf ihrem Schreibtischstuhl und stieß dabei ein Dutzend abgelegter Kleidungsstücke zu Boden. Ich bewunderte das Spiel ihrer Rückenmuskulatur; seit langem hielt sie sich mit Tai Chi in Form.

»Heute Morgen habe ich dich nicht gefragt«, sagte sie. »Du schienst es eilig zu haben. Manchmal läufst du herum, als hätte man dir Pfeffer in den Arsch gestreut. Wie ist denn deine Arbeit am Samstag gelaufen?«

»Also ehrlich gesagt, so genau weiß ich das selbst nicht. Ich bin mir nicht sicher, ob ich miterlebt habe, wie ein zu Unrecht eingesperrter junger Mensch in die Freiheit flüchtete oder wie eine Geistesgestörte einen Nervenzusammenbruch erlitten hat.« Ich schilderte ihr kurz und knapp, was an dem Abend passiert war, während ich merkte, wie ich allmählich meinen Hintern platt saß.

Stefania drückte die Kippe in einem überquellenden Aschenbecher aus und drehte sich einen Augenblick mit fragendem Gesichtsausdruck zu mir um.

»Glaubst du wirklich, dass man sie eingesperrt hatte?«, fragte sie mich.

»Ich weiß es nicht und das beschäftigt mich. Gardoni hat mir versichert, dass sie sich bloß zu ihrem Besten um sie kümmerten und dass sie tun und lassen konnte, was sie wollte, andererseits weiß ich nicht, aus welchem Grund sie dann die Krankenschwester mit einem Stuhl umnieten und über eine Mauer klettern musste. Noch dazu während einer Party, wo eine Menge Leute da waren …« Ich dachte einen Moment nach. »Wenn dem wirklich so gewesen wäre, dann hätte sie doch bis zum nächsten Morgen warten und einfach durch die Tür abhauen können. Andererseits, wenn man sie wirklich aus irgendeinem Grund weggeschlossen hätte, dann hätte sie am Fenster um Hilfe schreien und so ihre Eltern kräftig blamieren können.«

»Möglicherweise hätten ihr die Gäste ja nicht geglaubt. Oder vielleicht war es auch eine Verschwörung von reichen Leuten: Sie haben ein armes Waisenkind entführt, um es irgendeinem Geldgötzen zu opfern. So wie in den Horrorfilmen, die du dir immer so gerne anschaust.«

»Wenn man sie wirklich gefangen hielt, dann hätte sie

nicht nach draußen telefonieren und mit ihrem Liebsten die Flucht verabreden können«, gab ich zurück. »Zumindest nicht, wenn die bei der Überwachung nicht völlig versagt haben. Und angenommen, man hätte ihr Beruhigungsmittel verabreicht, dann hätte sie nicht so flink am Seil die Mauer hochklettern können.«

»Was also sind deine weisen Schlussfolgerungen?«

»Ich habe keine. Ich habe den Scheck eingelöst und meine Rechnungen bezahlt« – besser gesagt, mein Partner, heute Morgen, »und damit ist der Fall für mich erledigt. Ich hoffe nur, das Mädchen ist wirklich durchgedreht, sonst hätte ich für einen Gefängniswärter gearbeitet und wäre selbst zum Kalfaktor geworden. Diese Vorstellung macht mich nicht gerade glücklich.«

Ich erhob mich aus der unbequemen Position, trat an Stefania heran und begann, ihre Schultern zu massieren.

»Ah, das tut gut ... Mach weiter damit. Du musst eine bessere Arbeit für dich finden. Es gibt so viele gute Jobs, da wirst du ja wohl etwas finden, das besser zu dir passt.«

»Das ist das Einzige, was ich kann«, antwortete ich und knetete weiter ihre Muskeln. »Ich kann nun einmal nur als Gorilla arbeiten, der sich für ein paar Lire verprügeln lässt. In meinem Alter kann ich doch nicht noch einmal die Schulbank drücken.«

»Du könntest wenigstens wieder Überwachungen für die Agenturen übernehmen; soweit ich verstanden habe, war das eine geregeltere Arbeit.« Sie hatte aufgehört zu tippen und lehnte sich zurück, um sich ganz meiner Fingerarbeit hinzugeben.

»Ach wirklich? Ich habe vier Jahre im Verrückten-Dienst gearbeitet und in dieser Zeit ungefähr zwanzig Fälle betreut, also praktisch schon ein Full-Time-Job. Ich habe nie so viel Geld verdient, mich andererseits auch nie so mies gefühlt. Okay, gut die Hälfte der Fälle waren Bagatellsachen. Dummes Zeug von enttäuschten Liebhabern, neunzigjährigen Sexbesessenen und neidischen Nachbarn oder Kollegen. Es gab auch Kunden, die sich alles nur ausgedacht hatten, um die Aufmerksamkeit ihrer Angehörigen zu erregen. Aber manchmal trifft man auch auf einen wirklichen Drecksack.« Ich hielt kurz in der Massage inne, um meinen linken Hemdsärmel hochzukrempeln und ihr meine Kriegsverletzung am Unterarm zu zeigen. »Siehst du diese Narbe? Das war ein Rasiermesser, mit dem man einer meiner Klientinnen die Nase aufschlitzen wollte, doch ich konnte noch dazwischengehen.« Ich nahm die Walkerei wieder auf. »Ich habe fast am ganzen Körper Narben, von Messern, Stöcken, Ketten, Flaschen. Einmal hat man mich mit einer Säure übergossen, mit der man sonst LKW-Tanks reinigt: Wenn ich nicht meinen dicken Mantel angehabt hätte, würde ich jetzt mit einem Loch im Rücken herumlaufen.«

Stefania gab mir einem Kuss auf die linke Hand und ich vergalt ihn ihr mit einem Küsschen in den Nacken. Ich sah, wie sich ihre Härchen dort aufstellten – ein interessantes Signal.

»Warum hast du mit dem Massieren aufgehört?« Gehorsam nahm ich mein Werk wieder auf. »Aber konntest du wenigstens den Kerl schnappen, der dir so was angetan hat?«

Einen tiefen Seufzer lang hielt ich inne und musste schwer an mich halten, sie nicht merken zu lassen, wie sehr mir das alles gefiel. »Ich habe sie immer alle gekriegt und das ist das eigentliche Problem. Ein paar Mal waren es Bastarde, die sich wegen Geld in die Haare bekommen hatten, und dann hatte ich keinerlei Probleme damit. Doch die anderen waren arme Würstchen und ich fühlte mich hundsmiserabel, wenn ich sah, wie sie abgeführt wurden. Auch der mit dem Rasiermesser: Als ich ihn entwaffnet hatte, verstand er gar nicht so recht, was überhaupt passiert war, und bat mich um Verzeihung. Es war ein großer, stämmiger Kerl, aber er verfügte leider nur über ein Spatzenhirn. Später hat man mir erzählt, dass er Analphabet war. Er belästigte weibliche Singles, weil seine *Mamma* ihm erzählt hatte, dass das allesamt Huren wären.«

Ich träume heute noch davon. Ich, wie das Blut an mir herunter auf den Bürgersteig tropft, und er, wie er in den Wagen der Carabinieris verfrachtet wird, einen Ausdruck in den Augen wie ein Stück Vieh auf dem Weg zum Schlachthof. Und in meinen schlimmsten Alpträumen bin ich derjenige, der abtransportiert wird.

»Er war ein armes Schwein«, fuhr ich fort, »ein kranker

Mensch. Wie kann man jemanden ins Gefängnis sperren, der krank ist.«

»Wäre es dir lieber, wenn er weiter herumlaufen und Leute niederstechen würde?«

»Nein, um Himmels willen, aber er war kein schlechter Mensch. Einfach nur ein armer Kerl mit einem Haufen Problemen. Jetzt ist er in irgendeiner Irrenanstalt für Verbrecher und man steckt ihm pissegetränkte Knebel in den Mund und fesselt ihn ans Bett. Ich möchte mein Gewissen nicht mit so etwas belasten, ich will nichts mehr davon wissen.«

Stefania drehte sich mit dem Bürostuhl herum und sah mir ins Gesicht. »Jetzt bin ich wirklich gerührt: Du hast nicht nur ein Gewissen, sondern bist auch noch ein erbitterter Verfechter des Paragraphen 180.«

»Du weißt ja gar nicht, wie sehr.« Ich beugte mich hinunter, um sie zu küssen.

Sie schlüpfte unter meinen Armen hindurch und stand auf.

»Ich glaube, allmählich findest du zu viel Vergnügen daran, mich zu massieren. Statt des Tees mache ich dir lieber mal einen schönen entspannenden Kräuteraufguss.« Sie schlappte in die Küche, ließ mich allein in ihrem Schlafzimmer zurück und mir blieb nur noch, ihrem Herumwerkeln am Herd zu lauschen.

»Das ist aber gar nicht nett!«, rief ich ihr hinterher.

»Entschuldigung, wenn ich mich dir nicht zu Füßen werfe«, gab sie zurück, »aber du weißt ja, was man in solchen Fällen sagt …«

Den Rest erfuhr ich leider nicht mehr, weil ihr die Türklingel das Wort abschnitt. Sie ging hinaus, um zu öffnen.

»Schönen guten Abend, Signorina Stefania«, ich erkannte die Stimme unseres lieben Freundes Eritreo Cazzulati. Was soll's, es gab ja leider nichts, wobei er hätte stören können. »Wissen Sie, dass die Polizei Signor Dazieri sucht?«

Ein elektrischer Schlag fuhr durch meine Lendengegend und ließ meine letzten erotischen Anwandlungen verschwinden. Ich schlich näher, um zu lauschen, während ich gleichzeitig im Geiste meine jüngste Vergangenheit durchging. Ich war mehr oder weniger sauber, es sei denn, mein Partner hätte irgendeinen Scheiß gebaut, ohne mir Bescheid zu sagen. Da mir auch das sehr unwahrscheinlich schien, verwarf ich die Idee, durch das Fenster zu flüchten.

»Sie haben bei mir geläutet, weil Dazieri keinen Namen neben der Klingel stehen hat und sie nicht wussten, welches seine Wohnung ist. Die habe ich ihnen dann gezeigt. Wer weiß, was der wohl angestellt hat.« Cazzulati setzte dazu an, seine Sensationsgier so richtig auszukosten, als er mich entdeckte. Ich konnte klar und deutlich hören, wie sein Gebiss klapperte, als er fluchtartig auf den Treppenabsatz zurückschreckte.

»Entschuldige mich, Steffi, ich denke, ich sollte besser mal nach dem Rechten sehen.« Ich versuchte, gelassen zu klingen, was mir allerdings nicht allzu gut gelang.

»Was meinst du denn, was passiert sein kann?«

»Ich habe keine Ahnung. Aber tu mir doch einen Gefallen: Wenn ich nicht innerhalb von drei Stunden zurückrufe, dann benachrichtige bitte Vale. Du hast doch noch ihre Nummer, oder?«

Sie nickte. »Pass bitte auf, ja?«

»Aber sicher doch!«

Ich verließ schleunigst ihre Wohnung. Als ich die Treppen hinunterging, kam ich an Cazzulati vorbei, der sich völlig verängstigt gegen die Wand drückte. Ich lächelte ihm gelassen zu. Diesen Gesichtsausdruck behielt ich auch bei, als ich den zwei Zivilbeamten entgegentrat, die an meiner Tür auf mich warteten: Pensa und Passantini. Ich kannte sie noch von einer anderen Geschichte und musste nicht lange bohren, um von ihnen zu erfahren, weshalb ich ›auf ein kleines Gespräch‹ mit ihnen kommen sollte. Man hatte auf Alice Gardoni geschossen und jetzt war sie tot.

Regen hat in Mailand einen geradezu magischen Effekt auf den Verkehr: Es funktioniert einfach nichts mehr. Ampeln bringen ihre Farben durcheinander, Unterführungen werden überflutet, Abflusskanäle laufen über, Trolleybusse verlieren den Kontakt zur Stromleitung, bleiben einfach mitten auf der Straße stehen und die Autofahrer vergessen die Straßenverkehrsordnung und versuchen nur noch, so schnell wie möglich ans Ziel zu kommen, koste es, was es wolle. Der Fahrer des grauen Fiat Punto, einer der beiden Bullen, die mich freundlicherweise von zu Hause abgeholt hatten, schaffte es mit abwechselndem Hupen und Fluchen trotzdem, uns alle drei innerhalb kürzester Zeit an unseren Bestimmungsort, die Polizeistation in der Via Fatebenefratelli, zu bringen, ohne die Sirene einschalten zu müssen.

Während der Fahrt sprachen wir wenig: Meine beiden Schutzengel wussten offensichtlich nicht so recht, wie sie mit mir umzugehen hatten, und ich verharrte in dem ohnmächtigen Schweigen derjenigen, die hinterrücks verschleppt werden: So hatte ich mir meinen Abend mit Sicherheit nicht vorgestellt.

Wir gingen durch den Hintereingang und ich ließ mich durch den verwinkelten Gang im Untergeschoss bis zum Bereich der Mordkommission führen, in ein schmuckloses Zimmer, das ebenso gut auch das Wartezimmer einer nicht sonderlich gut gehenden Zahnarztpraxis hätte sein können. Nur die ausliegenden Zeitschriften waren anders: eine fast vollständige Sammlung des vierzehntägig erscheinenden Magazins der Unabhängigen Polizeigewerkschaft und eine wundersamerweise heil gebliebene Ausgabe von *Il Giornale* des Vormonats.

Ich hatte niemanden, dem ich eine Unterhaltung über das Wetter aufdrängen konnte, und so lümmelte ich mich so gut es ging in einen ziemlich harten Stuhl und vertiefte mich in die Lektüre. Zwei Stunden verstrichen, in denen ich die Vorzüge des Kontaktbereichsbeamten und den Nutzen eindeutigerer Gesetze bezüglich der Abschiebung von Ausländern entdecken durfte, aber niemand erschien zu meiner Rettung, nicht einmal der Abbé Faria.

Später ging ich dazu über, die Wände zu studieren, die Fußbodenfliesen und Risse zu zählen, dann schloss ich meine Augen und konzentrierte mich auf Atemübungen. Es war nicht das erste Mal, dass man mich auf einer Polizeistation schmoren ließ, aber es war das erste Mal, dass man mich wegen eines Mordes herzitiert hatte, und mir war klar, dass meine Situation ein wenig brenzlig war.

Auf jeden Fall brenzliger als damals vor ungefähr zehn Jahren, als ich mit einer gewissen Regelmäßigkeit nach außer Kontrolle geratenen Demonstrationen hierher verfrachtet wurde. Ich war nicht gerade ein Musterstudent der Politikwissenschaften: Bereits als Erstsemester hatte ich gegen irgendwelche Blödsinnsreformen demonstriert, dann widmete ich mich zusammen mit autonomen Gruppen der aktiven Politikgestaltung. Ich machte zwar im Wesentlichen nicht mehr, als an der einen oder anderen Demo, Streikwache oder Hausbesetzung teilzunehmen, doch der Umgang mit den Bullen wurde zu etwas fast Alltäglichem und oft flogen auf beiden Seiten die Fetzen.

So endete ich des Öfteren hinten in der grünen Minna, die mich in die nächstgelegene Kaserne oder Polizeistation bringen sollte. Ein paar Jahre lang war ich auch einer der Aktivisten vom Leoncavallo, dem meistumstrittenen Sozialzentrum Italiens, und hatte einen Großteil meiner Zeit damit zugebracht, Anti-Atomkraft-Demos und Nachbarschaftsstreifen gegen Heroindealer zu organisieren.

Das war eine Welt, die mich faszinierte. Zum ersten Mal ließ ich mich in einer Gemeinschaft gehen und verzichtete auf meine üblichen Verteidigungsmechanismen. Vor allem mit einem aus diesem Umfeld, Daniele Zucchero, verband mich eine fast brüderliche Freundschaft, die vor allem darauf gründete, dass wir stets jede erdenkliche Unannehmlichkeit gemeinsam durchlebt hatten.

Ich bin zwar nie so weit gegangen, überall rumzuerzählen, welche einzigartigen Lebensgewohnheiten ich pflegte, nicht einmal Zucchero gegenüber, doch viel hätte nicht gefehlt. Der Spaß fand dann sein Ende mit der versuchten Räumung des Leoncavallo, die 1989 vom Stadtrat unter Leitung von Craxis Schwager angeordnet wurde.

Vorgewarnt durch allzu vorwitzige Streifen von Einsatzwagen und Hubschraubern, hatten wir uns zusammen mit einer guten Hundertschaft mehr oder weniger junger und ebenso unbekümmerter Leute auf dem Dach der alten Fabrik verschanzt. Um sechs Uhr morgens war das Gebäude von Bereitschaftspolizisten und Carabinieri umstellt worden, und ich brachte eine Stunde damit zu, Steine und Molotowcocktails auf sie hinunterzuwerfen. Es war ein aufregendes Erlebnis, ich kam mir vor wie ein kleiner heiliger Georg im Kampf gegen den Drachen oder wie ein vollbärtiger Ritter der Moncadafamilie, doch am Ende musste ich die Flucht über die Dächer des Viertels antreten, wobei mir fast die Luft wegblieb, weil ein Helikopter wenige Meter über meinem Kopf Tränengas versprühte.

Mein Partner hatte damals schon damit begonnen, sich ein wenig in Form zu halten, und so konnte ich schließlich entwischen, indem ich zu guter Letzt durch eine Luke drei Meter tief hinabsprang, mich in einem Keller versteckte und darauf wartete, dass der Krawall endlich aufhörte. Ich habe nie erfahren, wem dieser Keller gehörte, doch zwischen den Autobatterien, an denen ich mir beinahe das Genick gebrochen hätte, fand ich einige Flaschen Wein und so betrank ich mich, wobei ich immer wieder Trinksprüche auf das Wohl derer ausbrachte, die geschnappt wurden. Und auf das meinige, da mir klar war, dass ich gerade dem Schwanengesang von Sandrone dem Revoluzzer beiwohnte.

Wenn ich mit meinem Leben so weitergemacht hätte wie bis dahin, dann wäre ich früher oder später im Knast gelandet und das konnte ich mir nicht leisten. Ich konnte es einfach nicht, weil dann mit mir zusammen auch mein Partner dort gelandet wäre, der stets geduldig all meine Weltverbesserungsversuche ertragen und dafür sogar den einen oder anderen politischen Text gelesen hatte, den ich für ihn ausgewählt hatte. Ich konnte es nicht, weil ich durch das Leben hinter Gittern im engen Kontakt mit anderen Personen nicht allzu lange hätte verbergen können, dass ich niemals schlief, dass ich plötzliche Stimmungsschwankungen hatte und dass meine Erinnerungen lückenhaft waren. Ich konnte es nicht, weil ich innerhalb kürzester Zeit in einer Irrenanstalt für Kriminelle gelandet wäre.

Nach acht Stunden kam ich völlig besoffen und tränenüberströmt aus meinem Loch gekrochen. Zu Hause verpasste ich mir eine Generalüberholung, dann ging ich zu einem Typen, der mir einen Job als Türsteher in einer Diskothek angeboten hatte, und tauschte den Palästinenserfeudel für immer gegen eine Krawatte ein.

Vielleicht war es ja kein allzu einschneidender Wechsel, aber von da an musste ich nur noch auf die Polizeistation, um gegen jemanden auszusagen, zu dessen Festnahme ich beigetragen hatte. Ich tröstete mich immer damit, dass es sich im Grunde genommen nicht um Gesinnungsgenossen, nicht um Leute wie du und ich handelte, sondern nur um Schläger und Störenfriede, aber irgendetwas gab mir immer das Gefühl, dass ich auf die falsche Seite übergewechselt war.

Schließlich erbarmte sich doch noch jemand, mich aus dem Wartesaal abzuholen, und brachte mich ins Büro von Ferolli, dem Leiter der Mordkommission. Dieser war ein Mann von Pelide Orto, der es mittels seines bestens zur Schau gestellten Vermittlungstalents und seines Familienvatergesichts zum beliebtesten Polizeichef Italiens gebracht hatte. Ein echter Christdemokrat der alten Schule, der vor ein paar Jahren beschlossen hatte, der Polizei den Rücken zu kehren und sich in die Politik zu begeben, allerdings ohne großen Erfolg. Er brachte es nicht weiter als zu einem Abgeordneten der hinteren Ränge.

Seine Wasserträger dagegen machten munter Karriere und Ferolli war einer von ihnen. Er war so um die fünfzig, hatte ein faltenreiches Gesicht mit sonnengegerbter Haut und einen Schnurrbart, dessen Enden vom Nikotin schmutzig gelb verfärbt waren. Ich hatte ihn im Zuge meiner Arbeit bereits kennen gelernt und war mir sicher, dass er mich nicht sonderlich schätzte. Polizisten neigen nun einmal dazu, jedem zu misstrauen, der privat im Sicherheitswesen tätig ist, wenn er zuvor nicht einer der ihren war.

Er ließ sich dazu herab, mir die Hand zu reichen, die ich auch annahm, und hieß mich vor seinem Schreibtisch Platz nehmen; hinter ihm hingen Wimpel und Poster von Uniformträgern in Aktion: ›Geh auch du zur Polizei; stets im Dienste der Bürger‹.

Ferolli schaute mich einige Augenblicke schweigend an – aus seinen schwarz umränderten Augen sprach die ganze Verachtung, die er gegenüber Leuten wie mir empfand.

»Na, Daziè, immer noch auf der Pirsch nach Durchgeknallten?«, begrüßte er mich schließlich.

»Nur wenn diese nicht gerade Jagd auf mich machen.« Ich streckte mich. Allmählich wurde ich ein wenig ungeduldig wegen des vergeudeten Abends. »Erinnern Sie mich doch bitte beim nächsten Mal, wenn Sie mich zu sich bitten, daran, dass ich mir etwas zu lesen einstecke, so was wie die Treccani-Enzyklopädie zum Beispiel. Die Zeit vergeht mit einer guten Lektüre einfach schneller.«

Ferolli beschloss, ruhig zu bleiben, und zündete sich eine filterlose Zigarette an. »Wir sind hier nicht nur für Sie da, Dazieri, offensichtlich hatten wir noch etwas anderes zu tun und konnten uns daher nicht sofort um Sie kümmern.« Er fuchtelte mit der Zigarette herum, deutete damit anklagend auf mich. »Ich habe Sie nur deshalb so unvermittelt hierher befördern lassen, weil Sie anscheinend kein Telefon haben. Normalerweise schicke ich meine Leute nicht raus, um Taxifahrer zu spielen.«

Nur dann, wenn du jemandem ganz dringend auf den Zeiger gehen willst, dachte ich bei mir. Es stimmte allerdings, dass ich, um unerwünschte Besuche zu vermeiden, nie etwas an meine Türklingel schrieb, und mein Telefon war auf den Namen von Freunden und Verwandten angemeldet. An dieser Stelle kam ich nicht mehr umhin, Ferolli meine Nummer mitzuteilen, merkte mir allerdings vor, baldmöglichst einen neuen Strohmann für einen neuen Anschluss zu finden.

»Wie meine Männer Ihnen bestimmt schon gesagt haben«, nahm er die Unterhaltung wieder auf, »sind Sie wegen des Mordes an Alice Gardoni hier. Wir haben sie vor ein paar Stunden gefunden, nachdem ihre Eltern sie als vermisst gemeldet hatten. Sie haben die Leiche bereits identifiziert, diesbezüglich gibt es also keine Zweifel. Nach Angaben der Gardonis waren Sie einer der Letzten, der sie gesehen hat, ehe sie von zu Hause weggelaufen ist. Stimmt das?«

»Ja, allerdings erschien mir diese Begegnung nicht allzu bedeutend.«

Zum zweiten Mal innerhalb weniger Stunden erzählte ich nun, wie der Samstagabend abgelaufen war. Dabei trauerte ich meiner vorigen Gesellschaft nach: Sie war die eindeutig angenehmere gewesen. Ich vermied es, Ferolli gegenüber die vertraulichen Informationen zu wiederholen, die Gardoni über seine Tochter abgegeben hatte; ein bisschen Diskretion kann eigentlich nie schaden.

Kurz wurde die Erzählung trotzdem nicht, was allerdings weniger daran lag, dass Ferolli so viel nachfragte, denn viel Neues schien für ihn nicht dabei zu sein, während er sich eine Zigarette nach der anderen anzündete. Vielmehr lag es an der Langsamkeit des Protokollanten, eines Polizisten, der wohl kurz vor der Pensionierung stand und nicht allzu arbeitseifrig mit zwei Fingern auf eine alte elektrische Olivetti einhieb.

»Tja, Pech für Sie, Dazieri«, kommentierte Ferolli, als ich meine Ausführungen beendet hatte. »Wenn Sie dieses arme Mädchen noch erwischt hätten, dann würde sie wohl noch leben, so allerdings ...«

Das traf mich tief, wohl auch, weil mir dieser Gedanke auch schon gekommen war und ich vergeblich versucht hatte, ihn zu verdrängen.

»Einen Moment bitte, ja. Auch wenn ich sie erwischt hätte, ist noch lange nicht gesagt, dass ich sie wirklich hätte festhalten können. Sie war zwar minderjährig, aber mit Sicherheit kein Wickelkind mehr. Wenn sie unbedingt gehen wollte, dann war das ihr Bier.« Um die Wahrheit zu sagen, ich war mir gar nicht mal so sicher, was ich wirklich getan hätte, wenn man berücksichtigt, in welcher Verfassung Alice sich bei ihrer Flucht befunden hatte, aber ich wollte ihm diese Genugtuung nicht gönnen. »Außerdem hätte das Mädchen auch am nächsten Morgen fliehen und sich umbringen lassen können. Auf jeden Fall hatte ich bereits genug damit zu tun, zu verhindern, dass sie nicht schon von diesem Schwachkopf von Chauffeur durchsiebt wurde.«

»Der Chauffeur in den Diensten der Signora Carapelli, Nicola Guarnieri, ist ein ehemaliger Polizeibeamter mit nachweislicher Erfahrung und einer mustergültigen Dienstlaufbahn«, fuhr mich Ferolli kalt an.

»Hut ab. Bevor ihr solche Leute entlasst, solltet ihr sie einen Intelligenztest machen lassen.«

Ferolli äußerte seine Verärgerung nur durch eine weitere Falte auf der Stirn und lehnte sich in seinem knarzenden Kunstledersessel zurück.

»Ihre Ironie können Sie sich sparen. Guarnieri ging von einem Einbruch aus, als er das Klirren von zerbrechendem Glas hörte, und handelte dementsprechend, als er eine Person verfolgte, die sich höchst verdächtig verhielt.«

»Im Nachthemd? Also die Einbrecher in Ihrer Gegend scheinen wirklich ein bisschen exzentrisch zu sein.«

»Ich merke schon, dass diese ganze Geschichte Sie nur amüsiert …« Das Telefon auf Ferollis Schreibtisch klingelte und das grimmige Lächeln auf seinen Lippen erstarb. Er nuschelte kurz etwas in den Hörer: Ja, nein, in Ordnung.

Angesäuert legte er auf und starrte mich wieder schweigend an.

Ich rief ihn ins Leben zurück: »Was halten Sie davon, wenn Sie mich jetzt einfach nach Hause gehen lassen? Wenn Sie wollen, dann kann ich auch noch einmal von vorne beginnen. Man kann ja nie wissen, vielleicht verwickele ich mich ja in Widersprüche.«

»So unterhaltsam ist es nun auch wieder nicht, Ihnen zuzuhören«, er reichte mir die Blätter, die der lahme Zwei-Finger-Tastenakrobat endlich zu Ende getippt hatte. Ich unterschrieb. »Und beruhigen Sie beim Hinausgehen bitte Ihre Anwältin, die meint, sie müsse da draußen ein Riesentheater veranstalten. Haben Sie ihr denn nicht gesagt, dass es sich nur um eine freundschaftliche Unterredung handelt?«

»Ich will Ihnen ja nicht zu nahe treten, aber bei Ihnen enden freundschaftliche Unterredungen schon öfter mal in Daumenschrauben und Fußfesseln. Ich bin einfach viel entspannter, wenn es da draußen jemanden gibt, der an mich denkt. Und nichts für ungut.«

Während ich mich erhob, setzte Ferolli noch einmal an: »Dazieri, ich werde einfach nicht schlau aus Ihnen und das stört mich. Ich weiß, dass Sie in der Vergangenheit dazu beigetragen haben, diverse Verbrecher aus dem Verkehr zu ziehen, zumindest seit Sie sich aus der Politik zurückgezogen haben, aber ich weiß auch, wie Sie wirklich über solche Dinge denken. Ich weiß, Sie halten es für durchaus akzeptabel, dass Mädchen von zu Hause fortlaufen, dass es Kommunen mit jungen Aussteigern gibt, die sich der Kleinkriminalität widmen, oder dass irgendwelche Tagediebe Häuser besetzen und Drogen nehmen. Mir dagegen passt so etwas ganz und gar nicht und ich bin mir sicher, dass diesem Mädchen das, was ihr jetzt zugestoßen ist, nicht hätte passieren müssen, wenn sie strenger erzogen worden wäre. Dazieri, Ihr Problem liegt darin, dass Sie sich weigern, zu entscheiden, auf welcher Seite der Barrikade Sie eigentlich stehen wollen. Aber Sie können nicht ewig oben auf dem Grat herumbalancieren: Früher oder später werden Sie abstürzen.«

»Vielen Dank für die Warnung. Ich werde sie mir auf mein Kopfkissen sticken, damit ich sie nicht vergesse.«

Ich ging, diesmal ohne Handschlag, und nahm den ersten Aufzug Richtung Erdgeschoss. Im Gang, den ich vor drei Stunden schon einmal passiert hatte, traf ich auf eine Delegation Punkabbestia in Handschellen, die von einer ebenso großen Anzahl Polizeibeamter mit angewidertem Gesichtsausdruck abgeführt wurden. Ich kannte einen aus dieser armseligen *chaingang:* Frikkio. Er war nur ein paar Jahre jünger als ich und schnorrte schon seit ewigen Zeiten an der U-Bahnstation der Porta Genova, wo ich fast jeden Tag vorbeikam.

»Sandrone, siehst du, was sie mit uns machen? Wir haben doch gar nichts getan!«, konnte er noch lautstark lamentieren, ehe man ihn weiterzerrte. Ich hatte leider keine Gelegenheit mehr, ihm den passenden Kommentar zu diesem unschönen Anblick mitzuteilen, der sich mir aufdrängte.

Am Ende des Korridors wartete Vale auf mich, pitschepatschenass trotz des Regenschirms, den sie wie einen Baseballschläger schwang. Ich lief zu ihr hin und umarmte sie.

6

Das Bild von den verhafteten Punks begleitete mich für den Rest meiner wachen Stunden, die ich allein daheim verbrachte, nachdem ich mich hatte überzeugen lassen, dass es wohl das Beste wäre, wenn Vale zu sich nach Hause ginge, um sich ihren persönlichen Angelegenheiten zuzuwenden, aus denen ich sie herausgerissen hatte. Ich musste nicht allzu viel detektivischen Spürsinn an den Tag legen, um die Gedankengänge der Polizei nachzuvollziehen. Alice Gardoni war umgebracht worden, Alice Gardoni pflegte merkwürdige Freundschaften und so war nunmehr der Moment gekommen, in der Stadt einmal kräftig aufzuräumen. Wenn sie mich hatten laufen lassen, dann nur, weil sie Besseres als meinesgleichen in Händen hatten.

Als ich am nächsten Abend um zwanzig Uhr nach einem lebhaften Traum aufwachte, wurden meine Mutmaßungen durch die Sammlung von Zeitungsartikeln bestätigt, die mein Partner auf dem Küchentisch schön übersichtlich für mich bereitgelegt hatte.

Fast alle Zeitungen hatten den Mord Gardoni auf den ersten Seiten abgehandelt. Alice war am Morgen in einem Wäldchen wenige Kilometer von der elterlichen Villa entfernt aufgefunden worden. Man hatte sie mit einem Pistolenschuss in die Brust getötet. Die Kugel hatte ihr Herz durchschlagen, und die Waffe war ganz in der Nähe gefunden worden. Kleiner Schock am Rande: Es war die Pistole von Papa Gardoni. Nach Meinung der Journalisten hatte das Mädchen sie für ihre Flucht entwendet und dann ihrem Mörder ausgehändigt.

Das machte mich sehr betroffen. Ich hatte wirklich nicht daran gedacht, nachzusehen, ob die Pistole noch hinter den Büchern versteckt war, als ich die Villa verließ. Die Ermittlungsbeamten lehnten sich bereits reichlich unvorsichtig aus dem Fenster, zeigten mit dem Finger auf denjenigen, ›der ihr bei der Flucht von zu Hause geholfen hatte‹, und benannten ihn als möglichen Täter. Die Schmierfinken ihrerseits konnten die Tinte kaum halten, als sie merkten, dass sie dankbare Opfer vor der Flinte hatten: Punkabbestia, heimtückische Verführer von armen, unschuldigen Mädchen aus gutem Hause und hinterhältige Mörder. Der mysteriöse Motorradfahrer war der Hauptverdächtige für den Mord, schon deshalb, weil man das Motorrad gar nicht weit von der Leiche gefunden und dieses sich noch dazu als gestohlen herausgestellt hatte. Da ich von ihm nur den Mittelfinger zu sehen bekommen hatte, konnte ich beim besten Willen nicht sagen, ob es sich um einen Punkabbestia gehandelt hatte oder nicht. Allerdings war das auch nicht mein Problem.

Der *Corriere della Sera*, stets am besten über polizeiliche Angelegenheiten informiert, erwähnte mich und beschrieb mich als den ›Privatdetektiv, der mit der Überwachung der Villa beauftragt war‹. Wie romantisch.

Ich versuchte, mir vorzustellen, wie ich mit einem Schlapphut à la Bogart Heldentaten vollbrachte, doch die Bilder kollidierten mit der armseligen Wirklichkeit, die mich in Unterhosen in einer Küche sitzen ließ, in der alles auseinander brach. Zum Beispiel hatte der Kühlschrank am Vorabend seinen Geist aufgegeben und das Geld von Gardoni würde gewiss nicht ausreichen, um einen neuen zu kaufen. Ich beschloss, mich selbst an der Reparatur zu versuchen.

Schließlich war es im Grunde genommen nichts anderes als ein Blechkasten mit ein paar dünnen Röhren, die mit giftigen Gasen gefüllt waren. So einfach ist das, Watson.

›Hier sehen wir den heroischen Detektiv, wie er sich auf eine schwierige Mission begibt.‹ Ich schaffte es, die Schrottkiste mit der Vorderseite nach unten auf den Boden zu legen, nachdem ich sie zuvor von ihrem kärglichen Inhalt befreit hatte, und war zunächst einmal entsetzt über die Unmenge an Dreck, die sich dahinter und darunter angesammelt hatte. ›Hier sieht man ihn, wie er mit einem Vileda-Mob die Spuren eines Verbrechens verwischt.‹ Ich setzte mich rittlings auf die Rückseite des nutzlosen Dings und versuchte die Verkleidung zu lösen, um einen Blick auf sein Innenleben zu werfen. Warum ist es eigentlich immer die verfluchte letzte Schraube, die sich nicht lösen lässt?

Ich wollte sie lockern, indem ich eine Messerklinge zwischen den Schraubenkopf und die Rückwand schob. ›Klong‹ machte das Messer und brach entzwei. »Scheiße«, machte ich und unterdrückte meinen spontanen Impuls, es an die Wand zu pfeffern. Mit den Jahren war ich hinter das Geheimnis gekommen, wie man Wutanfälle unter Kontrolle bekommen kann: Atemübungen und Alkohol.

Ich befreite mich aus der unbequemen Position und ging zum Barwagen, um mir ein paar Gläser Rotwein zu genehmigen, ehe ich mich mit einem widerstandsfähiger wirkenden Messer wieder an die Arbeit begab. Und es funktionierte.

Dann gab sich die Gaspumpe meinen Blicken preis: Sie war halb verschmort. Das war also der kleine Bastard, der für alles verantwortlich war. Ich hatte allerdings keinen Schimmer, wie ich ihn entfernen und austauschen könnte, ohne dabei das ganze Gas aus dem Röhrensystem freizusetzen – es gab nämlich keine Sicherheitsventile. Ich würde wohl die komplette Röhrenschlange ausbauen müssen, wenn ich mich nicht selbst vergasen wollte.

Die Aufgabe schien mir jenseits meiner Möglichkeiten und so stand ich auf, um mir ein weiteres Glas Wein einzuschenken. Dabei ließ ich mich von der Jazzmusik aus dem Radio mitreißen. Ich liebe Jazz, vor allem Bebop. Ich tanzte zu dem synkopierten Crescendo einer Trompete durch die Wohnung. Ich wollte immer schon ein Blasinstrument lernen, aber man kann leider nicht alles machen, selbst dann nicht, wenn man zwei halbe Leben zur Verfügung hat.

Durch die Noten drang entferntes Geschrei zu mir durch. Ich drehte leiser, um besser hören zu können. Irgendjemand stritt sich im Hinterhof oder im Treppenhaus herum.

Froh über die Ablenkung schlüpfte ich in meine Hosen und die AirNikes und trat auf die Galerie vor der Wohnungstür. Nie kümmerst du dich um deine eigenen Angelegenheiten, dachte ich.

»Ihr habt von hier zu verschwinden, verstanden?!«, jaulte ein Mann, den ich als den Nörgler aus dem Erdgeschoss wieder erkannte. Ich schaute auf meine Uhr: fast Mitternacht. Er würde noch das gesamte Haus aufwecken.

»Aber was haben wir dir denn getan? Alles nur, weil der Hund auf deinen Fußabtreter gepinkelt hat. Das hat er doch nicht mit Absicht getan, es ist doch nur ein Hund! Und außerdem waren es höchstens zwei Tröpfchen.« Die geheimnisvollen Unbekannten schienen, ihren Stimmen nach zu schließen, jung zu sein. »Wir suchen jemanden, der hier wohnen soll, das haben wir doch schon erzählt. Wenn du uns nicht helfen willst, dann geh doch wieder rein. Dann fragen wir halt jemand anderen.«

Ein schrecklicher Verdacht ließ mich die Treppen hinunterstürzen, wobei ich jeweils drei Stufen auf einmal nahm, bis ich das Epizentrum der Katastrophe erreicht hatte. Auf meinem Weg kam ich an einer ganzen Reihe halb geöffneter Türen und verschlafener Gesichter vorbei. Ich schenkte allen mein verbindlichstes Lächeln.

Mein Nachbar sah sich einem Grüppchen Punkabbestia mit einer entsprechenden Anzahl Hunden gegenüber. Sie waren zu viert, zwei Jungs und zwei Mädchen, und unter ihnen erkannte ich Frikkio, der bei meinem Anblick sofort breit lächelte und mir zuwinkte. Ein schwerer Schlag für mein gutes Renommee im Viertel!

»Sandrone! Ich hatte also doch Recht, du wohnst wirklich hier! Seht ihr Arschgesichter jetzt, dass ich mich nicht geirrt habe?«

Die anderen grinsten sich breit zu und klopften sich gegenseitig auf die Schulter. So eine Freude, so ein Glück! Der Nachbar, in Unterhemd und Schlappen, blickte mich dümmlich an.

»Dazieri, was bringen Sie uns nur für Leute ins Haus? In letzter Zeit hat man ja gar keine Ruhe mehr mit all der Polizei und den Herumtreibern, und alle wollen sie zu Ihnen.«

»Ich bin eben eine viel gefragte Persönlichkeit, wenn ich das in aller Bescheidenheit sagen darf.«

»Darüber sprechen wir noch auf der Hausversammlung. Sie werden schon sehen, was passiert, wenn das nicht aufhört.« Er schlug die Tür zu und ließ mich mit den Fantastischen Vier allein.

»Und? Meint ihr nicht auch, dass es fürs Schnorren schon ein bisschen spät ist?«, fragte ich und fürchtete das Schlimmste.

»Aber was heißt denn hier Schnorren ...«, brummte Frikkio. »Es ist so, man hat uns gerade wieder rausgelassen und wir müssen mit dir reden. Nur fünf Minuten.«

Angesichts der vorgerückten Stunde schien es mir nicht angebracht, darüber weiter im Treppenhaus zu diskutieren, und ich fügte mich in mein Schicksal.

»Okay, ihr könnt hochkommen, aber wenn ihr euch nicht benehmt, fliegt ihr hochkantig raus. Und die Hunde müssen draußen bleiben. Nein, kein Aber. Lost unter euch aus, wer den Hundesitter macht, und der Rest kommt mit mir nach oben.«

Es gab ein kurzes Palaver, dann opferte sich eins der Mädchen, das eine Kette vom Ohr bis zum Nasenflügel trug. Ich geleitete die Übrigen in mein Heim.

Wir setzten uns an den Küchentisch und ich sah mir meine Gäste ein wenig genauer an. Die zwei, die ich nicht kannte, stellten sich als Patty und Fango vor. Sie waren alle um die zwanzig, sahen wie üblich ziemlich abgefuckt aus, wozu diesmal allerdings zusätzlich eine schöne Kollektion blauer Augen, geschwollener Nasen und aufgeplatzter Lippen beitrug. Ich hatte gesehen, wie man sie in Handschellen abführte, und musste daher nicht groß fragen, ob man mit ihnen ein wenig den Fußboden geschrubbt hatte. Und so brachte ich es einfach nicht übers Herz, ihnen ein Gläschen zu verweigern.

Ich öffnete eine weitere Flasche und goss ihnen ein, was weitere Freudenstürme auslöste. Wie sie sich so fröhlich einen hinter die Binde kippten, schienen sie mir mit einem Mal viel jünger und rührten mich beinahe mit ihren bunten Tüchern um Hals und Kopf und den zerrissenen Klamotten. Beinahe.

»Also? Was verschafft mir die Ehre?«

»Du weißt doch, was mit Alix passiert ist, oder?« Frikkio sprach wieder als Erster. Vielleicht war er aufgrund seines Verdienstes, mich zu kennen, zum Gruppensprecher ernannt worden.

»Wenn Alix Alice Gardoni war, dann ja. Es hat ja kaum noch jemand was anderes zu tun, als mich ständig daran zu erinnern. Und weiter?«

»Sie haben Skizzo wegen dem Mord eingebuchtet.«

»Und wer ist Skizzo?«

»Er ist einer von uns, er lebt mit uns im *squat* in der Via Monteverdi.« Ein besetztes Haus im Norden der Stadt. »Alix und er waren zusammen.«

»Und warum soll er es gewesen sein?«

»Der Rechtsanwalt sagt, dass man seine Fingerabdrücke auf dem Motorrad und der Knarre gefunden hat. Er war polizeilich registriert und es war bekannt, dass er bei uns wohnte. Sie kamen gestern Nachmittag und haben eine Razzia gemacht.«

»Okay, euch hat man jetzt laufen lassen und ihn hat man dabehalten. Was wollt ihr: Leute umbringen ist nun einmal immer noch eine strafbare Handlung.«

»Wir sind sicher, dass Skizzo unschuldig ist.«

»Das freut mich für ihn. Aber davon müsst ihr den Richter und die Polizei überzeugen, nicht mich.«

»Aber von denen will uns doch keiner zuhören!«, warf Patty fast unter Tränen ein.

»Sprecht doch mit dem Anwalt«, seufzte ich. »Leute, was erwartet ihr denn? Es muss euch doch klar sein, dass sie der Meinung sind, dass ihr nicht gerade vertrauenswürdige Zeugen seid.«

»Aber Skizzo war es nicht. Skizzo hatte Alix gern. Alix wollte mit uns im *squat* leben.«

»Vielleicht wollte sie ja Schluss machen. Hör mal, ich habe schon ganz normale Menschen so viele blödsinnige Dinge dieser Art tun sehen, das kannst du dir gar nicht vorstellen. Vielleicht war es ja auch ein erotisches Spielchen, dann hat sich ein Schuss gelöst – und tschüss.«

»Es war nicht Skizzo. Skizzo ist zwar immer völlig dicht, aber er ist nicht der Typ, der mit Kanonen rumspielt.« Frikkio hatte wieder das Wort ergriffen. »Und außerdem konnte er gar nicht Motorrad fahren. Skizzo hat sogar Angst vorm Fahrradfahren. Er fällt immer um und auf einem Motorrad könnte er sich erst recht nicht aufrecht halten, nicht in einer Million Jahren.«

Alles in allem ein gerechtfertigter Einwand, vor Gericht hätte er vielleicht fünf Minuten Bestand.

»Passt auf, mal angenommen, das stimmt und lässt sich auch beweisen, dann hätte Skizzo immer noch einen Komplizen haben können, der das Motorrad gefahren und das Mädchen zu ihm gebracht hat.«

»Aber sie haben sich zwei Wochen lang nicht gesehen, Alix und er. Skizzo hatte schon voll die Krise, weil er nicht einmal mit ihr sprechen konnte. Immer wenn er anrief, legten ihre Alten sofort auf.«

»Gut, auch das ist interessant. Aber die Richter achten nicht so sehr auf Feinheiten und es gibt keinen triftigen Grund, weshalb jemand anders Alix umbringen wollte. Schließlich war sie doch noch ein kleines Mädchen«, erklärte ich ihnen geduldig.

»Da liegst du aber völlig falsch. Alix hatte eine Scheißangst davor, dass man ihr was antun könnte. Bevor sie vor zwei Jahren was mit Skizzo anfing, war sie mit einem Typen zusammen, der sie anschaffen schickte. Und als sie dann mit ihm Schluss gemacht hat, hat er ihr geschworen, dass sie dafür noch büßen müsste. Einmal hat er versucht, sie mit dem Auto zu überfahren.«

»Alice ging anschaffen? Also bitte, wer oder was sollte die Tochter einer der reichsten Familien Mailands denn zwingen, so was zu tun?«

»Ihre Eltern gingen ihr doch fürchterlich auf den Keks«, ergriff Patty wieder das Wort. »Sie wollte keinen Pfennig von ihnen. Außerdem war sie in Raffaele verliebt und hätte alles für ihn getan. Du musst allerdings nicht denken, dass er sie wirklich auf die Straße geschickt hat, sie war ja gerade erst fünfzehn. Er stellte sie seinen ›Freunden‹ vor.«

»Tolle Freunde. Habt ihr das auch der Polizei gesagt?«

»Ja, und sie haben uns gesagt, wir sollen das Maul halten und uns um unseren eigenen Scheiß kümmern, wenn wir uns nicht auch noch eine Verleumdungsklage einfangen wollten.«

Das war verständlich: Sie hatten ihren Mörder schon, da war es absolut unnötig, eine angesehene Familie mit Dreck zu bewerfen.

»Also gut, vielleicht ist die ganze Angelegenheit doch komplizierter, als sie auf den ersten Blick aussieht. Aber da bleiben immer noch Skizzos Fingerabdrücke auf der Waffe, und dieses Problem ist sehr schwer aus der Welt zu schaffen. Was sagt er denn dazu?«

»Er erinnert sich an nichts. Er ist vor ein paar Tagen verschwunden und wir dachten, dass er irgendwo unterwegs zusammengeklappt wär. Als er zu uns zurückkam, war er völlig durch den Wind. In seinem Kopf ist ein großes schwarzes Loch. Das hat er auch dem Richter erzählt.«

»Ich kann mir vorstellen, dass der ihm jedes Wort geglaubt hat. Wie auch immer, sprecht mit eurem Anwalt darüber und kümmert euch um euren Freund. Vielleicht kommt ja was dabei rum. Ich verstehe beim besten Willen nicht, was ich mit der ganzen Sache zu tun haben soll.

Ich bin nur ein unbedeutender Zeuge, ich kann euch nicht viel weiterhelfen.«

»Das stimmt nicht«, je länger Patty sprach, desto mehr Selbstvertrauen bekam sie. »Du kannst uns ganz im Gegenteil sehr viel helfen.«

»Und wie?«

»Wir haben in der Zeitung gelesen, dass du ein privater Ermittler bist. Wir wollen dich anheuern, damit du Beweise findest, die Skizzo helfen können.«

»Ich bin WAS?« Ich sprang auf, um besser gestikulieren zu können. »Liebe Kinder, zunächst einmal, glaubt nicht alles, was in der Zeitung steht. Wenn überhaupt, dann bin ich Gorilla, kein Bulle. Zweitens, seht weniger fern, schließlich sind wir hier in Italien und da sind private Ermittler nur pensionierte Polizeioffiziere, die nichts anderes tun, als Leute beim Seitensprung zu fotografieren. Mit Mordfällen haben sie absolut nichts am Hut.«

»Du bist der Einzige, der uns helfen kann. Du weißt, an wen man sich wenden muss, welche Beweise man dem Anwalt bringen muss. Von all dem Zeug verstehst du was, wir nicht.«

Ich schäumte. Mir schauderte. Ich setzte mich wieder.

»Und dann, warum sollte ich euch denn helfen? Wollt ihr mich etwa bezahlen?«, fragte ich tückisch.

Sie waren einen Augenblick lang still, dann ergriff zum ersten Mal und reichlich schüchtern Fango das Wort. Er hatte eine hübsche Stimme, aber seine Aussprache war völlig daneben, da ihm sämtliche Zähne fehlten und er sich außerdem ein Metalldings durch die Zunge gebohrt hatte.

»Wir haben keine einzige Lira. Aber man hat uns erzählt, dass du dich auch schon mal in besetzten Häusern rumgetrieben hast. Dass du also sozusagen ein Bruder bist.«

»Ein Bruder?«, empörte ich mich. »Wenn ich einkaufen gehe, dann möchte *Bruder* Bäcker ein paar von den *Gebrüdern* Taler sehen, mit einem Gruß mit der geballten Faust gibt er sich nicht zufrieden. Nicht alle leben von der Bettelei, zum Teufel!«

Ich starrte sie atemlos an.

»Du kannst dich da nicht raushalten. Du kannst uns doch nicht in der Scheiße hängen lassen.«

»Dann sag mir doch mal einen guten Grund.«

»Wenn du uns auch noch hängen lässt, dann wird Skizzo verurteilt und das ist einfach nicht gerecht. Er ist erst zweiundzwanzig und er würde lebenslänglich kriegen.«

Lebenslänglich wird in den Urteilsbegründungen folgendermaßen umschrieben: ›Ende der Strafe: niemals‹. Diese Formulierung kam mir immer vor wie ein Satz aus einem Horrorfilm. Das ganze Leben in einem Loch. Ich musste daran denken, wie lange das wohl für Skizzo werden würde, und plötzlich fühlte ich mich schuldig. Warum hätte ich gar nicht sagen können, vielleicht, weil mein einziges Problem zurzeit in einem kaputten Kühlschrank bestand. Nach einer Minute verlegenen Schweigens sprach zu meiner größten Bestürzung mein Mund von ganz allein los.

»Hört zu. Mir tut es Leid, dass ein junger Kerl in den Bau wandern soll, vor allem dann, wenn die entfernte Möglichkeit besteht, dass er unschuldig ist. Als Erstes müsst ihr einen guten Anwalt für ihn besorgen. Wisst ihr, ob Skizzos Familie ihm beim Honorar unter die Arme greifen kann?«

Unisono schüttelten alle drei den Kopf.

»Er ist vor vier Jahren von zu Hause abgehauen und seine Eltern sind bettelarm«, meinte Patty dazu.

Das wurde ja immer besser. Ich seufzte noch einmal, diesmal etwas länger. »Lasst mich mal telefonieren.«

Ich griff mir mein schnurloses Telefon und zog mich ins Schlafzimmer zurück, wobei ich die drei durch die offene Tür im Auge behielt. Ich machte mich auf dem Bett lang.

Auch wenn ich eigentlich nie am Stück schlafe, so nenne ich doch ein Bett mein Eigen. Für den Sex – die wenigen Male, die ich Gelegenheit dazu habe – und zum Entspannen. Mein Partner und ich verbringen diverse Stunden auf der Matratze, da unsere Muskeln ganz wie bei normalen Menschen müde werden, auch wenn wir sonst nicht ganz normal sind.

Vale hob beim dritten Klingeln ab.

»Bist du jetzt verhaftet?«, fragte sie mich mit verschlafener Stimme.

»Nein, ich brauche nur einen Rat.«

»Scheiße, um ein Uhr nachts? Ich muss morgen um neun im Gericht sein.« Sie beschimpfte mich noch ein paar Minuten lang, ehe sie mich zu Wort kommen ließ.

»Wen aus deiner Kanzlei würdest du mir für einen Mordfall empfehlen?«

»Mich bestimmt nicht, ich habe nicht genügend Erfahrung.« Da kam ihr ein Geistesblitz. »Wart mal, geht es etwa um den Fall Gardoni?« Sie war schon immer ein helles Köpfchen, ich liebe sie nicht aus lauter Jux und Tollerei.

»Ja.«

»Hast du etwa Mitleid mit dem Punkabbestia bekommen, den man ins Gefängnis gesteckt hat?«

»Exactly, wieder ein Volltreffer.«

»Das wird bestimmt ein verdammtes Stück Arbeit. Ich an deiner Stelle würde es bei Mirko probieren. Er versteht was davon und in der Vergangenheit hat er deine Freunde vom Leoncavallo auch umsonst verteidigt. Auch wenn mir das kein politischer Fall zu sein scheint.«

»Für mich dagegen sieht es immer mehr danach aus. Hör zu, wenn ich hier alles geregelt habe, darf ich dann bei dir vorbeischauen und kuscheln kommen?«, winselte ich.

»Wage es ja nicht.« Damit legte sie auf.

Bei Mirko dauerte es länger, bis er ranging. Zweimal schaltete sich der Anrufbeanworter ein und ich musste wieder auflegen und noch einmal wählen in der Hoffnung, dass er zu Hause war. Er ist ein Kollege aus Vales Anwaltskanzlei und manchmal erledige ich für ihn einen Gefallen, Zeugen aufspüren oder Ähnliches. Wenn wir auch nicht wirklich dicke Freunde sind, kommen wir dem doch ziemlich nahe – nur um sein knabenhaftes Gesicht beneide ich ihn, das er sich trotz seiner achtunddreißig Jahre erhalten konnte und ihn für das andere Geschlecht schier unwiderstehlich macht.

Neben seinem guten Aussehen ist ein weiterer Pluspunkt, dass er gerne von vornherein aussichtslose Fälle übernimmt, wenn er meint, dass es die Sache wert ist.

»Wer ist gestorben?«, hörte ich schließlich seine verschlafene Stimme sagen. Rechtsanwälte gehen alle mit den Hühnern ins Bett, das hätte ich mir merken müssen.

»Hallo, schöner Mann. Rate mal, wer dran ist.«

Er erkannte mich. »Sandrone ... Was ist los, steht die Polizei bei dir vorm Haus?«

»Nein, noch schlimmer. Ich habe Punkabbestia im Haus.«

»Das tut mir Leid für dich. Und was habe ich damit zu tun?«

Ich schilderte ihm die Angelegenheit in groben Zügen.

»Und warum sind die sich so sicher, dass er unschuldig ist?«, fragte er am Ende, mittlerweile hörbar wacher.

»Weil er nicht Motorrad fahren kann und das Mädchen vor ihm einen anderen Freund gehabt hat.«

»Ein bisschen schwach als Grundlage für eine Verteidigung.«

»Ja klar, aber das ist alles, was wir haben. Du sollst ja auch gar nicht deine ganze Karriere an diesen Fall hängen, doch du bist der Einzige, der garantieren könnte, dass dieser Junge ein faires Verfahren bekommt.«

»Selbstverständlich umsonst.«

»Selbstverständlich, aber ich werde versuchen, dich dabei zu unterstützen, wo ich kann.«

»Das ist auch das Mindeste, was ich erwarte. In Ordnung, sag ihnen, dass er mich als Anwalt benennen soll. Wir hören dann die Woche voneinander.« Er beendete das Gespräch.

Die drei hatten sich nicht vom Tisch wegbewegt und blickten mich bei der Rückkehr in die Küche an, als sei ich der Messias in Person. Ich schenkte ihnen ein huldvolles Lächeln.

»Also hört zu: Schickt eurem Freund ein Telegramm und sagt ihm, dass er Mirko Bastoni aus Mailand als Anwalt angeben soll.« Ich schrieb ihnen Namen und Adresse auf die Rückseite einer Busfahrkarte. »Erledigt das gleich morgen früh. Wenn ich den Fall mit Mirko durchgesprochen habe, werden wir sehen, wie wir weiter vorgehen. Habt ihr Telefon in der Monteverdi?«

»Ja«, antwortete Frikkio.

»Gut, und dann sollte ab morgen immer jemand in der Nähe des Apparates sein. Vor Ende der Woche werde ich mich melden. Da euer Telefon mit Sicherheit abgehört wird, werde ich von irgendeiner Telefonzelle aus anrufen und mich mit Onkel Pippo melden, merkt euch das bitte. Und jetzt macht gefälligst, dass ihr wegkommt.«

Als die drei Punks aufsprangen, wirkten sie eindeutig glücklicher als beim Hereinkommen, doch ich versuchte, ihre Begeisterung zu bremsen.

»Versprecht euch nicht zu viel davon. Ich werde erst mal mit dem Anwalt abwägen, ob da noch was zu retten ist. Wahrscheinlich ja eher nicht, also macht euch darüber mal keine allzu großen Illusionen.«

»Skizzo ist unschuldig. Da muss einfach was Gutes bei rumkommen«, sagte Frikkio.

»Wenn du das sagst … Ich habe aber, ehrlich gesagt, immer noch keinen Schimmer, wie Skizzos Fingerabdrücke auf die Waffe gekommen sein sollen, wenn er unschuldig ist. Vielleicht war er auch nicht allein und er hat das alles nicht gewollt … Also, ich weiß nicht, aber wir werden sehen.«

»Ich wusste, dass du ein Bruder bist.« Fango hielt mir die Hand hin zum kameradschaftlichen Gruß. Ein wenig verlegen schlug ich ein.

Als sie schon unterwegs zur Tür waren, hielt ich sie noch einmal zurück.

»Wartet einen Moment. Wo ihr auf dem Weg nach unten seid, könntet ihr eigentlich auch gleich den Kühlschrank mitnehmen. Der ist nur noch Schrott. Lasst ihn liegen, wo ihr wollt, aber bitte weit genug entfernt von meiner Haustür.«

Drei Stockwerke lang hörte ich sie unter der Last fluchen.

7

Es dauerte fast eine Woche, ehe Mirko seinen neuen Mandanten sprechen konnte, zum einen wegen seiner Termine, zum anderen, weil die Ernennung nicht sofort erfolgt war, und dann vergingen weitere zehn Tage, ehe ich mich mit ihm treffen konnte, da wir beide mit diversen Angelegenheiten beschäftigt waren: er mit einträglicheren Verfahren, ich mit einem Lyrikfestival, das ein verrückter Verleger aus Rom auf die Beine stellen wollte.

Es handelte sich dabei um Alberto Castellini, einen meiner Bekannten, der sich mit dem Publizieren von esoterischem Quark und Ufostudien über Wasser hielt. Trotz seines notorisch schlechten Rufes als Scharlatan war es Castellini gelungen, durch Herumschwadronieren über fantastische Projekte einige Sponsoren zu gewinnen, die das Ganze finanzierten, und er hatte mich hinzugezogen, damit ich mich um die Organisation kümmerte. Da wir beide so viel wie möglich von der Summe für uns behalten wollten, hatten wir als Helfer nur absolute Nieten engagiert, Leute, die kaum in der Lage waren, einen Telefonhörer in der Hand zu halten oder den Gästen zu folgen, ohne ihnen in die Hacken zu treten.

Die Werbekampagne, aufgezogen von einem Pressesprecher, der um keinen Deut begabter war als der Rest der Truppe, war so grottenschlecht, dass das Festival weniger als spärlich besucht war. Wenn sich dann doch jemand in den von uns angemieteten Gemeindesaal hineintraute, gelangte er schlagartig zu der Einsicht, dass er sich wohl verirrt haben musste, und suchte fluchtartig das Weite. Nach der ersten Bestürzung hatten sich die Geldgeber selbstverständlich fürchterlich aufgeregt und nach jemandem gesucht, den sie dafür strammstehen lassen konnten, doch Castellini war schon gleich zu Beginn im Kielwasser einer anmutigen Schönheit verschwunden und hatte es meinem Partner und mir überlassen, die Gemüter wieder zu beruhigen. Das hielt ich genau einen Tag lang durch, dann hatte ich die Schnauze voll und schloss mich einer munteren Gesellschaft von Dichtern aus der ehemaligen Sowjetunion an. Sie waren ähnliche Hungerkünstler wie ich und hatten sich für die Veranstaltung verpflichten lassen. Wir sperrten uns im Hotel der Russen ein und ließen uns gepflegt voll laufen, das Desaster musste ohne unsere Anwesenheit sein Ende finden.

Trotz des unrühmlichen Ausgangs hatten mein Partner und ich auf diese Weise einen recht ansehnlichen Scheck kassiert, so dass wir uns zwei, drei Monate lang keine Sorgen um das nackte Überleben machen mussten. Und uns sogar einen schönen neuen Kühlschrank leisten konnten, mit einem externen Eiswürfelspender. Sein

Kirschrot machte sich wirklich gut neben den grünen Hängeschränken.

In der Zwischenzeit hatte sich der Fall Gardoni nach einer Beerdigung, auf der es an guten Namen und theatralischen Abschiedsszenen nicht mangelte, hartnäckig in den Zeitungen gehalten, wo man nun Soziologen und Kommentatoren zu Wort kommen ließ.

Ein Magazin hatte sogar einen Stadtplan veröffentlicht, in dem all die Orte Mailands verzeichnet waren, an denen man Gefahr lief, auf jugendliche Gewalttäter und Kleinkriminelle zu stoßen. Auch alle Sozialzentren und besetzten Häuser waren darauf markiert, die mit den Punkabbestia nicht das Geringste zu tun hatten. Ich fühlte mich ein wenig wie in den Achtzigern, als die Journalisten mit großer Begeisterung die Jugendlichen der Stadt in Popper und Skinheads einteilten, wobei sie sich für ihr Urteil auf die jeweiligen Haarschnitte oder die Farbe der Socken stützten.

Ich war vom *Giudice per le Indagini Preliminari,* dem Untersuchungsrichter, kurz ›Gip‹ genannt, als Zeuge vorgeladen worden, und diese Aufgabe fiel in die Schicht meines Partners, der die Aussage wie ein Papagei herunterrasselte. Die Verhandlung hinterließ bei ihm den Eindruck, dass auch der Richter nur darauf wartete, Skizzo, dem schändlichen Wüstling, die Schlinge um den Hals zu legen.

Merkwürdigerweise hatte mein Partner mich wieder einmal verblüffen können, indem er meine Entscheidung, den Jungs zu helfen, gut fand. »Der Mensch lebt nicht vom Brot allein«, hatte er auf dem Blatt des Tages weise vermerkt. Er hatte ja Recht: Man braucht auch etwas zum Belegen. Zum Glück hatte der Himmel die Taler von Castellini regnen lassen, vielleicht, um uns für unsere Herzensgüte zu belohnen.

Mit wohl gefüllter Brieftasche war ich so guter Laune, dass ich Mirko zum Abendessen in eines der teuersten Restaurants meiner Stammlokale einlud, in die *Indiana Post* in der Via Casale, einen Tex-Mex-Laden mit beachtlichen Steaks und ausreichend lauter Musik, um vertrauliche Gespräche gut zu übertönen.

Im Gegensatz zu mir ist Mirko ein überzeugter Kannibale und ich konnte tatsächlich sehen, wie sich seine Stimmung im Laufe des Abends stetig besserte, aber ich wartete höflich ab, bis er mit seinem *cheesecake* fertig war, ehe ich mich nach seiner Unterredung im Gefängnis erkundigte.

»Das ist ein ganz schöner Schlamassel«, begann er und zündete sich eine Zigarette an. »Der Junge, der im Übrigen mit wahrem Namen Nicola Calderazzi heißt, ist total verängstigt und begreift allmählich, dass das alles nicht nur ein schlimmer LSD-Trip ist. Aus der Blutuntersuchung geht hervor, dass zum Zeitpunkt seiner Verhaftung mindestens drei verschiedene Rauschmittel in seinem Kreislauf waren. Das könnten wir als mildernde Umstände geltend machen, sollten wir auf schuldig plädieren.«

Ich pickte mit der Gabel die letzten Krümel von meinem Teller, auch ich hatte einen *cheesecake*. »Glaubst du, dass er es gewesen ist?«, fragte ich ihn.

Schweigend rauchte er ein paar Sekunden lang, ehe er antwortete. »Ich würde dir jetzt gern mit nein antworten, aber ich habe nichts in der Hand, was dies in irgendeiner Weise untermauert. Calderazzi sagt, dass er an den Tag, an dem die Gardoni ermordet wurde, keinerlei Erinnerung hat und ebenso wenig an den Tag davor. Nach heftigem Nachdenken konnte er immerhin rekonstruieren, dass er Freitagnacht zum Leoncavallo gegangen ist, um dort ein Konzert zu besuchen, und dass er gegen Mitternacht hinausgeschmissen wurde, weil er Ärger gemacht hatte. Dann erinnert er sich wieder, dass er am Montagmorgen in das besetzte Haus in der Via Monteverdi zurückkehrte und dass die Polizei kam. Der Rest liegt in totaler Finsternis. Wenn man ihn so sieht, wirkt er ehrlich, aber es ist nicht auszuschließen, dass er eine Dummheit gemacht und, zugedröhnt wie er war, alles vergessen hat. Wie auch immer, meine Arbeit besteht nicht darin, herauszufinden, ob er schuldig ist oder nicht, sondern ihn freizubekommen. Sicher«, dabei lächelte er ironisch, »wenn es Beweise gäbe, die ihn entlasteten, dann wäre alles ganz einfach. Stattdessen sind da seine Fingerabdrücke und die sind ein ziemlich schwerwiegendes Indiz.«

»Wirst du ein Gegengutachten einholen?«

»Selbstverständlich, auch wenn ich das Gefühl habe, dass es reine Zeitverschwendung ist.«

»Wie war seine Beziehung zu dem Mädchen?«

»Sie gingen miteinander, wie es aussieht. Und er scheint über ihren Tod wirklich sehr unglücklich zu sein. Sie haben sich vor ein paar Jahren kennen gelernt. Calderazzi zufolge hielt sie es schon damals nicht mehr mit ihren Eltern aus und fing an, sich tagelang draußen rumzutreiben. Sie hatte etwas mit einem gewissen ... ich glaube, er hieß Raffaele, ein Zuhälter oder so etwas in der Richtung, und Calderazzi sagt, dass sie ab und an für ihn anschaffen ging. Als sie zum ersten Mal versuchte, ihn zu verlassen, hat er sie bedroht und verprügelt. Das muss vor mehr als einem Jahr gewesen sein. Dann hat Alice ihre Kontakte zu den Leuten von der Via Monteverdi intensiviert und die Sache mit Calderazzi angefangen.« Er unterbrach sich, als der Kellner vorbeikam. Er bestellte einen Kaffee und ich einen Grappa. »Die Gardoni hatte ein ziemlich kompliziertes Leben und dann ist sie auch noch so jung gestorben. Sind ihre Eltern wirklich so fürchterlich?«, fragte er mich.

»Das würde ich nicht sagen. Sie scheinen die typischen Spießbürger zu sein, nicht allzu helle, aber auch nicht besonders repressiv. Wenn man bedenkt, dass sie nie mitbekommen haben, dass ihre Tochter sie hasste oder dass sie auf den Strich ging, dann müssen sie zumindest ein bisschen stumpf sein.«

»Ach, Eltern sind doch immer die Letzten, die etwas mitbekommen«, seufzte er und wirkte noch jugendlicher. »Soweit Calderazzi erzählt, hat er Alice schon seit ein paar Wochen nicht mehr gesehen, aber er ist sicher, dass das Mädchen bald zu ihm ziehen wollte. Auf jeden Fall bestreitet er, dass sie irgendetwas im Stile von ›Flucht aus Liebe‹ verabredet hätten, und ebenso bestreitet er, das Motorrad geklaut zu haben.«

»Wirst du eine Aufstellung der Telefonate aus der Villa beantragen?«

»Das hätte keinen Sinn. Wenn das Mädchen in den letzten beiden Wochen in der Via Monteverdi angerufen hat, wäre das ein Beweis gegen meinen Mandanten, ganz gleich, worüber sie dabei gesprochen haben. Und der umgekehrte Fall würde auch nichts beweisen. Er kann ja auch aus einer Telefonzelle angerufen haben.«

Das stimmte. Ich schlürfte die letzten Tropfen Grappa und gab dem Kellner ein Zeichen, mir einen weiteren zu bringen.

»Also, es gibt jetzt drei Möglichkeiten, die sich teilweise überschneiden.« Ich zählte an den Fingern auf: »Erstens, er erinnert sich an nichts, aber er ist schuldig. Zweitens: Er gibt vor, sich an nichts zu erinnern, weil er es gewesen ist und jetzt nicht mehr weiterweiß. Drittens: Er erinnert sich an nichts und wurde aus irgendeinem Grund von jemand anderem als Täter hingestellt. Wie ist nicht bekannt.«

»Wenn du es schaffst, die letzte Hypothese zu beweisen, dann hättest du auch seinen Hintern gerettet, aber ich würde keine zwei Lire darauf setzen: Das wirkt irgendwie an den Haaren herbeigezogen.«

Ich dachte einen Augenblick lang nach. »Hat sich irgendjemand die Arbeit gemacht, diesen Raffaele zu suchen?«

»Es gibt da wohl eine Polizeiakte. Calderazzi erinnert sich allerdings an keinen Nachnamen oder an andere Details, mit denen man ihn aufspüren könnte, und du kannst dir ja vorstellen, wie die Bemühungen der Polizei ausgesehen haben.«

»Wir haben nicht viel in der Hand, oder?«

»Wir haben gar nichts in der Hand. Ich werde versuchen, den Prozess so gut es geht zu führen, aber so, wie die Dinge liegen, werde ich nicht viel machen können. Die Vorverhandlung ist in zwanzig Tagen angesetzt. Dann wird es noch ein paar Monate dauern, bis der Prozess beginnt. Wenn du also noch irgendein Kaninchen in petto hast, dann solltest du es möglichst schnell hervorzaubern. Calderazzi ist ein halber Alkoholiker und hält es im Gefängnis nicht aus, aber wir werden keinen Haftrichter finden, der ihn gegen Kaution vorläufig auf freien Fuß setzt, solange es keinen konkreten Zweifel an seiner Schuld gibt. Im Interesse meines Mandanten sollte ich ein verkürztes Verfahren und ein psychiatrisches Gutachten einfordern. Mit ein wenig Glück ließe sich vorübergehende Unzurechnungsfähigkeit für ihn herausholen.«

Vorübergehende Unzurechnungsfähigkeit. Elektroschock, Gesichtsmasken, Lobotomie. Ich trank mein Glas aus und konzentrierte mich einen Moment lang auf Louis Armstrong, der aus den Lautsprechern die Wunder der Welt pries: offenbar ein als Schwarzer getarnter Außerirdischer.

Mirko hob seine abgewetzte Lederaktentasche vom Boden hoch, öffnete sie und zog ein Bündel Unterlagen heraus, das er vor mir auf den Tisch legte.

»Das ist die gesamte Akte: Zeugenaussagen und Polizeiberichte. Ich breche damit das Berufsgeheimnis, aber ich vertraue darauf, dass du mich nicht anzeigen wirst.«

»Ich werde meinen Bürgersinn schon im Zaum halten können. Was für ein Papier ist das denn?«

»Ich habe eine Art Vertrag für dich vorbereitet. Meine Kanzlei gibt dir einen Zeitvertrag als Berater, um Beweismittel zusammenzutragen, die der Verteidigung nützen könnten. Natürlich ist dieser Vertrag keinen Pfifferling wert. Theoretisch könnte ich seit der neuen Gerichtsordnung jeden anheuern, um mich bei der Verteidigung unterstützen zu lassen, praktisch sollte man einen von der Präfektur zugelassenen Ermittler bevorzugen. Denk daran, dass du niemanden zu einem Verhör oder Ähnlichem zwingen kannst – spiel hier also nicht Perry Mason. Das ist dann mein Part.«

Fast war ich gerührt. »Haben deine Partner Probleme damit, dass ich offiziell mit hinzugezogen werde?«, fragte ich, während ich meine Kopie unterschrieb.

»Nein. Abgesehen von Vale, die sich selbstverständlich der Stimme enthalten hat, waren die anderen aus unerfindlichen Gründen der Meinung, dass man dir vertrauen könnte.«

Nachdem ich mit großer Geste bezahlt hatte, begleitete ich ihn zu dem Moped, das Mirko ausnahmslos und bei Wind und Wetter benutzte. Während er die Schlosskette aufsperrte, stellte er mir die Frage, die ihm schon seit geraumer Zeit ins Gesicht geschrieben stand.

»Sag mal, dass sich unsere Kanzlei aussichtslose Fälle aufhalst, ist ja nichts Neues. Es hat mich allerdings schon ein wenig verblüfft, dass du dich entschlossen hast, dich in dieser Sache zu engagieren. Ich habe noch nie gesehen, dass du gratis gearbeitet hättest.«

Ich wusste, wie ich ihn sprachlos machen konnte, und meinte: »Der Mensch lebt nicht vom Brot allein.« Ich glaubte schon fast selbst daran. Ich ging nach Hause, um die Unterlagen zu studieren.

Um Mitternacht war ich nach der Lektüre auch nicht wesentlich schlauer. Das, was ich über Skizzo und Alice wusste, wurde mir durch seine Aussage und die der Eltern des Mädchens bestätigt, die sich ziemlich überzeugt von der Schuld des Inhaftierten zeigten. Trudi, mit wahrem Namen Alessandra Bombi und ursprünglich aus der Schweiz, war ein Ausbund an Lakonik: »Ja, ich arbeitete seit zehn Tagen für die Gardonis, nein, das Mädchen hat sich mir nicht anvertraut.«

Ihre Arbeit war eine Teilzeitstelle, sie betreute das Mädchen ungefähr neun Stunden am Tag, wenn niemand von den Eltern zu Hause war. Sie hatte keine besonderen Aufgaben, sollte Alice nur beaufsichtigen, sie im Falle von hysterischen Anfällen ruhig stellen, ihr Essen machen und dafür sorgen, dass sie nicht zu viel trank.

An dem verhängnisvollen Abend war Alice ganz ruhig aufgestanden und hatte gesagt, dass sie mal auf das Klo gleich neben ihrem Zimmer müsse, und Trudi war ungefähr zehn Minuten lang ganz ruhig im Sessel sitzen geblieben. Dann hatte irgendetwas in ihrem kleinen Hirn ›klick‹ gemacht, so dass sie ihre Körpermassen in Bewegung setzte, um mal nachsehen zu gehen.

Überraschung: Alice war nicht im Bad. Da Trudi merkte, dass ihr Arbeitsplatz in Gefahr war, begann sie verzweifelt, das Mädchen zu suchen und kam ins Erdgeschoss. Sie traf auf Alice, als diese aus dem Arbeitszimmer ihres Vaters kam, wo sie sich, wie wir mittlerweile wissen, die Kanone beschafft hatte, mit der man ihr dann das Licht ausgeblasen hat.

Auf Trudis Aufforderung, wieder ins Schlafzimmer zurückzugehen, hatte sich das Mädchen in das Zimmer am Ende des Ganges geflüchtet, und als die Krankenschwester dann nachkam, hatte es ihr erst den Stuhl über den Schädel gezogen und ihn dann zum Zertrümmern des großen Fensters benutzt, um in die Nacht hinaus zu flüchten. Kurz danach war ich ins Zimmer gekommen und so weiter.

Die Aussage von Nicola Guernieri, dem heroischen Rennfahrer, gab auch nicht mehr her, als ich bereits wusste, abgesehen von dem Detail, dass er von dem Durcheinander deshalb alles mitbekam, weil er genau in dem Moment die kleine Allee vom Parkplatz hochging, um seinen Anweisungen nachzukommen, also seine Herrschaft zum Auto zu geleiten und sie heim in ihr bonbonrosafarbenes Bettchen zu bringen.

Der Bericht der Spurensicherung war niederschmetternd: Ich konnte ihn durchkauen, sooft ich wollte, ohne dass dabei ein Fünkchen Hoffnung für Skizzo herausgesprungen wäre. Motorrad, Pistole und Leiche hatten fast 36 Stunden im Regen gelegen, doch Skizzos Fingerabdrücke waren auf dem Tank und dem Abzug ganz klar nachweisbar. Nach Aussage des Pathologen hatte Alice zum Zeitpunkt des Todes nur ein wenig Wein, Reste von Psychopharmaka und drei Projektile Kaliber 7.65 im Leib. Die tödliche Kugel war durch die linke Brustseite eingetreten, hatte das Herz durchschlagen und sich dann an der Wirbelsäule platt gedrückt. Die Folgen waren sofortige Besinnungslosigkeit und ein schneller Tod. Grausiges Detail: Das Mädchen war mit gefesselten Armen und Beinen aufgefunden worden – wer immer auf sie geschossen hatte, fürchtete wohl, sein Ziel zu verfehlen, auch wenn man aus den Schmauchspuren am Nachthemd schließen konnte, dass die Schüsse aus nicht mehr als eineinhalb Meter Entfernung abgegeben worden waren.

Alice. Die Polaroidaufnahmen zeigten sie mit dem aufgedunsenen, nicht wieder erkennbaren Gesicht einer Leiche, die bereits anfängt zu verwesen. Ich wollte nicht, dass sie mich in meinen Träumen verfolgte, die auch so schon unruhig genug waren, und durchwühlte die verschiedenen Zeitschriften, die sich mit ihrem Fall beschäftigt hatten, bis ich ein Foto von ihr fand. Ich schnitt es aus und klebte es mit Tesa an den Computer.

Ein mageres Mädchen, das in die Kameralinse lächelte, aufgenommen im Tennisdress. Das Foto war vor ungefähr drei Jahren gemacht worden, als Alice sich noch keine Sicherheitsnadeln durch die Nase steckte oder anzog wie der letzte Penner. Sie wirkte fröhlich und mit dem Leben zufrieden; kurz darauf musste irgendetwas ihre Meinung über die Welt geändert haben. So, wie alles gelaufen war, hatte sie vielleicht nicht einmal so Unrecht.

Die letzten Dokumente beschäftigten sich mit Skizzo und aus den erkennungsdienstlichen Unterlagen und Polizeiberichten rekonstruierte ich die Stationen seines Lebens. Nicola Calderazzi, geboren am 12. Januar 1977 in Neapel. Mutter: Mariapia Calderazzi, 50 Jahre. Vater: unbekannt. Vorstrafen wegen Schlägerei, Widerstands gegen die Staatsgewalt, Drogenbesitzes, widerrechtlicher Hausbesetzung. 1992 hatte er sechs Monate Aufenthalt in einer Erziehungsanstalt aufgebrummt bekommen und der Sozialarbeiter hatte danach zur Unterbringung in einer Pflegefamilie geraten, eine Forderung, die jedoch ungehört verhallte. Nach diesem Zwangsaufenthalt begann Skizzo, ein wenig durch die Weltgeschichte zu reisen. Ausweisungspapiere aus Deutschland, eine Anzeige aus Turin. Schließlich landete er in Mailand. Bekannte Mittel zum Lebensunterhalt: keine.

Er war praktisch in flagranti aufgegriffen worden, aber er konnte nicht Motorrad fahren und er liebte Alice.

Ich öffnete das Fenster und dachte nach, atmete dabei mit tiefen Zügen die frische Luft ein, die vom Kanal aufstieg und das Geräusch und den Geruch von stehendem Gewässer zu mir hochtrug; unten schlenderten Pärchen, glücklich darüber, im malerischsten Viertel von Mailand umherzustreifen und nebenbei in den schlimmsten Neppläden ausgenommen zu werden.

Ich hatte nicht viele Möglichkeiten, Skizzo zu helfen; mir blieb nichts anderes übrig, als in den Winkeln zu wühlen, die noch im Dunklen lagen, und darauf zu vertrauen, dass der Gott der Verrückten mir beistehen würde. Wenn es diesen mysteriösen Raffaele wirklich irgendwo in dieser Stadt gab, dann musste ich ihn auftreiben und ich musste herausfinden, was zum Teufel Skizzo zwischen Freitagabend und Montagmorgen getrieben hatte. Und das war erst der Anfang.

Für den zweiten Teil benötigte ich die Hilfe des Leoncavallo, für diese Aufgabe war ich am besten geeignet, für die Menschenjagd jedoch taugte mein Partner mit seinen unorthodoxen Methoden wesentlich besser. Daher bot sich ein sofortiger Schichtwechsel an, Zeit zum Aufstehen für ihn. Ich schrieb noch schnell eine Zusammenfassung meines Tages und meine jämmerlichen Schlussfolgerungen, die ich auf den Aktenordner von Mirko legte, dann machte ich es mir im Sessel bequem.

Ich war zwar erst seit sechs Stunden auf, aber ich hatte vor Jahren gelernt, auf Kommando einzuschlafen; das hatte mir schon in vielen Situationen weitergeholfen. Ich atmete tief durch und begann, meinen Herzschlag zu zählen, wobei ich ihn zugleich zwang, sich zu verlangsamen. Durch meine Lider, die sich langsam schlossen, versuchte ich, im Spiegel gegenüber zu sehen, wie ich mich veränderte.

Wie immer gelang es mir nicht!

Zweiter Teil

Voll auf die Schnauze

Zwischenspiel

Ihr Freund hatte ein Geschenk mitgebracht. Es gab überhaupt keinen Anlass: keinen Jahrestag, kein Jubiläum, keinen Geburtstag; absolut gar nichts. Er stand einfach mit diesem riesigen Stofftier im Arm vor der Tür und sie musste weinen.

»Warum muss er mir immer alles so schwer machen?«, hatte sie sich gefragt. Warum kam er mit diesem blöden Plüschdings genau an dem Tag an, an dem sie ihm eigentlich sagen wollte, dass sie Schluss mit ihm machen wollte? In einer Woche war Valentinstag und sie wusste, dass sie das Fest nicht mit ihm zusammen verbringen und dabei so tun konnte, als wäre da nichts, während um sie herum all die Pärchen einen auf glücklich verliebt machten und sich gegenseitig Blumen, Ringe und Pralinenschachteln schenkten.

Sie würde einen Schreikrampf bekommen, wenn er sie weiter mit seinen Plüschaugen anhimmelte und dabei, wie so oft, seine Pläne ausbreitete: von dem Haus, in dem sie zusammen leben würden, von den Reisen in die Staaten und all den anderen Sachen, die in einer Zukunft lagen, an der sie nicht mehr teilhaben wollte.

Schließlich hatte sie sich wieder so weit erholt, dass sie mit ihm sprechen konnte. Seit einer Stunde saßen sie nun bei ihr zu Hause auf dem Sofa und suchten in der angespannten Atmosphäre nach Gesprächsstoff. ›Ruhig, Roberta, nun rück schon endlich damit raus.‹ »Ich muss dir etwas sagen.«

»Ich weiß«, entgegnete er verschlossen. »Du kannst dich nicht sehr gut verstellen.«

›Oh, Scheiße!‹ »Ich möchte, dass du weißt, dass das, was ich dir jetzt sagen will, sehr schwer für mich ist. Ich …«

»Okay. Ich werde dir helfen. Es war sehr schön, aber jetzt ist es vorbei. Und so weiter, und so weiter.«

»Lass mich doch ausreden! Es ist doch sowieso schon verzwickt genug! Ich, ich weiß auch nicht, wie ich es sagen soll, aber ich habe kein Vertrauen mehr zu dir, ich kann nichts dagegen tun. Ich habe versucht, mir einzureden, dass ich übertreibe, aber das ist nicht wahr. Ich habe kein Vertrauen mehr, du machst mir Angst. Ich fühle mich nicht wohl bei dir.«

Er sprang auf und ging zum Fenster, blickte hinaus. Dann

drehte er sich um und starrte sie mit diesem ausdruckslosen Gesicht an, das er immer aufsetzte, wenn ihn irgendetwas bedrückte. »Warum, was habe ich denn getan? Ich weiß, diese Diskussionen bringen nichts, aber ich möchte es verstehen. Was habe ich dir denn getan?«

Sie fühlte, wie ihre Augen feucht wurden, und zwang sich, die Tränen zurückzuhalten. »Du hast mir nichts getan. Aber ich ertrage dein Verhalten nicht mehr, ich schaffe es einfach nicht mehr.«

»Was für ein Verhalten ...«

»Du schläfst nie!« Plötzlich hatte sich ihre Trauer in Wut verwandelt. »Du läufst Tag und Nacht mit sperrangelweit geöffneten Augen herum. Wenn du denkst, dass ich eingeschlafen bin, dann stehst du auf und erledigst deine Angelegenheiten. Das habe ich mitbekommen, ich bin ja nicht blöd!«

»Nur weil ich an Schlaflosigkeit leide? Das habe ich dir aber gleich am Anfang gesagt und so schlimm scheint mir das auch nicht zu sein.«

»Erzähl mir doch keinen Scheiß! Du leidest nicht an Schlaflosigkeit, du schläfst wirklich nie. Und dann ist da noch mehr.« Sie zog den völlig verknitterten Zettel hervor, den sie seit fast einem Monat in ihrer Tasche mit sich herumtrug. Den sie wieder und wieder gelesen hatte in dem Versuch, den Sinn dahinter zu entdecken. »Das ist die Zusammenfassung eines Tages, den wir zusammen verbracht haben, und die hast du geschrieben. Alle Einzelheiten, einschließlich der Dinge, die wir im Bett getrieben haben.«

Er schaute sie weiterhin ausdruckslos an. »Ach, da ist er also gelandet. Schön, ich führe ein sehr persönliches Tagebuch. Was ist denn so schlimm daran?«

»Bitte, hör auf damit. Das ist kein Tagebuch. Jetzt habe ich begriffen, warum du immer so zerstreut bist, warum du immer aus allen Wolken fällst. Du vergisst Dinge. Ohne diese Zettelchen, die du dir schreibst, erinnerst du dich von einem Tag auf den anderen an nichts mehr. Ich habe doch Recht, oder?«

Er antwortete ihr nicht und schien, sie aus unendlicher Ferne anzublicken.

»Ich habe dich angelogen«, fuhr sie fort, »und du hast es nicht ein Mal bemerkt. Ich habe Dinge erfunden, die nie passiert sind, und du hast so getan, als würdest du dich daran

erinnern. Wenn ich dir gesagt habe, dass du dich am Vortag geärgert hast, dann hast du ganz hervorragend den noch ein wenig Beleidigten gespielt, wenn ich dir erzählt habe, dass wir ganz viel Spaß zusammen hatten, dann hast du mir auch zugestimmt. Ich habe angefangen, nachts nicht mehr zu schlafen, um dich heimlich zu beobachten. Und immer warst du wach und hast deine kleinen Zettel geschrieben. Ich habe sie gefunden, als ich deine Taschen durchwühlte. Du hattest immer einen dabei.«

»Jetzt warte mal einen Augenblick, lass mich etwas sagen.« Trotz seines immer noch ausdruckslosen Tonfalles verstand Roberta, wie verzweifelt er war. »Du hast allen Grund, wütend zu sein, aber versuch bitte auch zu verstehen, dass das Dinge sind, die ich nur schwer jemandem erzählen kann. Es ist wahr, ich leide wirklich an einer Art ständiger Amnesie. Deswegen schreibe ich alles auf. Es ist nicht so, dass ich mich nicht an die Dinge erinnere, aber manchmal vergesse ich eben etwas und zur Sicherheit …«

»Schluss jetzt mit den Lügen! Ich halte das nicht mehr aus!« Sie hatte das herausgeschrien, während die Tränen, die sie so tapfer zurückgehalten hatte, schließlich doch unter ihren Wimpern hervorquollen. ›Scheiße.‹ Sie versuchte, sich zu beruhigen. »Auch ich habe am Anfang gehofft, dass es so etwas in der Art wäre. Ich habe mir gesagt, dass ich mich einfach daran gewöhnen müsste. Dass du halt eine Art supervergesslicher Mensch bist. Ein bisschen wie meine Mutter, die immer vergisst, wo sie ihre Brille hingetan hat, eben nur viel schlimmer. Nachdem ich aber bemerkt hatte, dass irgendwas …«, sie unterbrach sich, um die Nase hochzuziehen, »dass irgendwas nicht stimmte, habe ich mehr auf dein Verhalten geachtet, auf deine Stimmungen. Und ich habe auch den Rest kapiert, das, was du verbergen willst. Weißt du, was das ist?«

»Nein«, doch es klang wie das Gegenteil.

»Ich habe kapiert, dass das, was du zeigst, nur eine Maske ist. Du verstellst dich immer. Deshalb wirkst du immer so kontrolliert, so ruhig nach außen hin. Dein ganzes Leben ist die reinste Heuchelei.«

»Roberta, jetzt übertreibst du aber. Ich bin nicht so …«

»Lüg mich nicht an!« Jetzt weinte sie haltlos. »Bitte lüg mich nicht mehr an! Ich habe es gemerkt, verstehst du, ich habe dich durchschaut! Du vergisst in Wahrheit nicht einfach nur

Dinge, sondern du ›veränderst‹ dich! Du bist von einem Tag auf den nächsten ein anderer. Deine Vorlieben, deine Einstellungen ändern sich, je nachdem. Ein und dasselbe Buch bringt dich mal zum Gähnen, mal begeistert es dich. Manchmal verstehst du Deutsch, manchmal nicht. An geraden Tagen schwimmst du gern, an ungeraden hasst du baden geradezu. Ich bitte dich, kannst du dir wirklich nicht vorstellen, wie ich mich dabei fühle? Sag mir die Wahrheit, lass mich nicht in dem Glauben, dass ich verrückt geworden bin!«

Plötzlich schien alle Energie aus ihm gewichen zu sein, er wirkte wie eine leere Hülle. Er hatte sich auf dem Boden zusammengekauert, sah sie von unten her an und zeigte endlich, wie tief verletzt er war. »Ist ja gut. Es reicht. Schon gut. Ich schaffe es auch nicht mehr. Wenn du wüsstest, wie schwierig das ist. Du bist nicht verrückt.«

»Also ist es wahr?«

»Ja.«

»Du schläfst niemals?«

»Ich kann nicht, ich weiß auch nicht warum. Niemand weiß das.«

»Und du … veränderst dich?«

»Ja und nein. Nicht wirklich. In den Büchern spricht man von einer gespaltenen Persönlichkeit. Ein steriler Begriff, aber so schön praktisch.«

»Bist du schizophren?« Das Wort war ihr schließlich doch herausgeschlüpft, das Wort, an das sie die ganze Zeit denken musste. Das Wort, das ihr so viel Angst eingejagt hatte.

»So etwas in der Art, eine merkwürdige Variante.« Er fasste sich an die Stirn. »Wir sind zu zweit, hier oben drin. Wir sind nicht sehr verschieden, aber ein bisschen schon. Ich vergesse keine Dinge. Es ist nur so, dass ich mich lediglich an meinen Teil erinnere. Und die andere Hälfte von mir erinnert sich an den Rest. Wir teilen alles, er und ich. Ich kann nichts dagegen machen. Es tut mir Leid.«

»Du und er. Rede nicht so, du bist eine einzige Person!« Es war ein Alptraum, schlimmer, als sie gefürchtet hatte.

»Der Körper ist eine Einheit. Der Kopf nicht.«

»Aber da kann man doch bestimmt was machen …«

»Willst du mich einsperren lassen?« Jetzt war er derjenige, der wütend wurde. Aber es war eine kalte Wut, nicht gegen sie gerichtet. »Und wenn das nichts bringt? Glaubst du, ich habe

Lust darauf, mir Elektroschocks oder eine Lobotomie verpassen zu lassen?«

»Nicht alle Ärzte sind Schlächter. Sie könnten eine geeignete Therapie finden.«

»Sicher, vielleicht schlägt so eine Behandlung auch an. Aber ich würde einen Teil von mir verlieren, vielleicht den, mit dem du in diesem Moment gerade sprichst. Das wäre wie sterben. Ich wäre dann nicht mehr da.«

»Du wärst dann immer noch da. Du wärst nur einfach ... ganz. Geheilt.«

Er schüttelte langsam den Kopf. »Nein, glaube mir. Du weißt nicht, wovon du redest. Mittlerweile hat das, was ich bin, was wir sind, seine Daseinsberechtigung und ich habe gelernt, damit zu leben. Mit Mühen, unter Schmerzen, aber ich habe es gelernt.« Er sah sie an und sie konnte von seinem Gesicht eine unausgesprochene Bitte ablesen. »Meinst du nicht, dass du es auch lernen könntest, mich so zu akzeptieren, mich ...«

»Nein!« Sie antwortete prompt, ohne nachzudenken.

»Ich bin immer noch ich. Wir haben so viele Sachen zusammen gemacht. Wir hatten eine gute Zeit. Du könntest es versuchen.«

»Nein, ich will nicht. Ich kann nicht.«

Er wirkte noch leerer. Trotz seiner dreiundzwanzig Jahre kam er ihr plötzlich vor wie ein alter Mann.

»Ich verstehe. Es tut mir Leid, dass es so enden musste, ich hätte es dir sagen sollen. Aber ich verstecke mich schon so lange ... Es ist nicht einfach.«

»Ja.« Sie schwiegen eine Weile, während sie zögerte, die Frage auszusprechen, die ihr schon die ganze Zeit auf der Zunge lag. »Darf ich dich etwas fragen?«

»Was immer du willst.«

»Als das mit uns begonnen hat, das erste Mal, als wir miteinander geschlafen haben ... warst du das? Ich meine, warst du der, mit dem ich jetzt gerade spreche, oder war es der andere?«

»Was hat das jetzt noch für eine Bedeutung?«

»Für mich hat es eine, gerade jetzt.«

»Aber ...«

»Sag's mir.«

Ein Seufzer. »Okay. Das war nicht ich. Es war der andere.«

Das war zu viel, zu grausam. »Raus aus meinem Haus. Jetzt gleich.« Sie fühlte, wie sich um sie herum alles zu drehen begann.

»Glaube mir, das macht keinen Unterschied. Auch ich hatte dich ...«

»Verschwinde! Ich halte das nicht mehr aus! Hau ab!« Sie war aufgesprungen und zerrte an seinem Arm, zwang ihn so, vom Boden aufzustehen. »Ich habe keine Lust mehr, dir zuzuhören! Hau ab!« Sie schubste ihn Richtung Eingangstür, während er versuchte, schwach zu protestieren.

»Roberta, hör mir doch zu. Ich möchte nicht, dass es so endet. Das ist nicht fair.« Aber sie war taub für seine Worte und zog und schob ihn weiter. Er leistete keinen Widerstand mehr und ließ sich vor die Tür zerren. »Roberta, ich habe dich ...«

Die Tür fiel ins Schloss und schnitt seinen Satz ab. Endlich durfte sie zusammenbrechen, mit dem Rücken gegen die Tür gelehnt und von Tränen geschüttelt. Und endlich war ihr ein weiteres schreckliches Wort herausgeflutscht, das die ganze Zeit in ihrem Kopf herumgeschwirrt war, das sie bewusst nicht einmal zu denken wagte, seit sie begonnen hatte, alles zu begreifen.

»Monster.«

1

Ich erwachte mit einem blauen Auge und schmerzenden Knöcheln an der verletzten Hand – ein gutes Zeichen. Mein Partner war offensichtlich auf etwas Interessantes gestoßen.

Es wurde allmählich auch Zeit. Ich war es schon ziemlich leid geworden, auf Resultate von ihm zu warten und in den wenigen Stunden, die ich wach sein durfte, auf der faulen Haut liegen zu müssen, während er kreuz und quer durch die Stadt streifte auf der Suche nach dem angeblichen Raffaele. Er hat in solchen Dingen kein besonders ausgeklügeltes System, denn er ist leider nicht bei Scotland Yard in die Schule gegangen.

Im Wesentlichen besteht seine Taktik darin, an Mülltonnen zu rütteln und Kloaken zu durchwühlen, um zu sehen, wie das dort verborgene Gewürm darauf reagiert.

Wenn er damit durch ist, wie ein Trüffelhund die schmutzigsten Orte umzupflügen, beginnt er seine Runde bei Freunden und Feinden, besticht, verspricht, löst alte Kredite ein und macht neue Schulden. Mit all den Informationsfetzen, die er so zusammengetragen hat, orientiert er sich dann neu und fängt wieder von vorn an.

Ich weiß nicht genau, wie er es schafft, dass Figuren, die einem Doktor-Mabuse-Film entsprungen sein könnten, ihm Vertrauen schenken, aber offensichtlich hat er Erfolg. Nicht einer käme auch nur auf den Gedanken, es mit einem Bullen oder einem Spitzel zu tun zu haben, und er kann sehr umgänglich sein, wenn es nötig ist. Leider war unter seinen üblichen Kontaktleuten kein Zuhälter und so hatte die erste Phase der Informationssuche nichts ergeben. Die ›Louis‹, ›Loddel‹, ›Luden‹ oder ›Beschützer‹ sind der Abschaum vom Abschaum und niemand in der Unterwelt verkehrt aus freien Stücken mit ihnen, aus Sorge, sich dadurch den Ruf zu ruinieren. Nachdem er eine ganze Weile im Trüben gefischt hatte, war er auf die brillante Idee gekommen, sich von Patty, der Königin der Punkabbestia, eine Art Steckbrief anfertigen zu lassen, und so hatte er als Onkel Peppino den Kontakt zu ihr hergestellt, um ihrem Gedächtnis mit Martinis auf die Sprünge zu helfen.

Nach dem dritten Glas – was für eine Qual muss das für meinen ach so puritanischen Partner gewesen sein – hatte er sie tatsächlich so weit, dass sie plötzlich wieder das Gesicht unseres Mannes vor Augen hatte und sich an eine besonders unschöne Begegnung erinnerte. Patty war nämlich vor einem Jahr Zeugin eines fürchterlichen Streits zwischen Raffaele und Alice gewesen, als Alice beschlossen hatte, mit diesem Schatz endgültig Schluss zu machen und sich ganz offiziell mit Skizzo zu verloben (!). Es kam zu Handgreiflichkeiten und Raffaele hatte sowohl Alice als auch Patty mit einem Messer verfolgt und geschworen, sie zu Hundefutter zu verarbeiten.

Raffaele beschrieb sie als einen eleganten, blonden jungen Stutzer um die fünfunddreißig, etwa eins achtzig groß, mit ›griechischer Nase‹ und hellen Augen. Er besaß einen Fiat Barchetta und wettete auf Pferde. Eine allgemeine Beschreibung, aber fast schon zu ausführlich für ein Mädchen, das eigentlich schon vergessen hatte, ihn überhaupt je gesehen zu haben.

Mit diesen wenigen Anhaltspunkten war es meinem geschätzten Partner diesmal gelungen, der richtigen Fährte nachzuspüren, und er hatte immer wieder jemanden getroffen, der wieder jemand anderen kannte. Er hatte dafür auch Geld ausgegeben, fast eine halbe Million Lire für Trinkgelder und Getränke, und doch hatten sich nicht alle Befragten als kooperativ erwiesen, wie schließlich die blauen Flecken bewiesen, die ich vorgefunden hatte. Bei dieser Gelegenheit war auch die mittlerweile vierte Brille in einem Jahr zu Bruch gegangen – und die war diesmal von Armani, oje, oje, oje!, womit sich unsere Spesen mittlerweile auf fast eine ganze Million summierten, die wir niemals wieder sehen würden. Ich begann mir allmählich Sorgen zu machen, wie teuer mich die ganze Angelegenheit wohl noch zu stehen kommen würde. Vor wenigen Tagen noch hatte ich am Hungertuch genagt und jetzt warf ich das Geld nur so zum Fenster hinaus für einen hoffnungslosen Fall.

Der Mensch lebt nicht vom Brot allein, na gut.

Immerhin, die Früchte all dieser Bemühungen prangten an dem neuen Kühlschrank, unter einem Magneten in Form eines Schweinchens: ein Zettel mit einer Adresse und dem Namen beziehungsweise Spitznamen unseres Freundes: Il Biondo, der Blonde. Sehr originell. Dem Bericht zufolge hatte der Blonde eine neue Freundin, die er ›anbetete‹ und die er seit kurzem mit seinen liebsten Freunden teilte. Seit einiger Zeit lebte er sehr, sehr zurückgezogen und steckte sein griechisches Näschen selten vor die Tür seiner Wohnung in der Nähe des Viale Tunisia, in einem Viertel, das wegen des hohen Anteils arabischer Einwanderer und exotischer Lokale im Allgemeinen Kasbah genannt wird.

Es ist eine Gegend, die ich sehr gut kenne. Früher ging ich öfter dorthin, um Couscous und Zicnì in den kleinen, billigen Restaurants zu essen, die an jeder Ecke neben den Läden mit Gewürzen und Lebensmitteln, kunterbunten Kleidern, Holzschnitzereien und orientalischer Musik aus dem Boden schießen.

Vor Ewigkeiten lebte eine von meinen Freundinnen dort und wir zogen nachts mit unserer Clique von Bar zu Bar, wobei sich die Gruppe stetig um Menschen aller Rassen und Couleur erweiterte. Sie verließ mich dann wegen eines anderen, der noch ausgefallener war als ich – von Zeit zu Zeit schickt sie mir eine Ansichtskarte.

Als ich nachmittags um drei in einem Wagen vor dem Haus meiner Beute parkte, wehten mir wieder die alten Düfte um die Nase. Notgedrungen hatte ich Alex mitschleppen müssen, weil er das Auto hatte, aber so konnte ich die langeweilige Warterei und das Jagdfieber mit jemandem teilen. Alex hatte sich von mir aus dem *Dolce far niente* des Blaumachens reißen lassen und seinerseits für eventuelle Notfälle einen gemeinsamen Freund, den Elefanten, mitgebracht.

Marco, genannt der Elefant, ist gut zwei Meter groß, sein Gesicht wird von einem Bart überwuchert, seine Haare stehen wild ab, und vom Typ her ist er das genaue Gegenteil von Alex: So grimmig er auch aussieht, könnte er nicht einmal einem vor Schreck starren Zwerg etwas zu Leide tun, so unbeholfen und schüchtern ist er, aber als psychologische Abschreckungswaffe eignet er sich hervorragend. Von Beruf ist er Softwareschreiber, er soll sogar sehr gut sein und könnte richtig Geld damit verdienen, wenn er sich nur entschließen könnte, eines der vielen Angebote anzunehmen, die man ihm zuschickt. Aber dazu hat er keine Lust und zieht leichtere und zeitlich befristete Projekte vor, um sich seiner wichtigsten Freizeitbeschäftigung zu widmen: irgendwo herumliegen, einen Joint reinziehen und dazu Comics lesen.

Ein wenig verlegen hatte ich den beiden erklären müssen, dass bei diesem Job kein Geld herausspringen würde, doch sie hatten sich trotzdem bereit erklärt, mich zu unterstützen. So ist das mit dem Rad des Schicksals: Manchmal findest du nicht einen, der dir auch nur ein Glas Wasser geben würde, und das andere Mal reißen sich alle geradezu darum, dir helfen zu können, einfach so, weil sie dich sympathisch finden. Wie es sich allerdings mit meinen Sympathien für Skizzo verhielt, konnte ich nicht sagen, denn ich hatte ihn ja noch nie gesehen.

Was auch immer ausschlaggebend für unsere gemeinschaftliche Menschenfreundlichkeit war, zunächst äußerte sie sich darin, dass wir stundenlang im Auto über dieses und jenes philosophierten, Bücher und Zeitschriften lasen und abwechselnd den Bürgersteig auf und ab patrouillierten in der Hoffnung, den Blonden beim Hineingehen oder Herauskommen zu erspähen. Eine simple Vorgehensweise, die allerdings bei meinen Begleitern nicht allzu gut ankam.

»Bist du dir auch sicher, dass er wirklich hier wohnt?«, fragte Alex nach der dritten Stunde Warterei. Er saß hinter dem Steuer, während ich hinten auf der Rückbank lag.

»Die Informationen sind präzise, glaube ich zumindest.« Ich lehnte mich aus dem Seitenfenster, um eine leere Keksschachtel wegzuwerfen, die der Elefant, der momentan ein bisschen die Straße hinunter an einem Laternenpfahl lehnte, niedergemacht und dann auf der Fußmatte liegen gelassen hatte. »Das ist nicht seine Wohnung, aber einer seiner Freunde hat sie ihm für eine Weile zur Verfügung gestellt.«

»Und wenn er in Urlaub gefahren ist? Das kannst du nicht ausschließen.«

»Nein«, grunzte ich, »ausschließen kann ich es nicht, aber gestern war er noch in der Stadt, also spricht die Wahrscheinlichkeit für uns. Du darfst nicht vergessen, dass das Mädchen und ihre Touren durch Mailand seine Einnahmequelle sind.«

Alex drehte sich um, um mich anzustarren. »Wirklich ein ganz sympathischer Kerl. Aber ewig können wir hier nicht mehr herumstehen.«

Daran hatte ich auch schon gedacht. »Wenn er sich weder heute noch morgen blicken lässt – und morgen komme ich höchstens noch einmal allein her –, dann versuche ich über die Nachbarn herauszufinden, welches die richtige Wohnung ist, aber nur, wenn ich keine andere Wahl habe. Ich habe Angst, dass Il Biondo Lunte riecht, wenn ich zu viel im Haus herumfrage. Wie du siehst, habe ich nicht viele Alternativen.«

»Du kannst immer noch die Polizei informieren.«

»Die Polizei scheint an dem Blonden nicht interessiert zu sein. Für die ist die Arbeit mit Skizzos Verhaftung erledigt und um alles andere schert sich doch kein Schwein. Ich weiß ja noch nicht einmal selber, was ich ihn fragen soll, wenn wir ihn haben.«

»Es dürfte ein bisschen schwierig werden, ihm nachzuweisen, dass er etwas mit dem Mord an Alice zu tun hat, wenn es stimmt, dass er sie seit mehr als einem Jahr nicht mehr getroffen hat.«

Während ich mich räkelte, um eine bequemere Position zu finden, bestätigte ich seine Überlegungen mit einem Nicken. »Wenn ich mir einen potenziellen Täter aussuchen müsste, dann wäre er mein idealer Kandidat, aber darauf wetten kann ich natürlich nicht. Ich werde versuchen, ihm ein wenig Angst einzujagen, damit er mir etwas mehr über seine Beziehung zu Alice erzählt. Und wenn dabei zufällig etwas herauskommt, was den offiziellen Untersuchungen eine Wende verleihen könnte, dann habe ich bestimmt keine Probleme, zu Ferolli zu gehen und ihm alles zu erzählen.«

»Der wird dich bei lebendigem Leib auffressen.«

Der Elefant kam mit großen Schritten herangestürmt und riss eine Tür auf.

»Schichtwechsel!!«, dröhnte er. »Meine Füße wollen nicht mehr.«

Ich entknotete mich und wand mich aus dem Wagen. »Du meinst wohl deine Stampfer. Und versuch doch bitte, ein wenig diskreter zu sein. Theoretisch sind wir inkognito hier.«

Der Elefant machte es sich auf meinem Plätzchen auf der Rückbank gemütlich. »Ein tolles Inkognito«, brummte er. »Jetzt sind wir schon seit ein paar Stunden hier. Wir würden doch sogar einem Blinden mit Krückstock auffallen.«

Ohne etwas zu erwidern, ging ich fort, um mir bei meinen Runden die Füße platt zu treten, und schließlich hatte ich Glück. Abends um sieben kam Il Biondo nach Hause. Ich war mir sicher, dass er es war: Er entsprach genau der Beschreibung und hielt Händchen mit einem Mädchen, das kaum älter als fünfzehn sein konnte. Ich wartete, bis er ins Haus gegangen war, dann warf ich mich in die Tür, ehe der pneumatische Schließarm sie zuziehen konnte. Vor mir sah ich den Rücken des Kerls, der nun nach oben ging, und ich folgte ihm mit zwei Treppen Abstand, wobei ich versuchte, kein Geräusch zu machen. Im zweiten Stock hielten die Schritte inne – ich zählte bis zehn und stürzte dann hoch, gerade noch rechtzeitig, um zu sehen, welche der vier Türen sich nun schloss: Es war die letzte ganz hinten.

Ich ging wieder zur Haustür hinunter, öffnete sie und winkte den anderen zu. Wir stiegen mehr oder weniger geräuschlos die Treppen hoch und der Elefant platzierte sich unschuldig dreinblickend mit einer Zeitung auf dem Treppenabsatz, um uns vor eventuellen Schaulustigen abzuschirmen, während Alex neben der Tür Posten bezog. Ich klingelte. Drinnen gedämpfte Geräusche. Ich klingelte noch einmal.

»Wer ist da?« – eine Baritonstimme.

»Hören Sie mal, Ihr Auto blockiert die Hauseinfahrt«, improvisierte ich.

»Ich habe nicht vor der Einfahrt geparkt.«

»Machen Sie Witze? Ich habe doch gesehen, wie Sie aus dem Auto gestiegen sind. Jetzt machen Sie schon, ich muss dringend da rein.«

»Ich habe Ihnen doch schon gesagt, dass ich das nicht sein kann, es tut mir Leid.«

»Aber Sie haben doch einen Barchetta?«

»Ja schon, aber ...« Plötzlich lag ein zweifelnder Ton in seiner Stimme: Sollte etwa jemand versucht haben, ihm seine dämliche Karre zu klauen?

»Also waren das doch Sie«, legte ich wieder los. »Jetzt aber ein bisschen Beeilung bitte, Sie halten den ganzen Verkehr auf.«

»Ich kapier das wirklich nicht.«

Er machte den Fehler, die Tür einen Spalt breit zu öffnen, hatte allerdings misstrauisch die Kette vorgelegt. Ich hatte mir eine Reihe von Möglichkeiten überlegt, wie ich ihn überzeugen könnte, mich ganz gesittet einzulassen, doch dann entschied ich mich für eine in keiner Weise durchdachte Lösung: Ich knallte ihm eine vor den Latz. Zu meiner Entschuldigung möchte ich allerdings vorbringen, dass es keine bewusste Handlung war; ich hatte nur diese so gepriesene Nase hervorspitzen sehen und dann hatte sich eine geheimnisvolle Anziehungskraft meiner bemächtigt, die zunächst meine linke Schulter, dann den linken Arm in Bewegung setzte und die danach meine Hand, die sich vorsorglich zusammengeballt hatte, in sein Gesicht schnellen ließ.

Es war kein schwerer Schlag – der Spalt war eng und meine Linke ist ein wenig schwach –, doch es reichte, dass der Blonde nach hinten taumelte und sich die Hände vors Gesicht riss. Ehe er die Tür wieder zuschlagen konnte, hatte Alex unter seinem Anorak eine Brechstange hervorgezogen und angesetzt, während uns der Elefant mit der aufgeklappten Zeitung diskret Deckung gab. Eine nicht gerade zirkusreife Vorstellung, aber wir hatten nichts Besseres als Sichtschutz. Man hörte Holz splittern, die Kette sprang ab und zusammen mit Alex warf ich mich in die entstandene Lücke und trieb unseren Freund, dem allmählich aufging, dass man ihn wohl reingelegt hatte, mit den Händen vor mir her, drängte ihn aus dem kleinen Eingangsbereich zur Küche. Der Elefant machte die Tür von außen zu.

»Wer zum Teufel seid ihr? Was wollt ihr?« Il Biondo, der sich an die Wand lehnte, tastete seine blutende Nase ab.

»Wir wollen bloß ein wenig mit dir plaudern, Bruder. Entschuldige bitte den etwas ungestümen Auftritt, aber du weißt ja, wie das ist, im unpassendsten Moment kommt meist der Hausmeister vorbei.«

»Wie bitte? Ach, so ein Scheiß …«

Er wühlte in den Taschen seiner eleganten und nun ein wenig verknitterten, cremefarbenen Jacke, aber ich wartete nicht ab, ob er wohl nach einem Päckchen Rommé-Karten suchte, sondern packte mit einer Hand sein Handgelenk und verpasste ihm gleichzeitig eine Kopfnuss, wobei ich meine Rübe sorgfältig einzog, um mir nicht auch noch die letzte verbliebene Brille zu zerdeppern.

Grunzend landete er auf dem Hintern und aus seiner rechten Hand fiel ein noch geschlossenes Klappmesser. Ich wollte nachsetzen, doch der Möchtegern-d'Artagnan rappelte sich auf, um durch die Wohnungstür abzuhauen. Ich brauchte mir keine Sorgen zu machen: Auf der Schwelle erwartete ihn der Elefant mit seinem freundlichsten Lächeln und der Blonde wich überstürzt zurück. Der Elefant schloss die Tür wieder von außen.

»Also, jetzt mal einen Moment, ja, einen Moment«, japste der Blonde. »Reden wir doch wie zivilisierte Menschen miteinander. Was wollt ihr überhaupt? Ich kenne euch gar nicht.«

»Aber wir kennen dich und das langt doch«, erwiderte ich. »Nun mach schon, sei ein guter Junge und setz dich hier zu mir an den Tisch.«

Ich machte es mir auf einem Küchenstuhl bequem, während Alex ihn von der Tür löste, ihn von hinten mit der Brechstange in die Rippen pickste und durchsuchte. Bei solchen Gelegenheiten spricht Alex fast nie: Er begnügt sich damit, das Gesicht eines psychopathischen Mörders aufzusetzen. In der Jackentasche des Blonden fand er eine Brieftasche und warf sie zu mir herüber.

»Ihr wollt mir doch nichts tun, oder?«, fragte Il Biondo mit offenem Argwohn und kam langsam zum Tisch.

»Nein, zumindest nicht, solange du uns nicht dazu zwingst. Komm, setz dich hin und reg dich ab.« Er wirkte immer trauriger und eingeschüchterter. »Schau, wenn du willst, also, wenn du Angst um dein Leben hast, dann kannst du auch die Polizei rufen. Wir werden dich nicht daran hindern. Da drüben ist ein Telefon, wenn ich mich nicht irre.«

Bei den vielen Möglichkeiten, die ihm durch den Kopf schossen, wäre er auf diese Idee wohl nie im Leben gekommen. Er pflanzte sich auf einen Stuhl auf der anderen Seite des Tisches und stillte die Blutung seiner Nase mit einem Haushaltstuch, das er von der Rolle an der Anrichte aus dem späten brianzolanischen Rokoko abgerissen hatte.

»So eine Scheiße, das tut verflucht weh …« Vorsichtig tastete er sich erneut ab, während das Haushaltstuch ein sattes Erdbeerrot annahm. Auf seiner Stirn zeichnete sich auch schon eine schöne Beule ab. Sandrone, der Holzkopf. »Also, was wollt ihr?«

Bevor ich antworten konnte, hörte ich im Flur ein Stimmchen aufjaulen; ich wusste doch, dass ich noch etwas vergessen hatte.

»Was macht ihr mit ihm, lasst ihn in Ruhe!« Das Mädchen kam um die Ecke geschossen, wohl aus dem Bad, da sie nur Unterwäsche trug und nasse Haare hatte. Sie war brünett, mit einem Pagenkopf, klapperdürr, und im Geiste zog ich ein paar Monate von dem Alter ab, das ich ihr vorhin zugestanden hatte, vorausgesetzt, dass mein normalerweise gutes Auge mich nicht trog. Unter der Dusche hatte sie den ersten Teil unseres Auftritts verpasst. Sie versuchte, mich anzuspringen und zu kratzen, doch Alex war schneller und packte sie bei den Armen, wobei er darauf achtete, nicht gebissen zu werden. Daraufhin versuchte sie es mit Tritten, doch mit ihren bloßen Füßen konnte sie gegen Alex' Schienbeine, die von Springerstiefeln geschützt waren, wenig ausrichten.

»Biondo«, fuhr ich fort, »sag doch dem Mädchen, dass wir uns hier nur unter Freunden unterhalten.« Ganz unbewusst hatte ich Ferolli imitiert: leise Stimme und einschmeichelnde Worte, in denen verschiedene unterschwellige Drohungen mitschwingen. »Es wäre besser für uns alle, wenn wir alle ruhig blieben.«

»Ja, gut ... Schatz, geh doch bitte ins Schlafzimmer, das hier ist gar nichts. Es ist alles in Ordnung.«

Sein Ton war nicht allzu überzeugend und der Schatz ließ sich eine ganze Weile bitten, ehe er sich davonmachte. Es passte mir überhaupt nicht, als Ungeheuer dazustehen, und so schickte ich Alex hinterher, um sie zu beruhigen – und um sie davon abzuhalten, aus dem Fenster zu hüpfen.

Beim Durchsuchen von Il Biondos Brieftasche fand ich eine Visa-Karte, 300.000 Lire in Fünfzigtausender-Scheinen, die ich mir als Entschädigung einsteckte, und seinen Führerschein. Angelo Scelsa, geb. 14.02.59, Wohnsitz: Piacenza. Von wegen Raffaele: so ein Schlaukopf. Ich starrte ihn an.

»Angelino, weißt du, dass du in den Knast kommen kannst, nur weil du dich mit einem so jungen Mädchen triffst? Und hinter Gittern, so erzählt man sich zumindest, sind Typen wie du ganz schlecht angesehen, tiefer stehen bloß noch die Verräter – es ist also kein schönes Leben.«

»Jetzt aber mal langsam. Was spinnst du denn da gerade zusammen? Warum sollte ich denn in den Knast wandern?« Die Worte kamen etwas undeutlich heraus, da seine Nase mittlerweile auberginenförmig angeschwollen war. »Wir sind nur Freunde. Sie wusste nicht wohin und da habe ich sie aufgenommen.«

Ich ließ sein Klappmesser aufschnappen. Panikartig riss er die Augen auf, blickte verzweifelt umher und sprang vom Stuhl auf. Ich drückte die Klinge wieder hinein, denn ich wollte nicht, dass er aus Versehen hineinfiel. Zumindest nicht im Augenblick. Später, vielleicht.

»Jetzt sei wieder ein braver Junge und hör zu. Ich bin nicht von der Polizei und ich habe kein Interesse daran, dich anzuzeigen. Deshalb ist es absolut sinnlos, dass du mir hier was vorlügst. Ich könnte glauben, dass du Zweifel an meiner Intelligenz hast, und sehr ärgerlich werden. Aber wegen dieser Sache bin ich gar nicht hier, ich möchte dir lieber ein paar Fragen zu einer alten Geschichte stellen. Du hast zwei Möglichkeiten: Entweder du antwortest mir ehrlich und wir bringen die ganze Sache kurz und schmerzlos hinter uns oder du erzählst mir blödes Zeug, dann breche ich dir erst alle Knochen im Leib und wähle danach wirklich die 113. Du kannst es dir aussuchen. Wir sind zu dritt und können bezeugen, dass wir das Mädchen schreien gehört und dann die Tür eingetreten haben, um es vor einem Schicksal zu bewahren, das schlimmer wäre als der Tod. Wem wird man wohl glauben, was meinst du?« Da der Blonde nicht wusste, was für einen Ruf ich hatte, kam er zu dem Schluss, dass die Dinge gegen ihn sprachen.

»Man hat mich schon gewarnt, dass jemand Erkundigungen über mich einholt. Du warst das also.« Er zog die Nase hoch. »Darf man wissen, wer du bist?«

»Das geht dich nichts an. Also, können wir uns jetzt unterhalten?«

»Ja.«

»Okay, unterhalten wir uns über Alice Gardoni.«

Er sackte noch ein wenig mehr auf seinem Stuhl zusammen und leckte sich das Blut von den aufgeplatzten Lippen. »Ich wusste es«, murmelte er. »Ich war mir sicher, dass du wegen Alice hier bist. Seit man sie umgebracht hat, warte ich nur darauf, dass jemand vorbeikommt, um mir ein paar Fragen zu stellen. Ich verfluche den Tag, an dem ich etwas mit ihr angefangen habe.«

»Jetzt hör schon auf mit diesem Gejammer, das interessiert mich nicht.«

»Was willst du denn wissen?«

»Alles, fangen wir beim Anfang an. Wann hast du sie kennen gelernt?«

Er überlegte einen Augenblick. »Vor ungefähr drei Jahren. Sie war mit einer Clique von Freundinnen in einer Eisdiele und sie kokettierten ein wenig in der Gegend herum. Ich hab dann ein Gespräch angefangen, du weißt ja, wie das ist.«

»Nein, das weiß ich nicht. Wie hast du es angestellt, dass sie dann später mit dir ging?«

»Ich musste da gar nichts groß veranstalten. Ich war ihr eben sympathisch und gefiel ihr. Ich habe mit ihr eine Spritztour im Cabrio gemacht, bin mit ihr ins Kino gegangen. Solche Dinge halt.«

Solche Dinge halt, ach so. »Du hast mit ihr geschlafen, nicht wahr?«

»Was denkst du denn, soll ich dir jetzt etwa erzählen, dass wir mit Puppen gespielt haben?«

»Habt ihr zusammengelebt?«

»Nein, wir sahen uns normalerweise tagsüber. Manchmal hat sie auch bei mir geschlafen und ihren Eltern erzählt, dass sie bei Freundinnen übernachtet. Wir haben sehr darauf geachtet, nicht aufzufliegen. Du weißt ja, wie das ist.«

»Auch das weiß ich nicht und ich würde davon bestimmt nichts wissen wollen, wenn es mich nicht aus anderen Gründen interessierte. Wie hast du es gedreht, dass sie für dich anschaffen ging?«

Er erstarrte. »Ich habe sie nicht anschaffen geschickt, was redest du da?«

Ich spürte, wie der Zorn in mir hochkochte, und ich ließ das Klappmesser schnell in meiner Tasche verschwinden – ich wollte es ihm nicht in einem Anfall von Jähzorn ins Auge rammen.

»Jetzt hör mir mal zu, du Stück Scheiße. Ich weiß, dass du ein Zuhälter bist und kleine Mädchen ausbeutest, drum lass es uns kurz machen, ja? Also du hast sie auf den Strich geschickt, stimmt's? Und überleg es dir gut, ehe du mit nein antwortest.«

Er sagte nicht nein. »Ich habe sie nie zu etwas gezwungen, dass das mal klar ist. Wir waren darüber einer Meinung und sie unterstützte mich eben ein bisschen. Nur ab und zu mal. Ich machte sie in meiner Wohnung mit anständigen Leuten bekannt und ich war immer in der Nähe. Wenn ihr einer absolut nicht gefiel, dann passierte eben nichts, ich habe sie nie mit Gewalt unter Druck gesetzt.«

»Mit wie vielen hast du sie verkuppelt?«

»Wie soll ich mich jetzt daran erinnern, so aus dem Stegreif ... Ich weiß es nicht, ich denke, so alles in allem ein Dutzend Leute.«

»So wenige? Und wie willst du davon gelebt haben?« Mir kam allmählich das Essen wieder hoch. Da war ja der Bekloppten-Dienst fast besser, mit all den Durchgedrehten. Fast.

»Sie kamen alle wieder, es waren Stammkunden. Ich suche sie lieber selber aus; es ist nicht leicht, mit meinen Mädels umzugehen.«

Ohne mich bremsen zu können sprang ich auf, packte ihn am Hemdkragen und knallte sein Kinn auf den Tisch. Ich sah rot und der Blonde merkte das wohl auch, denn er zog ein Gesicht wie jemand, der sich gerade in die Hose macht.

»Du kotzt mich an wie nur wenige Menschen, mit denen ich je zu tun hatte. Ich könnte dich jetzt in den Kanal werfen und man würde mir noch einen Orden dafür verleihen. Ist das klar? Also, wenn du jetzt kein unfreiwilliges Bad nehmen möchtest, dann spuck sofort alle Namen deiner so genannten Stammkunden aus. Und keine Mätzchen, denn es würde mir nur zu gut gefallen, dich für immer aus dem Verkehr zu ziehen.«

Er rückte tatsächlich mit einer Liste Vornamen heraus, fast alles Leute, die sich, wie er sagte, rund um die Hollywood-Bar im Viale Zara rumtrieben, die er zu seinem Büro erkoren hatte. Ich kannte die Bar. Es war derselbe Laden, an dessen Hintereingang mein Partner sich geprügelt hatte, wie ich heute Morgen seinem Bericht entnommen hatte. Ich bezweifelte, dass sich der Blonde dort in nächster Zeit blicken lassen würde. Und ich hatte auch Zweifel, dass mit den Namen, die er mir genannt hatte, schon seine komplette Kundschaft abgedeckt war, aber es war immerhin ein Anfang. Wovon, das konnte ich noch nicht sagen. Ich setzte mich wieder hin, etwas ruhiger. »Gut. Wann war's denn vorbei mit dem schönen Leben?«

Er schaute mich argwöhnisch an, er befürchtete wohl einen weiteren Wutausbruch von mir. »Wir waren ein paar Monate zusammen. Dann ließ sie sich immer seltener blicken, machte Sperenzchen und betrog mich. Schließlich hat sie mir den Laufpass gegeben.«

»Und du hast dann deine Einnahmequelle in aller Seelenruhe ziehen lassen? Das kann ich nicht glauben.«

»Ich weiß nicht, was ich dazu sagen soll.« Er wirkte wie die Aufrichtigkeit in Person, nur ein wenig zerknautscht. »Sie war aus gutem Haus und sie hätte mir Schwierigkeiten machen können, wenn ich sie zu sehr unter Druck gesetzt hätte.«

»Und du hast ihr nie ein paar gelangt, hast sie nie bedroht, du hast sie nie mit kaputten Knochen ins Krankenhaus gebracht?«

»Ich bin doch nicht blöd, diese kleine Hure hätte mich angezeigt und ich wäre im Knast gelandet.«

Ich streckte meinen Arm ein wenig aus und drückte ihm den Zeigefinger auf die schmerzende Nase; Il Biondo stöhnte auf und es fing wieder an zu tropfen.

»Ein bisschen mehr Respekt vor den Toten, Angelino.« Ich wischte meinen Handschuh an einem blassgelben Deckchen ab, auf dem eine kleine Schale mit Trockenobst stand – ich breche niemals in fremde Wohnungen ein, ohne mir wegen der Fingerabdrücke Handschuhe überzustreifen. »Und erzähl mir nicht wieder Scheiße.«

»Ich sag dir die Wahrheit, ich schwöre es. Ich hätte ihr liebend gern ein paar verpasst, aber ich habe es gelassen und lieber einen großen Bogen um sie gemacht. Ich habe sie nie wieder gesehen.«

»Schwör nicht zu früh, denn Meineide führen auf dem direkten Weg in die Hölle. Man hat mir berichtet, dass du mit einem Messer hinter ihr her warst. Ich rufe jetzt mal meinen Freund von draußen herein und lass dir ordentlich in die Fresse hauen, um deinem Gedächtnis auf die

Sprünge zu helfen. Hast du gesehen, wie groß er ist? Wenn er dich am Arm packt, dann bricht er ihn so leicht durch wie eine Grissino-Stange.«

Angelo brach erneut der Schweiß aus. »Und wer hat dir das erzählt, etwa diese dumme Gans von einer Freundin?« Ich antwortete nicht. »Ich bin ausgeflippt, sie wollte mich verarschen. Ich wollte sie nur erschrecken«, endlich kam er damit heraus, »und das war das letzte Mal, dass ich sie gesehen habe.«

»Bist du dir sicher?«

»Ja, ich bin ihr aus dem Weg gegangen. Wenn Schluss ist, ist Schluss.«

»Jetzt ist wohl für alle Schluss, wie es aussieht. Aber es ist doch ein merkwürdiger Zufall, meinst du nicht auch? Du hast sie bedroht und jetzt ist sie tot.« Ich stützte mich auf meine Ellenbogen und schaute ihm aus nächster Nähe in die Augen. »Irgendwie verdächtig.«

»Das sind doch Sachen, die man einfach so dahersagt, was hast du dir da bloß in den Kopf gesetzt? Glaubst du, ich bin so blöde, ein kleines Mädchen umzubringen?«, sagte er und wich zurück.

»Kann schon sein. Wo warst du, als sie ermordet wurde?«

»Also du hast es wirklich auf mich abgesehen. So ein Scheiß, meinst du, ich würde ruhig hier rumsitzen und mit dir reden, wenn ich es gewesen wäre? Glaub, was du willst, ich war jedenfalls im Krankenhaus. Blinddarmentzündung, ich bin operiert worden. Schau her, es tut immer noch weh.«

Er zog sein Hemd hoch und ich sah eine frische Narbe an der richtigen Stelle.

»Das reicht mir nicht.«

»Dann schau doch in die Schublade da im Flur. Ich habe noch alle Rezepte und Krankenberichte aus der Klinik ...«

Ich stand auf und wühlte flüchtig in der Schublade, wobei ich ihn immer im Auge behielt. Es war zwar ziemlich unwahrscheinlich, dass er unter dem Salzfässchen eine Pistole hervorzaubern würde, aber man kann ja nie wissen. Ich fand die Unterlagen, und die Daten passten. Ich würde sie nachprüfen lassen, aber eventuell war ich gerade heftig auf dem Holzweg, was gar nicht so unwahrscheinlich war, denn Il Biondo schien mir überhaupt viel zu feige und unbegabt, um einen Mord durchziehen zu können. In einem Wutanfall hätte er sich vielleicht zu ein paar Messerstichen hinreißen lassen, aber ich konnte ihn mir einfach nicht vorstellen, wie er Alice in einen Wald schleppte, sie dort umbrachte und dann alles so hinbog, dass ein anderer als Mörder dastand. Ich kehrte an den Tisch zurück.

Der Blonde fing wieder an zu reden: »Also gut, du hast mich auf dem Kieker, auch wenn ich dich noch nie in meinem Leben gesehen habe, aber hast du denn nicht mitbekommen, dass man den Kerl, der Alice ermordet hat, schon eingesperrt hat? Der passt dir wohl nicht?«

»Nein.«

»Ich weiß auch nicht, was ich dir noch sagen soll … Penner wie der sind doch zu allem fähig. Das sind Nazis, und was sie in ihren verkackten Löchern aushecken, das wissen wir beide nicht.«

»Auf jeden Fall halten sich dort bessere Leute auf als bei dir zu Hause. Wenn er es nicht gewesen ist, und du ja vielleicht auch nicht, hast du dann wenigstens eine Idee, wer es gewesen sein könnte? Schließlich warst du ja eine Weile mit ihr zusammen.«

»Ach so? Alice war völlig verrückt und zog Schwierigkeiten förmlich an. Sie ist wohl an einen geraten, der nicht so gut war wie ich.«

»Und an wen zum Beispiel, wenn man von deinen reizenden Freunden einmal absieht?«

»Was weiß denn ich. Hör mal, ich bin aus diesem Mädchen wirklich nie ganz schlau geworden. Meinst du denn, dass ich der Erste war, mit dem sie im Bett war? Dann tust du mir aber Leid. Sie hat mit so vielen ihrer Schulfreunde rumgevögelt, das kannst du dir gar nicht vorstellen; vielleicht war ja einer von denen eifersüchtig.«

»Du hast sie kennen gelernt, da war sie noch nicht einmal vierzehn Jahre alt. Was willst du mir denn jetzt schon wieder weismachen?«

Er plusterte sich auf und kehrte den ganzen Müll hervor, den er in sich hatte. »Schau mal einer an! Dann glaubst du also noch an Märchen. Man kann Mädchen in diesem Alter doch nicht mehr mit Micky-Maus-Heftchen beeindrucken oder dadurch, dass du sie mit ins Kino nimmst, die warten doch nur darauf, dass du sie endlich fickst. Und was hat dir der Weihnachtsmann gebracht? Einen schönen dicken Schwanz, so ist das doch. Ein dicker Schwanz ...«

Ich sprang auf die Beine und hieb ihm kräftig aufs Maul: diesmal mit der Hand, die immer noch wehtat, der rechten. Sein Kopf schleuderte nach hinten und der Stuhl rutschte ihm unterm Hintern weg, so dass er hinunterfiel. Er stöhnte. Ich hörte, wie sich die Eingangstür öffnete, der Elefant schaute besorgt herein. Ich gab ihm ein Zeichen, die Tür wieder zu schließen: alles in Ordnung.

»Hoch mit dir, du Wichser«, sagte ich zu dem Blonden. »Ich hatte dich gewarnt, dass du die Toten mit Respekt behandeln sollst.« Ich fühlte mich ruhiger, fast so, als hätte sich mit dem Hieb die ganze Spannung entladen, die ich allmählich aufgebaut hatte. »Jetzt steh schon auf, das kann doch gar nicht wehgetan haben.«

Er zog sich am Tisch hoch und hockte sich wieder hin. Sein Gesicht war jetzt endgültig Matsch, die Nase hatte wieder zu bluten angefangen und die Oberlippe war komplett aufgeplatzt. Sein linkes Auge konnte er nicht mehr ganz öffnen.

»Bastard«, murmelte er. »Du prügelst auf mich ein, weil du in ihr eine Heilige sehen willst. Aber so war es nicht. Sie war eine, die vor nichts zurückschreckte, und sie mochte Männer, die älter als sie waren, solche wie mich eben. Sie hat auch schon einmal einen Freund ihres lieben Herrn Papa vernascht.«

Ich wurde hellhörig.

»Sag das noch mal.«

»Ich habe gesagt, dass sie etwas mit einem Typen hatte, der bei ihr zu Hause ein und aus ging, und ihre tollen Eltern haben nie etwas davon mitbekommen.«

»Wie hieß der?«

»Ich weiß es nicht. Alice hat mir erzählt, dass sie zu ihm nach Hause ging, wenn seine Frau nicht da war, und dass er in der Nähe der Piazza San Babila wohnt. Ich weiß seinen Namen nicht. Ich würde ihn dir schon sagen, was schert mich das denn jetzt noch.« Mit einem Finger fuhr er seine Zähne entlang und überprüfte, ob sie noch alle an ihrem Platz waren. »Einmal habe ich ihn flüchtig gesehen: ein aufgeblasener Sack um die fünfzig, mit einer krummen Nase und Schnäuzer. Als wir uns gerade zusammengetan hatten, hatte sich Alice noch einmal mit ihm verabredet, um ein Abschiedsgeschenk zu kassieren, eine Art Abfindung.« Er versuchte zu lächeln, aber mit der aufgeplatzten Lippe kam nur eine widerwärtige Grimasse heraus. »Ich habe ihn kurz gesehen, wie er aus seinem Jaguar stieg. Mehr nicht.«

Mehr brauchte ich auch nicht zu wissen. Ich rief Alex aus dem Schlafzimmer. Er kam und zog das Mädchen, das aus all ihren Poren Hass verströmte, an einem Arm hinter sich her. Ein böser Kratzer auf seiner Wange zeugte davon, dass seine Gefangene sich nicht damit begnügt hatte, ihn böse anzustarren.

»Berufsrisiko«, sagte er zu mir in seiner gewohnt gleichmütigen Art. Ein wirklich harter Kerl. »Was kommt als Nächstes?«

»Wir gehen. Aber die hier nehmen wir mit, und wenn wir sie in einen Teppich einrollen müssen.«

Den Teppich brauchten wir dann doch nicht. Der Elefant, den kleine Mädchen einfach sofort gern haben – wie alle großen Tiere –, konnte sie davon überzeugen, freiwillig mit uns zu kommen. Alex setzte mich dann zusammen mit ihr – Ambra war ihr Name, so weit waren wir immerhin schon – vor dem Haus meiner Freundin Silvia ab, während Marco und er loszogen, um irgendwo die dreihunderttausend Lire auf den Kopf zu hauen, die ich dem Blonden aus der Brieftasche gezogen hatte.

Für bestimmte schwere Fälle ist Silvia meine letzte Rettung: Sie ist Sozialarbeiterin, eine der wenigen, die die Leute nicht wie den letzten Dreck behandelt, sondern ganz und gar von der Liebe zu ihrem Nächsten durchdrungen ist, egal, ob dieser sie verdient hat oder nicht. Sie kann auch zu den schlimmsten menschlichen Wracks ein Gefühl der Zuneigung entwickeln und interessiert sich wirklich für deren Schicksal, weit über ihre beruflichen Pflichten hinaus, so dass ihr Privatleben praktisch nicht mehr existiert. Sie ist fast vierzig, hat eine Scheidung hinter sich und so viele Freunde, dass man damit ein Fußballstadion füllen könnte: Auf jeden von denen, der ihre Großherzigkeit nur ausnutzt, kommen mindestens zwei, die sie mit ihrem eigenen Leben verteidigen würden.

Wir haben uns vor vier Jahren kennen gelernt, als sich eine der Frauen, die sie betreute, auf der Suche nach Schutz vor ihrem Mann an die Agentur wandte, in deren Diensten ich zur damaligen Zeit stand. Nach ihren Angaben wollte ihr Mann sie bestrafen, weil sie ihn verlassen hatte, aber niemand wollte ihr Glauben schenken. Vor allem, weil der Gatte ein wohl angesehener Mann war, der es verstand, die Menschen für sich einzunehmen, und ehrlich betrübt darüber schien, welch böse Gerüchte seine Frau über ihn in der Stadt verbreitete.

Der Hintergrund der Geschichte kümmerte mich zunächst reichlich wenig und ich versah meine Wachschichten abwechselnd mit einem Kollegen. Als dann die Agentur nach zwei Wochen ihre Dienste einstellte, weil der Kundin das Geld ausgegangen war, überzeugte mich Silvia, die Überwachung auf eigene Faust fortzusetzen. Ich weiß auch nicht, weshalb ich auf sie hörte, vielleicht weil es mir Leid tat, dass ihr das Schicksal eines Menschen so sehr am Herzen lag, der ihr bis vor kurzem noch völlig unbekannt war. Sie war davon überzeugt, dass die Frau die Wahrheit sagte.

Also übernahmen mein Partner und ich von da an die mühsame Aufgabe, wobei wir uns sieben Tage lang gegenseitig den schwarzen Peter zuschoben, mit einer blöden Ausrede Silvia und ihre Paranoia endlich loszuwerden. Keiner von uns beiden hatte den Mut dazu gefunden und so war ich auch noch am achten Tag bei meiner ›Klientin‹, las ein Buch und hörte ihr beim Schnarchen zu, als nachts um zwei ihr Mann tatsächlich zum Schlafzimmerfenster hereinkam. Er hatte ein Waffenarsenal wie aus einem Horrorfilm bei sich. Meine Wertschätzung für Silvia war schlagartig in astronomische Höhen geschossen und ist seit damals nur noch weiter gestiegen.

Mit ihrem Gespür für schwierige Situationen hatte Silvia Ambra und mich hereingelassen, ohne Fragen zu stellen, und innerhalb weniger Minuten waren sie und meine Gefangene dicke Freundinnen geworden. Sie konnte sie überzeugen, erst einmal ein Entspannungsbad zu nehmen, so dass wir beide ungestört reden konnten. Dabei ließ Silvia, die in einem schlabberigen Jogginganzug mit mir auf dem Sofa lag, den Spiegel im Korridor nie aus den Augen. Von ihrem Platz aus hatte sie damit einen optimalen Blick durch die nur halb geschlossene Badezimmertür, hinter der das Mädchen planschte. Es handelte sich dabei nicht um Voyeurismus: Einmal hatte sich in eben dieser Wanne ein Typ die Pulsadern aufgeschnitten und nur durch ein Wunder hatte sie ihn retten können. Man muss sagen, dass Silvia aus ihren Fehlern lernt, und das ist keine weit verbreitete Eigenschaft in meinem Bekanntenkreis.

»Lass mich raten: Das Mädchen hat ein paar Probleme, nicht wahr?«, fragte sie und wickelte eine kastanienbraune Locke um ihren Zeigefinger, wie sie es immer in Momenten der höchsten Konzentration tat.

»Ganz genau. Sie war mit einem Kerl zusammen, der sie an seine Freunde vermietete. Mir erschien es das Beste, sie zu dir zu bringen.«

»Vielen Dank. Und ich, was soll ich deiner Meinung nach mit ihr anfangen?«

Ich verschaffte mir Zeit, indem ich einen Schluck von dem Gin Tonic nahm, den ich mir gemixt hatte. Schöner Mist. »Hm, ich weiß auch nicht, du bist doch die Expertin«, gab ich schließlich von mir.

»Jetzt hör mir mal gut zu: Das ist das vierte Mal innerhalb von zwei Jahren, dass du mir ein armes Mädchen wie sie ins Haus schleppst, ohne Vorwarnung und ohne eigentlich zu wissen, was zu tun ist. Wenigstens ist die hier nicht drogensüchtig und Flöhe scheint sie auch keine zu haben, aber es ist wirklich nicht so, dass du mir damit eine große Freude machst. Es gibt ein paar Regeln, die man beachten sollte, und das weißt du ganz genau.«

»Ich bin jemand, der die Regeln stets aufs Genaueste befolgt, und ich möchte dir bestimmt keinen unnötigen Papierkrieg aufhalsen. Okay, machen wir es so: Ich bringe sie wieder zurück, vielleicht kann ich ja bei ihrem Beschützer ein paar Prozente Beteiligung herausschlagen und in der Zwischenzeit versuchst du es auf die legale Tour. Viel Glück dabei!« Ich blinzelte ihr über das Glas hinweg zu: Ich wusste, dass ich gewonnen hatte.

Sie seufzte: »Jetzt spiel doch nicht den Blödel. Es ist doch klar, dass ich nicht möchte, dass du sie wieder dorthin zurückbringst, aber du vergißt immer, dass es für solche Fälle auch noch so etwas wie die Polizei gibt. Ach je, wie konnte ich das nur vergessen, du kannst ja die Polizei nicht ab …«

Ich trank meinen Gin Tox aus und ging zum Barwagen, um mir einen zweiten zu mischen. Ich hatte beschlossen, eine längere Schicht einzulegen, und so würde ich den Alkohol rechtzeitig verdauen können, ehe ich an meinen Partner übergab.

»Genau«, antwortete ich, »ich kann die Polizei nicht ab. Ganz abgesehen davon bin ich zur Rettung der Jungfrau in Privatbesitz eingedrungen, habe eine Tür eingetreten und jemanden verprügelt. Ich könnte Schwierigkeiten bekommen, auch deshalb, weil Ambra jung und blöd ist und sich auf die Seite ihres Ausbeuters schlagen würde, da sie ihn höchstwahrscheinlich liebt. Ich kann also mein Geschick nur dir anvertrauen, wenn ich nicht in die Klemme geraten will. Und außerdem weiß ich, dass du gute Freunde bei den Polizisten hast, die sich um Minderjährige kümmern.« Ich versuchte, einen demütigen Gesichtsausdruck aufzusetzen. »Ich verlange ja keine Wunder von dir, mach das, was du für sie tun kannst. Versuch, sie davon zu überzeugen, dass sie nicht wieder anschaffen geht, und sie irgendwo unterzubringen. Und das alles nach Möglichkeit, ohne mich mit hineinzuziehen.«

»Weißt du, ob sie Angehörige hat?«

»Negativ, ich weiß gar nichts. Sie wird schon jemanden haben, aber ob das Sadisten sind, denen sie davongelaufen ist, oder herzensgute, aber bettelarme Menschen, keine Ahnung. Auf den ersten Blick schaut sie allerdings nicht danach aus, als hätte sie entbehrungsreiche Zeiten durchmachen müssen.«

Sie überlegte einen Augenblick. »Ich werde überprüfen lassen, ob es eine Vermisstenanzeige gibt, und ich werden deinen Namen nicht erwähnen. Ich garantiere jedoch für nichts. Wenn Ambra über dich plaudert, dann kommst du trotzdem in Schwierigkeiten.«

»Ambra kennt meinen Namen nicht und den ihres lieben Freundes wird sie schon nicht angeben, darauf kannst du wetten.« Ich hatte mein zweites Glas ausgetrunken und wollte aufstehen, um es mir erneut zu füllen, doch Silvia legte mir eine Hand aufs Knie und hielt mich zurück.

»Jetzt hör schon auf damit, mir die Bar leer zu trinken, und erzähl mir, was du mit so einem Arschloch zu schaffen hast.«

Ich lehnte mich wieder zurück. »Gar nichts. Ich ermittle in einer kleinen Angelegenheit und er schien da mit drinzustecken ...«

»Welche kleine Angelegenheit, wenn das nicht unter die Schweigepflicht fällt?«

»Ein Mord.«

»Ach Gott! Ich dachte, dass du mit den Agenturen nichts mehr am Hut haben wolltest.«

»Ich bin ja auch auf eigene Rechnung unterwegs und nur der Herr im Himmel weiß warum.« Ich gab ihr eine kurze Zusammenfassung der Ereignisse, und zwar eine recht farbige Schilderung, die Silvia auch zu schätzen schien.

»Glaubst du, dass es die Mühe wert ist, sich in dieser Geschichte so zu engagieren?«, kommentierte sie am Ende. »Für mich sieht es ganz danach aus, als gäbe es nichts, was für Skizzos Unschuld spräche.«

»Genau, da gibt es wirklich nichts bis auf die Tatsache, dass er nicht Motorrad fahren kann und dass in der offiziellen Untersuchung Löcher klaffen, durch die ein ganzes Haus passen würde. Ich für meinen Teil habe vor, eine möglichst umfangreiche Sammlung von Fakten und Namen anzulegen. Dann muss Mirko entscheiden, was er davon vor Gericht zerren möchte und wie er es verwenden will.«

»Mirko ist gut, aber ich glaube nicht, dass er Wunder bewirken kann. Und du steckst da wirklich in einem Riesenschlamassel, auch für deine Verhältnisse, will mir scheinen. Pass auf jeden Fall auf.«

»Man nennt mich Sandrone den Bedächtigen, das weißt du doch, oder?« Ich schaute auf meine Uhr: zweiundzwanzig Uhr. »Es tut mir ja sehr Leid, dich hier mit dem Päckchen allein zu lassen, aber ich muss jetzt gehen.

Ruf mich an, wenn du etwas brauchst, und halt mich auf dem Laufenden.«

»Sei ganz beruhigt, das werde ich machen. Begeben Sie sich noch auf andere Fährten, Sherlock?«

»Gut kombiniert, Frau Doktor Watson: Ich kehre zu meinen Ursprüngen zurück.« Ich umarmte sie und ging dann runter, um nach einem Taxi zu suchen, das mich zum Leoncavallo bringen würde.

2

Die letzten zehn Tage sind aufgrund der wenigen wachen Stunden, die für mich abfielen, so schnell vergangen, dass ich meinen Zeitsinn verloren habe, aber ich habe nicht nur Däumchen gedreht, während mein Partner unterwegs war und den harten Kerl markierte.

Zunächst einmal war ich Mirkos Liste durchgegangen, um zu sehen, wer alles von der Polizei befragt worden war. Ich hatte die schwache Hoffnung, etwas zu finden, das mir weiterhelfen könnte, und wollte entscheiden, wen von diesen Leuten man noch einmal aufsuchen sollte. Ich hatte mich für die Gardonis und die Krankenschwester Trudi entschieden und sie dann angerufen, um ihnen meinen Besuch im Namen des Rechtsanwaltes anzukündigen, was nicht gerade Begeisterung auslöste. Vor allem die Gardonis, die mir immerhin einen Termin einräumten, hatten dabei ihr Bestes getan, damit ich mich wie der letzte Dreck fühlte. Schließlich hatte ich das Lager gewechselt, nachdem ich ihr Brot und ihr Salz gegessen hatte. Sie würden die Ersten sein, die ich am nächsten Morgen besuchen wollte, Samstag früh um neun. Dieses Treffen ging mir sehr gegen den Strich, denn nichts deprimiert mich mehr als Besuche in Häusern, in denen getrauert wird.

Zwischen den verschiedenen Telefonaten war es mir auch gelungen, ein Schwätzchen mit dem guten alten Daniele Zucchero zu halten, der mittlerweile zum offiziellen Sprecher – dem Leader maximo sozusagen – des ›Sozialzentrums Leoncavallo‹ geworden war oder besser gesagt zu dem Mann, den man dazu verdonnert hatte, sich Tag für Tag mit den Bullen rumzuschlagen und ununterbrochen Anzeigen oder Klagen an den Hals zu bekommen. Im Namen unserer alten Freundschaft, die ein wenig runter meiner persönlichen Entscheidung gelitten hatte, mich von der Revolution etwas zu entfernen, hatte der gute Daniele sich netterweise dazu bereit erklärt, mir dabei helfen, Skizzos Tagesablauf vor dem Mord zu rekonstruieren.

Im Namen unserer alten Freundschaft und selbstverständlich auch aus politischem Kalkül. Die *Affäre Skizzo* hatte sämtliche alternativen Kreise Mailands in ein ziemlich beschissenes Licht gestellt und Daniele hoffte, beweisen zu können, dass es sich dabei nur um reaktionäre Propaganda handelte. Wir hatten eine Art konspiratives Treffen vereinbart, zu dem alle Personen kommen sollten, die im Sozialzentrum die verschiedensten Aufgaben versahen, von den Barleuten bis hin zu den Ordnungskräften, und zwar die Schicht des Abends, an dem Skizzo aus dem Leoncavallo hinausgeschmissen worden war: Damit endete seine letzte zusammenhängende Erinnerung und ich hoffte, dass sich dort anknüpfend eine Spur ergeben würde.

Deshalb stürzte ich mich abends gegen elf ins Gewühl der Via Watteau im Greco-Viertel Mailands, bereit, zum x-ten Mal durch mein altes Revier zu streifen, das ich seit nunmehr acht Jahren nur noch selten besuchte.

Das Leoncavallo, ›Leo‹ oder ›Leonka‹ für die Eingeweihten, ist ein riesiger, dreistöckiger Block mit einem weiten Innenhof, der durch ein Eisentor auf eine Parallelstraße zu den Gleisen mündet, die den kleinen Bahnhof von Greco mit dem Rest der Welt und ihren Gütern verbinden. Auf dem Dach und aus fast allen Fenstern wehen rote Flaggen und Fahnen der verschiedensten Freiheitsbewegungen und die Außenmauern und die Mauern der anliegenden Häuser sind über und über mit Graffiti und den Zeichen der *crews* versehen, jener Spraykünstlergangs, die damit ihr Territorium markieren.

Die stillgelegte Druckerei gehört den Cabassis, einer der nobelsten Familien Mailands. Als sich meine ehemaligen Genossen dort niederließen, waren sie gerade aus dem zweiten Quartier verjagt worden, das sie nach der gewaltsamen Räumung des ersten in Besitz genommen hatten. Ein junges Mitglied der Familie Cabassi beschloss, nicht gleich die berittenen Truppen zu Hilfe zu rufen, sondern mit den Besetzern zu einer Übereinkunft zu gelangen, vielleicht auf Grundlage eines symbolischen Mietzinses. Seit damals sind Jahre ins Land gegangen: Die Beziehung zu den Besitzern soll immer noch herzlich sein, auch wenn niemand je Geld lockergemacht hat.

Die Gegend ist ein Art Gewerbemischgebiet, das gut als Kulisse für irgendetwas zwischen *Blade Runner* und einem *Police*-Video dienen könnte: Neben dem Leoncavallo, von diesem durch einen weiten Platz getrennt, erheben sich ein Paar *Sony*-Bürohäuser und drei schreckliche Eigentumswohnungsanlagen mit mindestens fünfzehn Etagen, wo, was für ein Zufall, das berühmt-berüchtigte Komitee der Anti-Leoncavallo-Bewegung des Viertels seinen Sitz hat.

Wer sich in diese Gegend verirrt, stolpert zwangsläufig über irgendwelche Vertreter dieses Komitees, alles Personen gesetzteren Alters, die ein ihrer unwürdiges Schauspiel bieten: Sie halten Mahnwachen ab, plärren mit Megaphonen herum, versuchen mit ihren eigenen Körpern die Straße zu blockieren und warten auf den Beistand irgendeines Politikers, der endlich einmal mit diesen *Aliens* aufräumt, die in ihr Viertel eingefallen sind. Der ehemalige Polizeichef von Mailand, Pelide Orto, hatte sich einmal ein bisschen auf sie eingelassen mit dem Hintergedanken, sich so eine ihm wohlgesonnene Basis zu schaffen für den Fall einer Bürgermeisterkandidatur – so weit ist es nicht mehr gekommen, da man ihn schon vorher fallen gelassen hat –, doch schließlich zog er es vor, sich besser da rauszuhalten.

Mit der Zeit war das Komitee Teil der neuen lokalen Folkloreszene rund ums Leoncavallo geworden und musste ohnmächtig zusehen, wie Myriaden von Jugendlichen und nicht mehr ganz so Jugendlichen in Scharen zu den Konzerten und Events des Sozialzentrums strömten.

Der Abend, den ich mir ausgesucht hatte, war ein Freitag und wie üblich gab es natürlich ein Konzert. Die Schlange vor dem Eingang zeigte an, wie hoch die Interpreten des Abends in der alternativen Publikumsgunst angesiedelt waren: Eine Art menschlicher Riesenwurm schlängelte sich von der Mitte der Straße durch das Tor und über die Stufen, bis er dann im Inneren verschwand.

»Wer zum Teufel spielt denn heute?«, rief ich einem eher wohlhabenderen Mädchen ins Ohr, das von der Masse an meine Seite gepresst wurde.

»Die Trommler der Bronx!«

»Nie davon gehört. Sind die berühmt in Amerika?«

»Das sind Franzosen, du Banause.«

»Ach, Entschuldigung, gibt es in Frankreich auch eine Bronx?«

Sie antwortete mir nicht mehr, da ein Wirbel sie aufsog und von mir trennte. Nach zwanzig Minuten Gedränge und Gestoße erreichte ich die Kasse. Ich drückte zehntausend Mücken an die achtzehnjährige Blondine ab, die sich aus einer Art Käfig herauslehnte, und gelangte in die tausend Quadratmeter große Halle, die schon ziemlich überfüllt war.

Es waren wohl an die fünftausend Menschen da, ein gemischtes Publikum ohne einen einheitlichen Look. Mittlerweile sind die Punks ja auf dem Rückzug und die juvenilen Metal-Fans gehen auch schon auf die fünfzig zu. Das verbreitetste Outfit war ein Marxisten-Crossover-Mix, sprich Sportjacke und Turnschuhe, aber es gab auch schick angezogene Leute und Familienväter.

Auf der Bühne schlugen an die zwanzig muskelgestählte Männer mit nacktem Oberkörper rhythmisch mit Stöcken auf Blechtonnen ein, was den Eindruck von alptraumhaften Bauarbeiten erzeugte. Sie wurden von einem kahlköpfigen Hünen angeführt, der in *Argot* herumschrie und mit bloßen Händen auf eine Riesentrommel einhämmerte, ganz ähnlich einem Vortrommler auf den römischen Galeeren, während die Zuschauer auf dem wenigen verbliebenen Platz hin- und herwogten.

Nach zwanzig Minuten des Durchrüttelns fand ich, dass sie sich mit der Zeit wiederholten, bei Mülltonnen gibt es keine allzu große Klangvielfalt, und so bahnte ich mir einen Weg durch die Menge nach draußen in den Innenhof. Auf dem Weg dahin erntete ich Schulterknüffe, Händedrücke und schiefe Blicke von denen, die mich noch kannten. Solange sie mich nicht hinauswarfen, sollte mir das recht sein.

Im Innenhof konnte man es schon eher aushalten. Fast alle, die am Abend zum Leoncavallo gekommen waren, sahen sich das Konzert an und so konnte ich mich frei bewegen, ohne alle naselang an jemandem hängen zu bleiben. Kleine Gruppen von jungen Leuten saßen auf Stühlen, Tischchen und vielseitig verwendbaren Objekten, unterhielten sich, tranken Bier aus Plastikbechern und diskutierten angeregt über Politik. Zwischen den Beinen der Leute tollte fröhlich ein Dutzend Hunde herum, während die Herrchen ihnen dabei liebevoll zuschauten.

Ein Pitbull kam zu mir gelaufen und schnüffelte an meinen Hosenaufschlag, was mich erstarren ließ, denn das sind keine sehr umgänglichen Tiere.

»Keine Angst«, sagte ein junger Kerl in Lederjacke und zerrissenen Jeans, der die Szene aus wenigen Schritten Entfernung beobachtete, »das ist ein ganz Lieber. Du darfst nur keine schnellen Bewegungen machen.«

»Ich bin auch ein ganz Lieber«, antwortete ich mit leiser Stimme, um die Bestie nicht aufzuregen, »aber wenn du ihn nicht sofort von mir wegholst, könnte ich die Kontrolle verlieren und dich mit seiner Leine erwürgen.«

Der Bursche schaute mich beleidigt an, dann rief er sein Schoßhündchen zurück.

Schließlich konnte ich in einer kleinen Bar, die man in einem niedrigen Verschlag im Innenhof eingerichtet hatte, die hagere und ein wenig gebeugte Gestalt von Daniele Zucchero ausmachen. Wie ich wirkt er ein wenig älter und wie ich hat er mehr Haare im Gesicht als auf dem Kopf und eine Brille. Aber hier hört die Ähnlichkeit auch schon auf. Er wirkt immer noch wie ein Langzeitstudent, ich dagegen wie ein Hafenarbeiter.

»Was für eine Ehre!«, begrüßte er mich. »Du stattest uns also auch einmal einen Besuch ab. Warte einen Moment, ich mach schnell eine Durchsage im Saal, damit man dir die nötigen Ehren erweist!«

Ich schüttelte seine Hand. »Besser nicht. Wenn man uns zusammen sieht, könnte man glatt auf die Idee kommen, dass wir vorhaben, den Proletarieraufstand zu organisieren. Und außerdem will ich dir doch nicht das Scheinwerferlicht stehlen.«

Ein paar Minuten lang tauschten wir noch mehr solchen Blödsinn aus, zusammengepfercht in dem winzigen Kabuff, das von Menschen auf der Suche nach Getränken überquoll und verraucht war wie ein Schornstein. Dann schlüpften wir ins Hinterzimmer, in dem sich stapelweise Bierfässer, Getränkekästen und -dosen befanden. Auf den wenigen Sitzen und auf den Kühlgeräten hatte ein Dutzend Aktivisten Platz genommen, keiner von ihnen aus der alten Garde, die ich noch hätte kennen können. Der Boden war mit feuchtem Sägemehl bedeckt und an den Wänden hingen verblichene Poster von Initiativen, die noch älter waren als das Leoncavallo. In Ermangelung eines Sitzplatzes blieb ich stehen und lehnte mich an eine Wand, die auch mal wieder einen Anstrich hätte gebrauchen können.

»Also, hier sind alle, die an dem besagten Freitag mit Skizzo zu tun hatten«, sagte Daniele zu mir, dann, an die anderen gewandt: »Also, ihr kennt ja die Geschichte. Und weil es mal wieder den üblichen Treppenhausklatsch gegeben hat, wiederhole ich noch mal, dass wir hier auf keinen Fall der Polizei helfen oder Ähnliches vorhaben. Ist das klar?«

Selbstverständlich war es das nicht. Einer der Versammelten hatte etwas gegen meine Person und die Art, wie ich meinen Lebensunterhalt verdiente, einzuwenden, während es für andere, die immerhin nichts gegen mich persönlich hatten, zu stark nach Ermittlungen roch, wo sie doch mit Verhören und ähnlichen Schweinereien nichts zu tun haben wollten. Ich mischte mich nicht ein, schlürfte in aller Ruhe mein tschechisches Fassbier aus einem Plastikbecher und wartete darauf, dass sich Daniele und die anderen, die von der Legitimität unseres Treffens überzeugt waren, nach einer halbstündigen Diskussion durchsetzen konnten. Als man mir das Wort erteilte, waren bereits ein paar gegangen, die von der Argumentation offensichtlich doch nicht so angetan waren.

»Ich arbeite für den Anwalt Mirko Bastoni«, log ich, »den kennt ihr ja ganz gut, weil er euch in diversen Prozessen geholfen hat. Jetzt hat er die Verteidigung Skizzos übernommen und da hat er mich gebeten, Material zu sammeln, mit dessen Hilfe man Skizzo entlasten könnte. Mir ist durchaus bewusst, dass das keine leichte Aufgabe ist, aber ich muss rekonstruieren, was er gemacht hat, als er das letzte Mal hier war. Das ist das Letzte, an das er sich vor der Verhaftung erinnern kann, und das auch nur sehr verschwommen. Also, was habt ihr mir Schönes zu erzählen?«

Wenig oder gar nichts. Skizzo war gegen Mitternacht eingetroffen und hatte versucht, umsonst hineinzukommen. Man hatte ihm so lange den Zutritt verwehrt, bis er sich hundertlireweise das nötige Eintrittsgeld zusammengeschnorrt hatte. Der junge Kerl, der den Bardienst versah, Davide – Nickelbrille und Schnurrbärtchen –, hatte ihm dann eine Flasche Wein verkauft, die sich Skizzo ganz allein reingezogen hatte, wobei er ab und an ein paar Worte mit einigen Bekannten wechselte. Gegen zwei Uhr, als er hackedicht war, war er rückwärts über eines der Tischchen gestolpert und hatte dann, nachdem er sich wieder aufgerappelt hatte, mit mehreren Umstehenden Streit angefangen, weil diese ihm partout nichts von ihren Getränken abgeben wollten. Das war schließlich zu viel gewesen und so hatten ihn ein paar der Thekenkräfte gepackt und nach draußen auf den Bürgersteig befördert. Ende der Geschichte.

»Kann es sein, dass da nicht doch noch etwas war?«, fragte ich wenig überzeugt.

Möglich. Niemand hatte ihn weggehen sehen. Als man gegen drei Uhr zumachte, hatte er einfach nicht mehr an der Mauer gelehnt, wo man ihn abgesetzt hatte. Vielleicht war ja die Stadtreinigung vorbeigekommen und hatte ihn eingesackt, mutmaßte einer.

Ich dankte allen und verließ entmutigt die Runde, auch wenn ich mir ehrlicherweise nicht wesentlich mehr erwartet hatte. Nachdem ich mich von Daniele verabschiedet und ihm versprochen hatte, ihn demnächst irgendwohin zum Abendessen auszuführen, streifte ich noch ein wenig durch die verschiedenen Räume und Säle voller Menschen.

An jeder Ecke stieß ich auf irgendwelche Stände, die meist von Einwanderern betrieben wurden, doch ich fand nichts, was ich hätte gebrauchen können: Rasta-Klamotten und Schillums gehören nicht zu meinem Lebensstil als Söldner im Dienst der wohlhabenden Klassen. Im Erdgeschoss stieß ich auf eine Lokalität, die sich *Dauntaun* nannte: drei Räume, die im Acid-Stil gehalten waren und in denen ungefähr hundert junge Leute zu HipHop-Musik tanzten.

Ohne groß nachzudenken stieß ich zu ihnen und ließ mich mit geschlossenen Augen von der Musik davontreiben, hüpfte herum wie ein hitziger Tanzbär, um den Mist aus meinem Kopf herauszuschwemmen. Mörder und Bullen, Zuhälter und Blut. HipHop ist zwar eigentlich nicht so mein Ding, aber wenn man es zulässt, kann man dadurch schon richtig schön in Trance geraten und genau das machte ich nun und schwitzte fröhlich vor mich hin.

Nach einer knappen Stunde riss mich eine Hand, die an meiner Schulter schüttelte, aus meinen Träumen. Es war ein Mädchen, so um die zwanzig, lila gefärbte und auftoupierte Haare. Um mir zu verstehen zu geben, dass sie nicht vorhatte, mich zu küssen, beugte sie sich mit ernster Miene zu mir herüber.

»I ao eo ee ie oo«, schrie sie mir ins Ohr.

»Wie bitte?«

»I aoeo eo Skizzo!«

Skizzo, das hatte ich verstanden. Wir gingen in den abgedunkelten Flur, weg von der Musik. Sie hieß Sarah, mit h.

»Man hat mir gesagt, dass du etwas über Skizzo wissen willst. Stimmt das?«

»Stimmt genau. Er war an dem Freitagabend damals hier.«

»Genau. Ich glaube, ich bin die Letzte, die ihn gesehen hat. Die von der Theke haben ihn hinausgeworfen, ich weiß, dass sie dir das schon erzählt haben. Ich bin um drei Uhr nach Hause gegangen und habe ihn kurz hinter der Via Watteau gesehen, da, wo die große Allee ist, du weißt schon, oder?«

»Ja, und hat er dir gesagt, wo er hinwollte?«

Sie starrte mich entsetzt an. »Mensch, also normalerweise wechsle ich kein Wort mit solchen Typen wie ihm.«

»Ah«, machte ich enttäuscht.

»Ich weiß nur, dass man ihn in ein Auto verfrachtet hat.«

»Ah!« Das hörte sich schon viel besser an. »Weißt du, wer das war?«

»Nein, aber die Sache ist mir aufgefallen, weil das keine Schrottkarre war, die ihn aufgelesen hat. Es war ein ganz schön dickes Auto, die Marke kenne ich allerdings nicht.«

»Und abermals Ah! Hast du gesehen, wer am Steuer saß?«

»Nein, es war ja dunkel. Das ist alles, was ich weiß, ich hoffe, dass es dir weiterhilft. Ansonsten ...« Sie zuckte mit den Schultern.

»Besser als nichts. Dank dir schön.«

»Gern geschehen.« Sie wandte sich ab, dann änderte sie ihre Meinung und drehte sich noch einmal um.

»Hör mal, du bist doch kein Bulle oder so?«

»Nein, ich bin ein Stylist und mache eine Umfrage über die neuesten Modetrends. Einen Klassetipp kann ich dir jetzt schon geben: Nächstes Jahr wird der Punkabbestia-Stil ganz groß kommen.«

Halblaut schickte sie mich zum Teufel, entfernte sich endgültig und ging wieder tanzen. Ich bewunderte ihre Rückenansicht und spürte ein akutes Verlangen nach meiner Frau. Oder nach irgendeiner Frau, ich wäre auch mit weniger zufrieden gewesen. Doch Vale würde zu dieser Uhrzeit mit Sicherheit schlafen und einen nächtlichen Telefonanruf von mir ganz gewiss nicht gutheißen. Und da ich es nicht für angebracht hielt, hier den Aufreißer vom Sozialzentrum zu geben, entschied ich mich, einfach heimzugehen.

Es war mitten in der Nacht und in dieser Gegend fuhren auch keine Taxis auf Verdacht herum, da hier wenig Nachtschwärmer mit Kohle unterwegs sind. Das Publikum der Trommler hatte sich auch schon seit längerem verdrückt und so streifte niemand durch die verlassenen Straßen. Ich machte mich also als einsamer Reiter auf in die Richtung der breiten Allee, die von der Piazza Greco bis zum Hauptbahnhof führt, da ich dort mit Sicherheit eine Telefonzelle finden würde, um mir mit der 6767 ein Funktaxi zu rufen.

In etwa hundert Meter Entfernung konnte ich auch schon eine leuchten sehen und ich beschleunigte meinen Schritt, während mich ein unangenehmes Gefühl beschlich, das mich immer nervöser machte. Unter all meinen merkwürdigen Defekten ist zwar kein Superspinnensinn wie der von Spiderman, aber ich hatte gelernt, auf meine Gefühle zu hören. Als ich einen Blick über meine Schulter riskierte, sah ich einen Alfa 155, der sich langsam auf mich zu bewegte.

Ich drehte mich genau in dem Moment um, als die Türen des Autos, das etwa zwanzig Meter hinter mir angehalten hatte, aufgingen und drei Männer in Sportjacke und Jeans heraussprangen. Sie hatten sich Nylonstrümpfe über das Gesicht gezogen und schwangen etwas in den Händen, was schwer nach Eisenstangen aussah. Sie verteilten sich fächerförmig und liefen auf mich zu, was mich zu dem Schluss kommen ließ, dass mir eine hässliche Viertelstunde bevorstehen könnte.

Ich hatte nur eine einzige Chance, nämlich wieder zum Sozialzentrum zurückzukehren. Das war wahrscheinlich das Letzte, was sie erwarteten, hoffte ich, und so senkte ich den Kopf und rannte los. Ich hatte vor, einen von ihnen zu überrennen, ihm den Stiefel zu geben und an ihm vorbeizuwischen, ehe die anderen mich schnappen konnten. Ich täuschte zunächst an, den Kerl auf dem Bürgersteig anzugreifen, und wandte mich erst in letzter Sekunde einem anderen des Trios zu, selbstverständlich dem Mickrigsten.

Ich warf mich auf ihn, parierte seinen Knüppel mit der linken Schulter – ein schmerzhafter, aber nicht allzu starker Hieb –, schlug ihm mit meiner Rechten ins Gesicht, mit der Handkante direkt unter die Nase, legte dann mein ganzes Gewicht ins linke Knie und rammte es ihm in den Solarplexus.

Er fiel nach hinten, zog mich allerdings mit sich, verkrallte sich in meinem Gesicht und drückte mir die Stange grob von hinten an den Hals. Ich ließ mich mit der Bewegung fallen und presste seinen Schädel dabei weiter nach hinten: Sein Hinterkopf schlug mit einem befriedigenden, satten ›Tock‹ auf den Bürgersteig.

Es waren höchstens zwei Sekunden vergangen, doch

ehe ich wieder auf die Beine kommen konnte, waren die beiden anderen über mir: Ein Stangenhieb ließ meine Ohren klingeln, als er mich an der Schulter traf. Ich jaulte vor Schmerz auf, als mir der Dritte in die Flanke trat.

Ohne mich umzudrehen und ohne meine knieende Position zu verändern, holte ich das Messer hervor, das ich dem Blonden abgeknöpft hatte, ließ es in meiner linken Hand aufspringen und stieß damit blindlings nach hinten. Ich traf auf etwas Weiches und drückte nach. Ein Schenkel, nahm ich an, und der nachfolgende Schrei erfüllte mich mit Genugtuung, während ich den warmen Blutstrahl über meine Hand rinnen fühlte.

Ich rollte mich ab, fing mir dabei einen weiteren Schlag in den Rücken ein, dann nutzte ich den Schwung, um aufzuspringen und fortzulaufen. Ich fühlte, wie mir alles wehtat, und ich hatte meine Brille verloren, aber zumindest ging es zwei von diesen Typen noch schlechter als mir.

Ich lief, ohne mich umzudrehen: Ohne meine Brille konnte ich sowieso nichts erkennen, deshalb orientierte ich mich mehr schlecht als recht an den Schatten. Beinahe hätte ich über einem Gully das Gleichgewicht verloren und ich nutzte die Gelegenheit, dort das Klappmesser loszuwerden, nachdem ich es wegen der Fingerabdrücke kurz an meinem Hemd abgewischt hatte. Wenige Meter vor dem Tor des Leoncavallo erkannte ich eine hagere Gestalt, die sich entfernte: Daniele.

»Hallo, kannst du mich ein Stück mitnehmen?«, rief ich ihm zu.

Er drehte sich mit einer bissigen Bemerkung auf der Zunge um, doch sie blieb ihm im Halse stecken.

»Sandrone, was zum Henker ist denn mit dir passiert?«

»Ein paar Typen wollten mir gerade auf der Straße das Licht ausblasen. Jetzt mach nicht so ein Gesicht – du solltest erst mal die anderen sehen.«

Er blickte sich um, um vielleicht jemanden von seinen Getreuen zu entdecken.

»Sind sie noch da?«

»Nein, bestimmt nicht. Los, machen wir, dass wir von hier fortkommen.«

Wir stiegen in seinen verbeulten grauen Ritmo. Wie früher war das Innere übersät von einer bunten Collage aus Flugblättern und Büchern. Aus dem Handschuhfach schaute sogar eine Packung Tapetenkleister hervor, dieses Zeug, das man normalerweise zum nächtlichen Ankleben von Plakaten benutzt.

»Möchtest du, dass ich dich zur Notfallambulanz bringe?«, fragte er mich, nachdem er den Motor angelassen hatte.

»Lass gut sein, ich möchte in meinem eigenen Bett sterben. Oder noch besser, wenn es dir nichts ausmacht, dann bring mich zu Valentina nach Hause.«

Er zögerte einen Moment, dann fand er zu seiner üblichen Abgebrühtheit zurück. »In Ordnung, aber wisch dir das Blut vom Gesicht, sonst versaust du mir den ganzen Sitz ... Du wirst es gleich verstehen ...«

Ich betrachtete mich im Beifahrerspiegel. Nicht übel.

Der Typ, den ich niederwerfen konnte, hatte mich ordentlich gekratzt und zwei längliche, blutende Striemen zogen sich von meiner Schläfe zu meinem Mund. Das Schlimmste war sicher noch von Kleidern bedeckt. Meine rechte Schulter und mein Rücken begannen wild zu pochen und meine linkes Handgelenk konnte ich kaum bewegen. Der Jackenärmel war blutgetränkt; allerdings nicht mit meinem Blut, wie ich mich zufrieden erinnerte. Wir kamen in die mittlerweile verlassene Allee und ich ließ Daniele ungefähr dort anhalten, wo sich mein spektakulärer Kampf zugetragen hatte.

Daniele erriet den Grund und klaubte meine Brille zusammen, über die offensichtlich das Auto der Deckskerle gefahren war: Es war nichts Brauchbares mehr übrig. Ich ließ sie als Andenken in meine Tasche gleiten.

Vor Valentinas Haustür ließ ich mich absetzen und Daniele wartete am Steuer, um sicherzugehen, dass ich ohne weitere Zwischenfälle ins Haus kam. Ich klingelte, einmal, zweimal, dreimal.

»Verfluchte Scheiße, wer ist das zu dieser nachtschlafenden Zeit?«, antwortete meine Liebste mit Grabesstimme.

»Ich bin's, mach auf.«

»Sandrone, was zum ... Ist etwas passiert?« Ich liebe sie, sie ist so scharfsinnig. Normalerweise hätte sie einfach wieder aufgehängt und mich stehen lassen.

»Ja.«

Sie zögerte. »Komm hoch. Aber, ... ach, das sage ich dir gleich.«

Sie erwartete mich im Schlafanzug an der Wohnungstür. Mit glänzenden Augen und Haaren, die zerwühlter aussahen als gewöhnlich. Als sie mich erblickte, wurde sie noch ein wenig blasser, zumindest kam es mir im Neonlicht des Treppenhauses so vor.

»Wer hat dich denn in die Mangel genommen?«

»Sie haben sich nicht vorgestellt. Aber mach dir keine Sorgen, es sieht schlimmer aus, als es ist.«

Ich machte Anstalten, einzutreten, doch merkwürdigerweise verhielt sich Vale irgendwie abweisend.

»Hör mal, ich bin nicht allein, das solltest du besser gleich wissen.«

Ich fühlte einen Stich in meinem Herzen: Das war ja wirklich ein toller Abend.

Ich überwand mich und trat trotzdem ein. Hinten im Flur sah ich einen Kerl, der sich gerade das Sakko anzog. Unter den gegebenen Umständen hielt ich es nicht für nötig, mich vorzustellen, und so ignorierte ich ihn beim Vorbeigehen, als Vale mich ins Bad führte. Aus der Nähe sah ich, dass er um die vierzig war. Ein durchschnittlicher Typ, ein durchschnittliches Aussehen, ein durchschnittlicher Anzug. Er schaute mich nicht an, sondern konzentrierte sich auf seinen Krawattenknoten.

Platz niemals ohne Voranmeldung bei deiner Freundin herein, vor allem dann nicht, wenn die Regel lautet: Tu, was du nicht lassen kannst, bloß erzähl mir nichts davon.

Ich setzte mich auf den Wannenrand und begann, mich aus meiner eingesauten Sportjacke zu schälen, unter der ein ähnlich verschmutztes Hemd zum Vorschein kam. Ich bemerkte erst jetzt, dass meine Jeans am rechten Oberschenkel aufgerissen waren und dass darunter noch ein Bluterguss leuchtete. Ich erinnerte mich nicht einmal daran, dort etwas abbekommen zu haben. Ich zog mich aus bis auf die Unterhosen, dann langte ich zum Medizinschränkchen hinüber. Vale schaute mir aufgebracht zu.

»Du hast da ja ein paar nette blaue Flecken. Tun sie sehr weh?«

»Nur wenn ich daran denke. Dein Freund hier, was ist das, ein Klient oder Kollege?«, fragte ich mit einer, wie ich hoffte, ungerührten Stimme, während ich nach Mullbinden, Pflastern und Alkohol wühlte.

»Ich könnte dir jetzt antworten, dass dich das einen Scheißdreck angeht, aber unter diesen Umständen sage ich dir, dass er Arzt ist, und deshalb werde ich ihn jetzt fragen, ob er dich kurz anschauen kann, ehe er sich diskret davonmacht.«

»Er soll mit den Händen, die noch warm von deinem Körper sind, an mir rumfummeln? Nie im Leben!«

»Jetzt sei kein Arschloch. Ich geh ihn holen.«

Na gut, so würde er halt die ganze Familie unter die Finger bekommen. Hippokrates kam eine Minute später herein, mit seinem hübschen schwarzen Köfferchen und offenkundig sehr verlegen. Vielleicht hätte ich ihn bei anderer Gelegenheit sympathisch gefunden.

Er versuchte es mit der professionellen Schiene. »Guten Abend, lassen Sie mich mal kurz sehen …«

»Sagen wir doch du zueinander – es sieht so aus, als hätten wir viele Dinge gemeinsam.«

»Ich möchte nicht, dass du das missverstehst …«, versuchte er zu erklären, aber ich unterbrach ihn.

»Bitte, lass doch das Drumherumgerede. Du weißt doch, dass heutzutage Netzwerke immer mehr in Mode kommen, auch in emotionaler Hinsicht. Letzte Woche hättest du hier sein sollen, da hatten wir eine hübsche kleine Orgie organisiert. Das nächste Mal laden wir dich auch ein.«

Er schaute mich schief an, während ich mich vorsichtig wieder hinsetzte. Verdammt, tat das weh.

»Das sind ja ziemliche Hämatome. Wie hast du dir die denn geholt?«, fragte er, während er mit der Untersuchung begann.

»Aua, langsam. Ich habe an einem Tanzwettbewerb teilgenommen und bin ausgerutscht. Die anderen haben es leider nicht bemerkt und weitergetanzt. Auf mir.«

»Hm, ich verstehe«, sagte er frostig und tastete mir rüde die Schulter ab, womit er weitere Schmerzwellen auslöste. »Beweg mal den Arm.«

Ich gehorchte.

»Gebrochen ist er wohl nicht, aber du solltest ihn vorsichtshalber morgen röntgen lassen. Jetzt zum Rücken.«

Ich drehte mich um und ließ ihn hantieren.

»Auch hier scheint mir nichts gebrochen zu sein. Allerdings hast du da eine hübsche Narbensammlung, hinten wie vorne.«

»Ach, du weißt ja, wie das so ist, in meinem Beruf ...«

»Was für einen Beruf hast du denn?«

»Ich bin Grundschullehrer. Und mit diesen kleinen Bestien ist nicht zu spaßen. Aua, autsch.«

Er tastete mich noch unbarmherziger ab, immer mehr verärgert.

»Okay, also jetzt werde ich dir noch die Platzwunde an der Augenbraue nähen.«

»Wie willst du das nähen, so ganz ohne Betäubung?«

»Es ist nur ein Stich und Rossnadeln verwenden wir auch keine mehr.« Er desinfizierte die Stelle, dann kramte er in seiner Tasche und zog eine Packung gebogener Nadeln heraus. Der Schmerz hielt sich tatsächlich in Grenzen.

»Fertig. Jetzt solltest du dich noch mit Salbe einreiben und dann ruh dich erst mal aus. Ich werde dir außerdem ein Schmerzmittel verschreiben.«

Ich öffnete meine Augen wieder und sah, dass Vale ins Badezimmer gekommen war.

»Vielen Dank, Doc«, sagte ich völlig aufrichtig.

Über die Waschmaschine gebeugt schrieb der Typ das Rezept aus und reichte es mir. »Nichts zu danken. Jetzt sollte ich wohl besser gehen.«

»Ich begleite dich noch, Piersilvio«, sagte Vale.

Piersilvio! Meine Frau schlief mit einem Typen, der Piersilvio hieß! Was für eine Grauen erregende Vorstellung. Ich hörte, wie die Tür sich schloss, und dann kam Vale ins Bad zurück und setzte sich auf den Klodeckel.

»Piersilvio? Was für ein schnieker Name ...«

»Jetzt hör schon endlich damit auf, ja? Erzähl mir lieber, was passiert ist.«

Ich schluckte kurz, dann gab ich ihr einen knappen, aber schillernden Bericht.

»Hast du eine Ahnung, wer diese Hurensöhne waren?«, fragte sie schließlich, Mordlust glänzte in ihren Augen.

»Ich habe keinen Schimmer. Zumindest waren es nicht meine ehemaligen Kampfgenossen.«

»Bist du dir da sicher?«

»Aber ja doch. Wenn die mir eins über den Schädel hätten ziehen wollen, dann hätten sie am Ausgang des Sozialzentrums auf mich gewartet, und zwar nicht vermummt. Und außerdem werden nur Faschisten mit Knüppeln verprügelt und bis zum Beweis des Gegenteils bin ich keiner.« Ich schüttelte den Kopf. »Nein, das muss jemand sein, dem ich aus irgendeinem Grund auf die Zehen getreten bin. Aber sicher waren das keine professionellen Schläger, sonst wäre ich nicht so davongekommen.«

»Jemand, der befürchtet, dass du etwas über Alice Gardoni herausfindest?«

Das war die Zehn-Millionen-Dollar-Frage. Ich nahm die Salbentube, die Piersilvio für mich dagelassen hatte, und begann, mich einzucremen. »Das ist nicht gesagt«, antwortete ich. »Vielleicht ist es einfach jemand, dem es nicht passt, dass ich in seinem Umfeld herumschnüffle und Fragen stelle. Heute habe ich den Ex von Alice besucht, der nun wirklich kein feiner Herr ist, und um ihn aufzuspüren, ist mein Partner auch nicht gerade feinfühlig vorgegangen.« Ich erzählte ihr nun von meiner Begegnung mit Il Biondo.

»Er kann dir auch einen Haufen Lügen aufgetischt haben«, sagte Vale am Ende. »Oder vielleicht weiß er auch mehr, als er dir gesagt hat.«

»Ich bin sogar davon überzeugt, dass er nicht alles ausgespuckt hat«, räumte ich ein. »Aber eines habe ich erreicht und das ist nicht eben wenig.«

»Was denn? Dass man versucht, dich zu massakrieren?«

»Nein, mich selbst davon zu überzeugen, dass das stimmt, was mir die Punkabbestia erzählt haben. Alice führte tatsächlich ein Doppelleben und die Polizei hat sich schlicht geweigert, in diese Richtung zu ermitteln, entweder um einen Skandal zu vermeiden oder um nicht als die Bösen dazustehen. Leider habe ich bislang nur eine Aussage, die ich einem Zuhälter abgepresst habe, der bei der erstbesten Gelegenheit alles abstreiten wird.

Aber wenn ich genügend in der Hand habe, könnte Mirko die Untersuchungsbeamten überzeugen, den Fall neu aufzurollen, indem man Il Biondos Kunden und ihre Alibis überprüft. Wenn der Mörder aus diesem Umfeld stammt, dann könnte etwas dabei rumkommen.«

Vale setzte sich neben mich auf die Wanne und rieb mir die restlichen Stellen an der Schulter mit Salbe ein. Was für ein gesegnetes Händchen. »Es könnte auch anders gewesen sein«, sagte sie. »Die Kunden des Blonden sind bestimmt schlechte Menschen, aber sie könnten auch gar nichts mit Alices Tod zu tun haben.«

»Das ist natürlich das andere Problem. Ich darf mich für den Augenblick nicht zu sehr auf die Hollywood-Bar einschießen. Ich muss mehr über Alice herausbekommen, über das, was sie vor ihrem Tod so getrieben hat. Wenn es stimmt, was ich in Erfahrung gebracht habe, dann hat sie den Blonden vor einem Jahr verlassen. Was ist seit damals passiert, was hat jemanden so weit gebracht, sie umzubringen.« Ich gähnte. »Ich weiß auch nicht, ich bin zu kaputt, um noch klar denken zu können. Vielleicht bilde ich mir ja auch nur etwas ein. Vielleicht haben all die, die Alice ausgenutzt haben, mit ihrem Tod gar nichts zu tun, und Skizzo ist der einzige Schuldige, denn auch wenn er sie geliebt hat, ist er doch völlig verrückt.«

Vale strich mir über das Haar. »Wenn du müde bist, warum legst du dich nicht einen Moment hin und lässt deinen Partner weitermachen?«

Ich schüttelte den Kopf. »Das würde ich ja gerne, aber ich muss noch alles aufschreiben, was passiert ist. Und ich habe auch gar keine Zeit zum Schlafen. In fünf Stunden muss ich zu den Gardonis und da muss ich selbst hin, weil ich sie nun einmal kenne. Und außerdem«, fügte ich noch hinzu, obwohl ich es sofort bereute, »hast du die Laken noch nicht gewechselt …«

»Ach, leck mich doch.« Vale stand auf, um wieder ins Bett zu gehen, und hatte jegliches Interesse an mir und meinem Leid verloren.

»Schließlich bist du diejenige, die sich mit der Unterhose auf halbmast hat erwischen lassen!«, schrie ich ihr wütend hinterher, während sie zur Schlafzimmertür ging. »Und wenn du es unbedingt wissen willst, bin ich gar nicht nur hergekommen, um dich bei deinen Privatangelegenheiten zu stören. Ich brauche meine Bergsteigerbrille, es sind die einzigen optischen Hilfen, die mir geblieben sind. Wo hast du sie hingetan, du dämliche Kuh?«

»Sie sind in dem Schrank im Flur. Und mach nicht so viel Lärm, ich will schlafen.« Sie knallte die Schlafzimmertür zu.

Eine Frau ohne Schuldgefühle. Vorsichtig stand ich auf und nahm mir ein paar Aspirin aus dem Schränkchen und schluckte sie einfach trocken herunter. Mein Lieblingsmittel gegen Entzündungen. Dann taumelte ich zu dem Schrank, in dem Vale meine Sachen aufbewahrte, die ich aus den verschiedensten Gründen bei ihr zu Hause vergaß.

In einer Schublade fand ich meine Bergsteigerbrille: kleine runde Gläser in einer verchromten Stahlfassung, mit geschliffenen, aber verspiegelten Linsen. Wenig angebracht für die Nacht oder geschlossene Räume, doch zumindest konnte ich wieder sehen, wenn auch alles ein wenig im Dunkeln lag. Ich fand auch frische Unterwäsche, ein Hemd, schwarze Jeans und ein Sweatshirt in derselben Farbe und zog das an, dann steckte ich die alten Klamotten, einschließlich der Sportjacke, in einen Müllsack. Sie hatte mir lange Zeit gute Dienste erwiesen und war sowieso schon ganz abgefuckt.

Mit der Brille fühlte ich mich gleich besser und setzte mich ins Wohnzimmer vor Vales Computer, um meinen Bericht herunterzuhämmern. Mein Partner hatte ganz schön was verpasst. Ich schrieb auch eine neue Fassung der Kundenliste, die Il Biondo mir gegeben hatte, und wo ich schon dabei war, machte ich auch eine Liste der Gäste der Villa Gardoni. Ich hoffte, dass unter diesen Namen der mysteriöse Freund der Familie war, der frühere Liebhaber von Alice.

Krumme Nasen hatte ich auf dem Fest schon gesehen, mit und ohne Schnurrbart, doch unser Mann musste nicht unbedingt in jener Nacht aufgetaucht sein.

Die Gästeliste war ganz tief unten irgendwo in meinem Hirn vergraben und ich versuchte, sie wieder hervorzukramen, indem ich rhythmisch ein- und ausatmete und mich auf das Nichts und die Leere konzentrierte, wobei ich aufpassen musste, nicht vor lauter Müdigkeit einzuschlafen. Ich war nicht mehr daran gewöhnt, so lange wach zu bleiben, und ich glaubte fast, meinen Partner von innen gegen die Wände meines Kopfes klopfen zu hören. Langsam kamen die Namen an die Oberfläche und ich hackte sie schnell in die Tasten. Dann druckte ich alles aus, legte den Blätterstapel ordentlich vor mich hin, knipste die Schreibtischlampe aus und machte es mir im Sessel ein wenig gemütlicher. Ich war sofort weg.

3

Als ich meine Augen wieder öffnete, war ich müder als vorher. Ich befand mich in genau derselben Position, in der ich eingeschlafen war, und ein Blick auf die Uhr verriet mir, dass ich nur drei Stunden Schlaf genossen hatte: Für jemanden, der es gewohnt ist, mindestens zehn Stunden am Stück zu schlafen, war das wirklich nicht viel. Das Licht schien durch die halb aufgezogenen Rollläden und ein Sonnenstrahl fiel auf die Stelle, an der ich zuvor meinen Bericht abgelegt hatte. Mein Partner hatte eine handschriftliche Notiz darauf hinterlassen. Er war nicht allzu verschwenderisch mit den Worten umgegangen. Er hatte nur wenige Zeilen benötigt, um festzustellen, dass er der Schlauere in der Familie war; ich tröstete mich damit, dass ich der Sympathischere war.

Hut ab vor deiner saumäßigen Arbeit, du Dilettant!
Du bist eine echte Gefahr für jeden, der in deine Nähe kommt. Um 5.32 h habe ich mit Silvia telefoniert, um sie zu warnen. Für mich ist es ziemlich offensichtlich, dass jemand hinter uns her ist, vielleicht ist man dir ja bis zu ihr gefolgt. – Da hatte er Recht, verfluchte Scheiße! – *Sie hat verschlafen geantwortet und mir versichert, dass sie bereits Vorsorge getroffen hat, um gegen Übergriffe jeglicher Art gewappnet zu sein, dass ich mir also keine Gedanken zu machen brauche.*
Ich habe auch Daniele um 5.45 h auf seinem Handy angerufen. Er war nicht allein, soweit ich das aus den sachten Juchzern im Hintergrund schließen durfte.

Er hat eine rührende Sorge um unser Wohlbefinden an den Tag gelegt. Ich habe ihn gebeten, mal darauf zu achten, ob irgendein neues Gesicht unter den Besuchern sich nicht mehr blicken lässt oder ob irgendjemand im Sozialzentrum auftaucht, der deutliche Verletzungen aufweist oder hinkt.

Falls dir niemand von Biondos Haus gefolgt ist, dann scheint es mir einleuchtend, dass dich dort jemand hat ankommen sehen. – Auch damit hatte er Recht, nochmals Scheiße!!! Darauf hätte ich eigentlich von allein kommen müssen. – *Ich habe die Gästeliste durchgesehen, und wenn du keine andere glorreiche Idee hast, dann sollten wir sie unter uns aufteilen und nach dem Mann mit der krummen Nase suchen. Und denk daran, wenn er auf dem Fest gewesen ist, dann kann er wohl kaum auf dem Motorrad gesessen haben.*

Sonst habe ich nichts anderes gemacht, als entspannt dazuliegen, damit der Körper sich ein wenig erholen konnte. Morgen brauche ich den ganzen Tag für mich, ich habe den letzten Tag Überlebenstraining und heute Abend habe ich etwas zu erledigen. Sieh dich also vor, nicht wieder in einen neuen Schlamassel zu geraten.

Frohes Befragen.

Als ob das alles meine Schuld wäre. Ich musste jedoch zugeben, dass er mir als Detektiv überlegen war. Nicht dass das ein großes Problem für mich gewesen wäre, denn ich hatte keineswegs die Absicht, diesen Job noch wesentlich länger zu machen. Ich erhob mich behutsam, wobei ich am ganzen Körper Schmerzen verspürte, besonders in der Schulter, die heftig pochte. Im Bad legte ich einen Zwischenstopp ein, um noch ein paar Aspirin einzuwerfen, in deren Wunderwirkung ich das größte Vertrauen habe, und dann begab ich mich wieder auf die Piste.

Inzwischen war eine leichte Brise aufgekommen, die die übliche graue Patina von Mailands Himmel fortgeblasen hatte: An seinem Ende konnte man über dem Viale Monza die Berge leuchten sehen. So ein Licht passte jedoch nicht zu meiner Stadt. Es mochte ja wirklich toll wirken in Sankt Moritz oder Rom, aber zur Beleuchtung des Pirelli-Büroturms war es völlig fehl am Platze. Man kennt das ja, die Jahreszeiten sind auch nicht mehr das, was sie einmal waren.

Mit der Jeansjacke, die ich Vale stiebitzt hatte, die noch friedlich schlief, als ich das Haus verließ, war mein armer gequälter Körper gerade richtig temperiert.

Ich stiefelte die nächste U-Bahn-Station hinunter und nahm den ersten Zug Richtung Romolo, die Haltestelle, die dem Haus der Gardonis am nächsten lag. Es war keine lange Strecke, aber bis ich dort ankam, wurde ich fast mein gesamtes Kleingeld los: an einen albanischen Flüchtling, der *Tico Tico* auf der Ziehharmonika spielte, an einen slawischen Geiger, der aufs Allerbeste volkstümliche Weisen zu Gehör brachte, und an eine Zigeunerin. Keine Punkabbestia. Um diese Uhrzeit waren die noch im Bett und ratzten.

Auf dem Weg genehmigte ich mir in einer Bar einen Cappuccino und ein Croissant und dann betätigte ich die luxuriöse Klingel an der luxuriösen Eingangstür meines luxuriösen Zieles. Das stumpfsinnig blickende Hausmädchen öffnete, es ließ sich nicht anmerken, ob es mich wieder erkannte, und geleitete mich in ein kleines Arbeitszimmer, das ich beim ersten Mal, als es mich in diese Gegend verschlagen hatte, nicht gesehen hatte. Die beiden verbliebenen Gardonis saßen an einem Mahagonischreibtisch, auf dem sich die Papiere nur so türmten. Sie war von Kopf bis Fuß in Schwarz gekleidet und sehr blass – es fehlte nur noch der Schleier –, er wirkte noch angespannter als beim letzten Mal, mit Tränensäcken bis zu den Knien.

Sie reichten mir weder die Hand noch forderten sie mich auf, in dem freien Sessel Platz zu nehmen. Ich vergrub meine Hand in der Tasche und blieb stehen. Wenn sie wirklich wollten, dass ich mich unwohl fühlte, dann gelang ihnen das ganz ausgezeichnet.

»Zunächst möchte ich Ihnen noch einmal mein Bei…«, hub ich an, doch mein ehemaliger Kunde unterbrach mich sofort.

»Sparen Sie sich das. Wir haben mit unserem Anwalt gesprochen. Er hat uns geraten, nicht mit Ihnen zu reden. Sie sind in keiner Weise dazu ermächtigt, Ermittlungen anzustellen, und wir haben nicht vor, jemandem zu helfen, der mit dem Mörder unserer Tochter gemeinsame Sache macht.«

»Signor Gardoni, ich bin mir durchaus bewusst, dass dies eine schwierige Situation ist, aber hören Sie mich bitte trotzdem an. Ich stelle keine Ermittlungen an, sondern versuche, einem Anwalt zu helfen, der mich engagiert hat, um einige Unklarheiten zu beseitigen …« Wieder wurde ich unterbrochen. Diesmal von ihr.

»Es gibt keine Unklarheiten«, sagte sie mit ihrer näselnden Stimme. Es war das erste Mal, dass sie mit mir sprach. »Alice ist von dieser Bestie umgebracht worden, in die sie sich vergafft hatte. Wir hätten viel strenger mit ihr sein müssen, aber wir können unsere Fehler nicht mehr gutmachen. Wir können jedoch alles in unseren Kräften Stehende tun, damit ihr Mörder bestraft wird. Da Sie versuchen, ihn zu beschützen, haben Sie von uns nichts zu erwarten. Am allerwenigsten Unterstützung oder Verständnis.«

Das lief ja noch schlechter als erwartet.

»Signora, ich kann nachvollziehen, was Sie durchmachen …«

»Nein, das können Sie nicht.«

»Sie haben Recht, Signora, das kann ich nicht. Aber versuchen Sie doch zu verstehen, dass der wahre Täter ungestraft davonkäme, falls Skizzo eventuell doch nicht der Schuldige ist. Ich versuche nur, die Fakten zusammenzutragen, die die Polizei nicht berücksichtigt hat, und es wäre auch in Ihrem Interesse, wenn Sie mich unterstützen würden.«

»Wir haben bereits alles, was wir wissen, der Polizei gesagt«, übernahm er wieder, »und wir werden das Ihnen gegenüber bestimmt nicht wiederholen, denn Sie verfolgen mit Ihrer Drecksarbeit sicher irgendwelche dunklen Absichten.«

»Ich versichere Ihnen …«

»Sie sind ein Aasgeier! Sie wollen nur unseren Schmerz ausnutzen, Sie haben irgendeinen Hintergedanken, auch wenn wir uns nicht vorstellen können, wozu das dienen soll«, fuhr Gardoni fort, als ob er mich nicht gehört hätte. »Aber passen Sie auf, was Sie tun, denn falls wir herausfinden sollten, dass Sie versuchen, den Lauf der Gerechtigkeit aufzuhalten, dann werden wir Himmel und Hölle in Bewegung setzen, damit Sie Ihre Strafe bekommen. Und jetzt gehen Sie. Fort aus unserem Haus!«

Es blieb nichts mehr zu tun, als im übertragenen Sinne meinen Hut zu nehmen und das Haus zu verlassen, nachdem ich noch einmal höflich gegrüßt hatte.

Klasse, das erste Treffen war ja schon mal total in die Hose gegangen.

Um zwei Uhr hatte ich mich mit Trudi verabredet, aber da es mit den Gardonis so schnell gegangen war, lief ich in mein Viertel zurück und ging in Orestes Bar, um sie anzurufen und zu bitten, unseren Termin vorzuverlegen. Alices ehemalige Krankenschwester sah überhaupt kein Problem darin, sich mit mir auch irgendwann am Vormittag zu treffen. Sie hatte wohl nicht viel zu tun. Ich rief auch bei Vale an, doch da bekam ich nur den Anrufbeantworter ans Ohr. Trotzdem hinterließ ich ihr eine Nachricht in der Hoffnung, dass sie vielleicht gern etwas von mir hörte und dadurch auf den schönen Gedanken gebracht würde, mit mir die Friedenspfeife zu rauchen.

Traurig setzte ich mich an die Theke und bestellte ein Corona bei Oreste, der meine Wunden begutachtete.

»Bist du dir immer noch sicher, dass du das Angebot meines Bruders nicht annehmen möchtest? Vielleicht würde dir ja eine ruhigere Arbeit ein Weilchen ganz gut tun.«

»Ich versichere dir, dass ich ernsthaft darüber nachdenke«, antwortete ich mit einiger Aufrichtigkeit.

Während ich an meinem Getränk nippte, fiel mir ein, dass ich das Alibi von Il Biondo gar nicht überprüft hatte. Wie hatte doch mein Partner geschrieben? ›Dilettant‹. Wie Recht er doch hatte.

Ich pflege wenig Kontakt zu Medizinerkreisen zu haben und so zog ich das Rezept aus der Tasche, das man mir vor ein paar Stunden in einem Badezimmer ausgestellt hatte. Oben stand: Piersilvio Rizzini, Facharzt für Chirurgie, mit den Telefonnummern der Praxis und der Privatadresse.

Es war mir zwar unangenehm, doch mein drittes Telefongespräch galt ihm. In der Praxis war er nicht, deshalb versuchte ich es bei ihm zu Hause.

Eine Frauenstimme antwortete.
»Hallo?«
Ah, Rache, süße Rache. Gute Frau, heute Nacht habe ich Ihren Gatten im Haus einer Freundin von mir kennen gelernt und ich wollte ihm nur sagen, dass er sein Stethoskop vergessen hat … Ich verzichtete darauf. »Mein Name ist Dazieri, ich suche Doktor Rizzini, ist er zu sprechen?«
»Sind Sie einer seiner Patienten? Er ist nämlich heute Nacht erst sehr spät nach Hause gekommen, weil er auf Dienstreise zu einem Kongress war, und jetzt ruht er sich aus.«
Ah ja. »Nein, Signora, wir sind Bekannte. Es ist dringend und ich wäre Ihnen sehr verbunden, wenn Sie ihn mir geben könnten.«
»Ich werde es versuchen.«
Eine Minute später hatte ich Piersilvio dran, eindeutig in Alarmbereitschaft.
»Ciao, Piersilvio, ich bin's, Sandrone.« Allmählich kehrte meine gute Laune wieder.
»Ach … Ciao. Wieso …«
»Nur keine Sorge, ich habe nicht vor, dich zu erpressen. Dann würde ich dir so ein Schreiben mit aus der Zeitung ausgeschnittenen Buchstaben schicken. Du musst mir nur einen Gefallen tun, denn du bist der Einzige, der das für mich erledigen kann. Wo wir schon so gut wie verwandt sind …«
Ich hörte ihn schlucken. »Ähem, also, sicher, wenn ich kann.«
Ich erzählte ihm von der Blinddarmgeschichte des Blonden.
»Hör mal, Patientenakten sind vertraulich«, erwiderte er bestürzt, »und ich praktiziere auch nicht in dem Krankenhaus, in dem Signor Scelsa eingewiesen war.«
»Das weiß ich, aber ihr Mediziner kennt euch doch untereinander. Du willst mir doch nicht sagen, dass du keinen alten Studienfreund oder Kollegen hast, der dort arbeitet. Vielleicht irgendjemand, den du auf Kongressen triffst«, stichelte ich giftig weiter.
»Ich werde sehen, was ich tun kann. Gib mir deine Privatnummer.«
»Sofort.«

Um zu Trudi zu gelangen, musste ich auf die andere Seite der Stadt und ich nahm mir ein Taxi. Sie wohnte am Ende von Gratosoglio, einer Gegend im Hinterland, die von der Presse und den wohlanständigen Bürgern im Allgemeinen als Brutstätte des Bösen und Drogenumschlagplatz angesehen wird. Soweit ich weiß, handelt es sich dabei bloß um eine heruntergekommene Vorstadt mit wenig Vergnügungsmöglichkeiten für den Feierabend, so dass einem gar nichts anderes übrig bleibt, als sich einen Trip reinzutun.

Die Wohnung der Krankenschwester lag in einem dieser Massenwohnblocks für ungefähr zweihundert Haushalte, wo eigentlich immer Bettwäsche vor den Fenstern hängt und Kinder im Hof herumtoben, zwischen vier schäbigen Bäumen und einer in die Mauer eingelassenen Madonna. Besudelte Mauern, der Pförtner im Unterhemd, vierter Stock, Aufgang C.

Trudi öffnete mir beim ersten Dingdong: Ohne ihre weiße Uniform wirkte sie schon weniger tonnengleich und -schwer. In Hauslatschen führte sie mich in die Küche, wo sie mir einen Kaffee anbot, eifrig darauf bedacht, ihre Kooperationsbereitschaft zu zeigen.

»Entschuldigung, wenn Sie erlauben«, fragte sie mich schüchtern. »Aber was ist mit Ihrem Gesicht passiert? Das muss doch wehtun …«

Ich war von den Signalen meines restlichen Körpers derart in Anspruch genommen, dass ich ganz vergessen hatte, dass ich auf andere wie Vincent Price als Dr. Phibes wirken musste.

»Nein, eigentlich nicht. Ich bin ausgerutscht.«

»Ach ja, Sie haben einen gefährlichen Beruf«, war ihr Kommentar dazu, während sie Kaffee in zwei Blümchentassen goss.

»Nur für meine Gläubiger.« Ich lächelte ihr zu. »Sie haben ja auch ganz schön was abbekommen, in der Villa der Gardonis …«

Sie lächelte zurück, wobei sich ihr Vollmondgesicht überall in kleine Fältchen legte. Von dem Schnitt auf der Stirn war eine dünne rosa Linie geblieben.

»O ja. Ich arbeite jetzt schon zwanzig Jahre in diesem Beruf und das war es das erste Mal, dass ich von einem

Patienten angegriffen worden bin. Und dabei war sie doch so klein, dass ich wirklich nicht damit gerechnet habe. Sie werden jetzt sagen, dass neben mir alle Leute klein sind, aber Alice aß wirklich sehr wenig.«

Ich blies in meinen Kaffee, um ihn abzukühlen. »Sie waren ungefähr zehn Tage ihre Krankenschwester, nicht wahr?«

»Ganz genau.«

»Wie sind die Gardonis auf Sie gekommen? Kannten die Sie schon von früher?«

»Nein. Ich habe in einer Privatklinik gearbeitet, aber seit Anfang des Jahres bin ich arbeitslos und arbeite mal hier, mal da: Ich kümmere mich um alte Leute, gebe Spritzen in der Nachbarschaft. Ich hatte eine Anzeige in die Zeitung gesetzt und sie haben dann bei mir angerufen. Sie haben mich sofort eingestellt und ich glaube, dass sie schon viele Vorstellungsgespräche hinter sich hatten.«

»Sie werden sicher einen guten Eindruck gemacht haben.« Aus welchem Grund auch immer. »In diesen zehn Tagen, haben Sie da ein wenig mit Alice gesprochen?«

Sie schüttelte den Kopf. »Nein, überhaupt nicht. Alice bekam den Mund nur auf, um etwas von mir zu verlangen. Gib mir mal Wasser, bring mir Wein, mach mir was zu essen. Aber unterhalten hat sie sich nie mit mir. Sie lag immer auf ihrem Bett und starrte die Decke an oder blätterte in einer Zeitschrift oder las ein Buch. Als ich sah, dass ihr *Harmony*-Romane gefielen, habe ich ihr ein paar von meinen mitgebracht. Den letzten hat sie nicht einmal zu Ende gelesen, die Ärmste.«

»Haben Sie sich nicht wenigstens ein bisschen mit ihr angefreundet?«

»Nein. Ich war über acht Stunden mit ihr zusammen und sie hat mich überhaupt nicht beachtet. Es war nicht so, dass sie mich hasste. Ich war ihr völlig egal.« Sie erhob sich mühsam, um die Tässchen zur Spüle zu bringen. »Es wäre mir lieber gewesen, wenn sie mich nicht hätte leiden können. So fühlte ich mich wie ein Fremdkörper, wie ein Ding … Auch die Gardonis haben fast nie mit mir gesprochen. Die Frau trägt ihre Nase schon sehr hoch und hat mich wie eine Dienstmagd behandelt.«

»Da stimme ich Ihnen völlig zu, die beiden sind wirklich nicht sehr umgänglich. Aber kehren wir wieder zu Alice zurück, erinnern Sie sich, ob sie, solange Sie bei ihr waren, jemanden angerufen hat oder Briefe oder Besuche bekommen hat?«

»Nein. Das hat mich der Richter auch schon gefragt, aber Alice hat absolut nichts gemacht, solange ich da war.«

»An dem Tag, als Alice weggelaufen ist, schien sie sich da wie immer zu benehmen, oder war irgendetwas anders? Wirkte sie nervös oder erwartungsvoll?«

Sie kratzte sich an ihrer massiven Stirn bei der Anstrengung, sich zu erinnern. »Nein, sie wirkte auf mich wie immer. Deswegen habe ich mir auch keine Sorgen gemacht, als sie ins Bad ging. Verstehen Sie, ich hatte keine Anweisung, ihr auch dorthin zu folgen, deshalb ließ ich sie allein gehen. Als ich dann aber gemerkt habe, dass sie nicht zurückkam, habe ich mir schon Gedanken gemacht. Ich habe sie im ganzen Stockwerk gesucht und nicht gefunden. Darum bin ich dann nach unten gegangen, um ihre Eltern zu benachrichtigen. Es war reiner Zufall, dass ich gesehen habe, wie sie aus dem Arbeitszimmer kam, und da bin ich hinter ihr hergerannt. Als ich das Gästezimmer betrat, bekam ich den Schlag auf den Kopf.«

»Alice konnte sich im Haus nicht frei bewegen?«

»Normalerweise schon, aber ihre Eltern hatten ihr gesagt, dass sie nicht auf dem Fest erscheinen dürfte, wenn sie sich nichts Anständiges anziehen würde. Sie haben mir vorher noch einmal eingeschärft, dass Alice diese Anordnung auf jeden Fall befolgen sollte, und falls sie Zicken machen würde, dann sollte ich den beiden Bescheid sagen. Wissen Sie, ich sollte Alice nichts verweigern, nur aufpassen, dass sie sich nichts antat, und sie dazu bewegen, ein wenig zu essen. Alice hat ihr Zimmer sowieso nur verlassen, um ins Badezimmer auf dem Flur zu gehen. Ihr Zimmer hatte zwar auch eins, aber das benutzte sie nie, vielleicht, weil ich direkt nebenan saß.«

Das war alles, was sie an vermeintlich Interessantem zu erzählen hatte, was allerdings vorausgesetzt hätte, dass das, was sie bis dahin gesagt hatte, von irgendwelchen Wert für mich gewesen wäre, aber ich tat so, als wäre sie mir eine Riesenhilfe gewesen, damit sie sich nicht schlecht fühlte. Dicke Menschen stimmen mich immer traurig, genauso wie alte Menschen auf Parkbänken, und sie, eingezwängt in ihrer heruntergekommenen Miniwohnung und einsam wie ein Hund, machte mich noch melancholischer als gewöhnlich. Um mein schlechtes Gewissen zu beruhigen, das ich hatte, weil ich eben nicht fett war und außerdem noch den einen oder anderen Freund hatte, blieb ich noch ein wenig bei ihr und plauderte mit ihr über dieses und jenes.

Ich erzählte ihr natürlich von meiner Mutter, da sie ja quasi Kolleginnen waren, ehe meine Mutter in Rente ging. Das freute sie auf eine fast schon rührende Weise und sie trug mir auf, ihr auf jeden Fall einen schönen Gruß von ihr zu bestellen.

Ich ging nach unten, um das Taxi zu nehmen, das ich von ihrem Telefon aus bestellt hatte. Das war wohl der erste und letzte Tag der Befragungen in meiner Ermittlerkarriere, dachte ich, als der Wagen mich nach Hause brachte, und ich war nicht einen Schritt weitergekommen.

Vor meiner Haustür erwarteten mich zwei bekannte Figuren: Pensa und Passantini. Die hatten mir gerade noch gefehlt.

»Jetzt, wo ihr euch meine Anschrift gemerkt habt, ist euch eifrigen Beamten wohl öfter nach einem Besuch?«, begrüßte ich sie.

»Spielen Sie hier nicht den Witzigen, Dazieri. Raten Sie mal, wer Sie sprechen möchte«, sagte Pensa. Und dann, als er mein Gesicht von nahem sah: »Hoppla, haben Sie jemanden getroffen, der Sie nicht leiden konnte?«

»Mich, nicht leiden können? Aber mich lieben sie doch alle! Wir müssen bestimmt sofort los, schätze ich mal.«

Ich hatte richtig geschätzt. Ich musste wie üblich mit der Rückbank vorlieb nehmen, und während ich von meinem schnuckeligen Sofa träumte, entschwand mein Häuschen allmählich wieder.

Ferolli war noch unfreundlicher als beim ersten Mal, wenn es da eine Steigerungsmöglichkeit geben sollte.

»Also, Daziè, mir ist zu Ohren gekommen, dass Sie kräftig auf die Kacke gehauen haben«, explodierte er, noch ehe ich in dem unbequemen Sessel vor ihm Platz nehmen konnte.

»Na aber hallo, was für eine gepflegte Ausdrucksweise. Sie sind ja wirklich ein Gentleman.«

»Ganz im Gegensatz zu Ihnen, Sie Hanswurst. Und nehmen Sie diese Spiegelbrille ab, sie stört mich.«

»Das tut mir Leid für Sie, aber das sind optische Gläser.«

»Sie werden sie trotzdem abnehmen, denn ich möchte Ihnen in die Augen schauen, wenn ich mit Ihnen rede.« Er streckte eine Hand aus, als ob er sie mir gewaltsam abnehmen wollte, und ich beschloss, es nicht darauf ankommen zu lassen.

Ohne Sehhilfe war die Welt auf einmal viel heller und verschwommen. Wir starrten uns ein paar Sekunden lang in die Augen, dann zündete sich Ferolli die x-te Zigarette an.

»Also, was bilden Sie sich ein, dass Sie hier herumlaufen und Gendarm spielen?«

»Ich weiß nicht, wovon Sie sprechen.« Dazu zog ich ein ganz verwundertes Gesicht.

»Ich spreche von der Tatsache, dass Sie durch die Gegend ziehen und die Zeugen eines Mordprozesses verhören.«

Die Gardonis hatten ihre Hände wahrlich nicht in den Schoß gelegt. »Da hat man Sie falsch unterrichtet. Ich habe niemanden verhört, ich habe nur hier und da ein Schwätzchen als Privatperson gehalten. Es gibt kein Gesetz, das mir das verbietet.«

»Und ob es das gibt«, knurrte er.

»Als da wäre, mit Verlaub?«, knurrte ich zurück.

»Meines. Sie werden sofort damit aufhören, Ihre Nase in die Angelegenheiten unseres Zuständigkeitsbereichs zu stecken. Ich weiß, dass Sie vorgeben, im Auftrag des Rechtsanwalts Bastoni zu handeln, aber das ist doch nur heiße Luft. Reden wir doch mal Klartext …«

»Ich bitte darum.«

»Unterbrechen Sie mich nicht!« Er schlug mit der Hand auf den Schreibtisch, was einen kugelförmigen Stifthalter zum Umkippen brachte. »Also, dann wollen wir doch mal Tacheles reden: Sie sind kein Privatermittler, Sie sind lediglich ein Rausschmeißer und Diskothekentürsteher, der sich etwas Besseres dünkt. Ich habe die Nase voll von Ihnen, und wenn ich noch einmal etwas über Sie höre, dann lasse ich Sie einsperren. Und denken Sie daran, dass ich ein Ehrenmann bin, der zu seinem Wort steht.«

Wortlos starrte ich ihn an und stellte mir dabei tausend schmerzhafte Wege vor, ihn umzubringen, die allerdings nur schwer in die Tat umzusetzen waren.

»Dottor Ferolli, würde es Ihnen etwas ausmachen, wenn ich Ihnen eine Frage stelle?« Ich versuchte, einen gelassenen Tonfall beizubehalten.

»Ja, das würde mir etwas ausmachen.«

»Ich stelle sie Ihnen trotzdem. Sind Sie eigentlich zufrieden mit den Ermittlungen im Mordfall Alice Gardoni?«

Wütend drückte er seine Zigarette in einem Aschenbecher vom AC Milan aus. »Daziè, wollen Sie mich unbedingt wütend machen? Meinen Sie, wir wüssten nicht, wie wir unseren Beruf auszuüben haben? Dann beschweren Sie sich doch beim Gip. Wenn er zufrieden ist, dann sind wir das auch. Und Sie sollten es ebenfalls sein, habe ich mich deutlich genug ausgedrückt?«

»Ja, ja, Sie haben sich sehr deutlich ausgedrückt. Darf ich jetzt gehen?«

»Für dieses Mal schon. Ich möchte Sie hier nie wieder sehen.« Er zeigte zur Tür.

Okay, ich bin am Arsch, dachte ich, als ich die Via Fatebenefratelli in Richtung U-Bahn ging.

Solange nur irgendwelche wild gewordenen Schläger versuchten, mir den Schädel einzuschlagen, konnte ich mir noch einreden, dass mich das alles kalt ließ, aber eine direkte Anweisung der Bullen konnte ich nicht mehr ignorieren, wenn ich nicht im Knast enden wollte. Hinter Gittern hätte ich die Stunden zählen können, bis man mich in eine psychiatrische Klinik sperrte, mit Gesichtsmasken und Elektroschocks.

Wenn ich etwas in der Hand gehabt hätte, hätte ich Mirko schon Druck machen können, damit er seinerseits seine Muskeln spielen ließ, um mir Ruhe für meine Arbeit zu verschaffen, aber ich hatte nichts herausgefunden, was dazu gereicht hätte. Auch der Angriff auf mich bewies im Grunde genommen gar nichts. Ein Gorilla, den man niederknüppelt, ist nicht einmal eine Kurzmeldung in der Zeitung wert.

Die U-Bahn trug mich in betrübter Stimmung nach Hause und auch das deutsche Pärchen konnte meine Laune nicht verbessern, das zur Gitarre *Imagine* von John Lennon trällerte. Ich gab ihnen meine letzten Münzen.

Du hast alles Menschenmögliche versucht, sagte ich mir, es ist sinnlos, dir jetzt Gewissensbisse zu machen. Ich konnte mich jedoch nicht überzeugen. Allein der Gedanke daran, dass ich nun den Punkabbestia und Daniele Zucchero erzählen müsste, dass ich die Segel zu streichen hatte, machte mich ganz krank. Doch weise Menschen wissen, wann es Zeit wird, sich zurückzuziehen.

Nachmittags um zwei stand ich endlich vor der Tür zu meiner geliebten Wohnung, aber ich konnte sie nicht öffnen. Ein Rollstuhl versperrte mir den Weg.

»Also wirklich!«, schrie ich mit all meinem göttergleichen Zorn auf die Welt. »Was soll denn das nun wieder? Eine Anspielung? Eine weitere Drohung, ein Einschüchterungsversuch? Wollt ihr mir damit Angst machen?«

»Aber überhaupt nicht«, antwortete mir Rosa Gardoni, die von ihrem Mann auf Armen getragen die Treppe heraufkam, »das ist nur mein Rollstuhl. Wenn Sie beiseite treten, dann kann ich auch Platz nehmen.«

Perplex starrte ich sie an. »Was machen Sie denn hier?«

»Ich habe Sie gesucht, ich muss Sie sprechen. Beziehungsweise ich will Sie engagieren.«

4

»Wiederholen Sie das noch einmal, wenn es Ihnen nicht zu viel ausmacht.« Ich hatte sie hereingelassen und mich genüsslich auf mein Sofa in meinem Wohn-Eßzimmer sinken lassen, die Greisin mir gegenüber, ihr Gigolo, der kein Wort sprach, hinter ihr.

»Ich habe gesagt, dass ich Sie engagieren möchte.« Für sie schien das die normalste Sache der Welt zu sein.

»Wofür denn, um alles in der Welt? Wollen Sie jetzt auch noch ein Fest geben? Ich bin ein wenig müde, sprechen wir ein anderes Mal darüber.« Ich schloss die Augen in der Hoffnung, dass sie verschwinden würde, aber es nutzte nichts. Als ich wieder aufblickte, stand sie immer noch da auf meinem Teppich und vermittelte den Eindruck, dass nicht einmal ein Bulldozer sie von dort wegbewegen könnte.

»Unter den gegebenen Umständen ist mir nicht nach Scherzen zumute«, sagte sie. »Sie sind doch in dem Mordfall an meiner Enkelin tätig. Wenn das der Fall ist, dann möchte ich, dass Sie dies in meinem Auftrag tun.«

Das fehlte mir gerade noch. »Signora, in dieser Angelegenheit bin ich bereits genügend getreten, beleidigt, gerupft und bedroht worden. Ich danke Ihnen, dass Sie an mich gedacht haben, aber Sie haben sich den Falschen ausgesucht. Blättern Sie doch bitte in den Gelben Seiten nach irgendeinem Privatschnüffler und richten Sie ihm von mir die besten Empfehlungen aus. So von Kollege zu Kollege.«

Die Alte verzog keine Miene. Sie trug natürlich keine Abendkleidung mehr, aber ansonsten sah sie genauso aus wie damals, als ich sie kennen lernte, einschließlich der Decke. Sie steckte sich eine Zigarette in ihre Spitze und ihr Mann war sogleich eilfertig zur Stelle, diese mit einem goldenen Dupont-Feuerzeug anzuzünden. Was für ein Stil, welch ein Luxus.

»Die Agenturen haben keine Ahnung über die Kreise, in denen meine Enkelin verkehrte. Sie schon.«

»Sie wissen doch gar nichts über mich«, platzte ich heraus. »Es wundert mich sowieso, wie Sie an meine Adresse gekommen sind.«

»Ich habe mich lange mit Dottor Bastoni unterhalten. Und er war so freundlich, sie mir zu überlassen. Dabei hat er über Sie gesprochen und meinen Eindruck von Ihnen bestätigt. Sie sind ein ehrlicher Mensch, auch wenn Sie nicht danach aussehen.«

Ich lachte höhnisch auf. »Sagen Sie doch so etwas nicht, in meinen Kreisen wird das als Beleidigung empfunden. Ich werde wohl mal mit Mirko reden müssen, er plaudert zu viel.«

Sie blies mir den Rauch des letzten Zuges ins Gesicht. »Jetzt hören Sie schon auf, den Trottel zu spielen, das beeindruckt mich überhaupt nicht. Dottor Bastoni hat mich überzeugt, dass wir uns gegenseitig von Nutzen sein können.«

»Von Nutzen? Haben Sie zufälligerweise vergessen, dass Bastoni der Verteidiger des Mörders Ihrer Enkelin ist?«

»Des mutmaßlichen Mörders. Ich bin mit dem Verlauf der offiziellen Ermittlungen nicht zufrieden. Und Sie auch nicht, sonst wären Sie nicht losgezogen, um sich verprügeln zu lassen. Ihr zerschundenes Gesicht ist mir schon nicht entgangen, da machen Sie sich mal keine Sorgen.«

»Vor dem Abendessen sehe ich immer so aus. Gute Frau, Sie sind die Einzige in Ihrer Familie, die nicht zufrieden ist, und damit sind Sie in der Minderheit.« Ich massierte meine schmerzende Schulter. »Fügen Sie sich in Ihr Schicksal, besuchen Sie einfach den Prozess, vielleicht macht Sie das glücklicher. Und überhaupt, wegen eines Punkabbestia mehr oder weniger vergießt doch niemand eine Träne.«

»Es geht mir nicht um ihn. Ich möchte nur sicher sein, dass er wirklich der Mörder meiner Enkelin ist, beziehungsweise, falls er es nicht ist, den wahren Schuldigen finden.« Sie unterbrach sich, um nach einem Aschenbecher zu suchen und dort die Kippe zu entsorgen. »Soweit mir Dottor Bastoni erzählt hat, gibt es daran jedoch berechtigte Zweifel. Und was meinen Sohn und meine Schwiegertochter betrifft, deren Meinung interessiert mich nicht. Sie verstehen gar nichts, sie haben nie etwas verstanden. Ich will, dass Sie sich weiterhin um die Sache kümmern.«

Ich stieß einen Seufzer aus, streckte meinen Arm zum Tischchen neben dem Sofa und griff mir die einzige Flasche, die darauf stand.

»Möchten Sie einen Bourbon?«

»Nicht zu dieser Uhrzeit, vielen Dank«, erwiderte die alte Frau.

»Und Sie«, wandte ich mich an Tarzan. »Trinken Sie vielleicht etwas?«

»Nein, vielen Dank.«

»Oh, Sie können also doch sprechen. Ich dachte schon, Sie wären nur ein Teil des Rollstuhlzubehörs.« Es gab keine Gläser in Reichweite und so nahm ich einen kräftigen Schluck aus der Flasche.

»Seien Sie nicht unhöflich zu meinem Mann und wechseln Sie nicht das Thema. Noch einmal, sind Sie bereit, die Ermittlungen in meinem Auftrag fortzuführen?«

»Einen Bockmist bin ich bereit. Ich habe sowieso schon genug Scherereien, da fehlte mir eine Anklage wegen Betruges an Geschäftsunfähigen gerade noch«, knurrte ich.

»Ich darf Sie bitten, meine Gemahlin nicht zu beleidigen, Signor Dazieri.«

Ich schaute ihn schräg an.

»Schwarzenegger, du bist der Letzte, der hier irgendwas zu melden hat. Es wundert mich sowieso, dass *dich* bis jetzt noch niemand wegen Betruges an Geschäftsunfähigen angezeigt hat.«

»Was erlauben Sie s…« Die Alte stoppte ihn, indem sie ihn am Bizeps berührte.

»Entschuldige, Lars, lass mich sprechen. Sie geben sich wirklich große Mühe, grob unhöflich zu sein, aber, ich wiederhole es noch einmal, das beeindruckt mich überhaupt nicht.« Ihre Augen waren zwei harte Steine. »Wenn Sie es unbedingt wissen wollen, man hat Lars dessen wirklich schon bezichtigt. Aber zuvor hätten sie *mich* für unzurechnungsfähig erklären lassen müssen. Und das ist ihnen nicht gelungen. Auch wenn meine Schwiegertochter es versucht hat. Bislang habe ich immer noch die Zügel der Familie in der Hand, Signor Dazieri. Und bislang bin noch immer ich es, die über die Aktienmehrheit in der Firma verfügt. Ich bin zweiundachtzig, aber ich bin nicht verblödet. Wenn ich nicht gewesen wäre, dann hätte mein Sohn schon längst alles durchgebracht, deshalb ist mein Wort noch immer das Einzige, das zählt. Und ich will, dass Sie sich weiterhin um den Mord an meiner Enkelin kümmern.«

Wir starrten uns ein paar Sekunden regungslos an. »Signora, auch wenn ich bereit wäre, in dieser Angelegenheit weiter zu ermitteln, was allerdings nicht der Fall ist, dann müsste ich Ihnen mitteilen, dass die Polizei mich verwarnt hat, damit ich dies unterlasse. Und ich habe nicht die Absicht, hinter Gittern zu landen.«

»Wer hat Sie verwarnt?«

»Ein netter Mensch bei der Mordkommission, Ferolli. Und soweit es mich betrifft, hat er das Sagen.« Zumindest diesmal.

»Nicht, was mich betrifft.« Sie drehte sich um und blickte ihren Ehemann liebevoll an. »Lars, würdest du mir bitte das Handy geben? Signor Dazieri, würde es Ihnen etwas ausmachen, wenn ich Ihr Schlafzimmer benutze. Ich habe ein paar persönliche Anrufe zu tätigen.«

»Aber natürlich, fühlen Sie sich ganz wie zu Hause. Soll ich Ihnen morgen früh das Frühstück ans Bett bringen?«

»Das wird nicht nötig sein.«

Das Pärchen zog sich zurück und ich blieb allein zurück und starrte die Zimmerdecke an. Wenn es einen Gott gab, so lautete mein Schluss, dann musste er mich wirklich nicht ausstehen können.

Nach gut zwanzig Minuten kamen die beiden zurück.

»Sie werden keine Schwierigkeiten mehr haben. Ich habe mich dessen versichert.«

»Und wer wird mich dessen versichern?«

»Möchten Sie Dottor Ferolli anrufen?«

Schluck. »Machen Sie Witze?«

»Nein.« Sie reichte mir ihr Mobiltelefon. Es kam ihr gar nicht in den Sinn, dass ich zu Hause auch über einen normalen Anschluss verfügen könnte. Ich rief die Polizeistation an und ließ mich zu meinem Peiniger durchstellen. Wenn es möglich wäre, durchs Telefon zu töten, dann wäre ich augenblicklich mausetot vom Sofa gefallen.

»Sie wünschen?« Ich fühlte, wie der Apparat zu Eis wurde.

»Es tut mir ja Leid, Sie stören zu müssen, aber man hat mir gesagt, dass ich mal eben bei Ihnen durchläuten sollte.«

»Machen wir es kurz, Dazieri. Versuchen Sie, mir nicht in die Quere zu kommen, dann werde ich auch Ihnen nicht in die Quere kommen. Aber wenn ich erfahren sollte, dass Sie irgendetwas Illegales unternehmen, dann werde ich dafür sorgen, dass Sie das bereuen. Haben Sie mich verstanden?«

»Klar und deutlich. Aber jetzt seien Sie doch nicht so verstockt, ich verst…« Er hatte bereits aufgelegt.

Ich schaute die Hexe an. »Wie haben Sie das gemacht?«

Sie lächelte, zum ersten Mal, seit sie hereingekommen war, und es war das bösartigste Lächeln, das ich je in meinem Leben gesehen habe. »Wenn man sehr lange im Geschäft ist, so wie ich, und wenn man über viel Geld verfügt, so wie ich, dann ist es nicht weiter schwierig, die richtigen Freunde zu haben. Also, wir sind uns einig. Sie arbeiten jetzt für mich. Ich werde Ihnen nicht untersagen, Informationen an Dottor Bastoni weiterzugeben, denn das würden Sie ja trotzdem tun. Aber Sie werden mir regelmäßig Bericht erstatten, jeden Tag.«

»Warten Sie mal einen Moment. Ich habe den Auftrag noch gar nicht angenommen.«

»Aber sicher haben Sie.« Sie lächelte erneut. »Als Sie Ferolli angerufen haben. Wenn Sie jetzt einen Rückzieher machen, wird Ferolli mit Freuden vernehmen, dass Sie nicht mehr für mich arbeiten.«

Damit hatte sie mich. Erst war ich wütend gewesen, weil man mich daran hindern wollte, mit den Ermittlungen fortzufahren, jetzt war ich es aufgrund des Gegenteils.

»Und Sie glauben, dass ich gute Arbeit leiste, nur weil Sie das anordnen?«

»Ich ordne gar nichts an.« Sie ließ sich die x-te Zigarette anzünden. »Sie haben ganz freiwillig mit dieser Geschichte angefangen. Und Sie werden gute Arbeit leisten, weil Sie daran glauben. Und weil ich Sie bezahle.«

»Na gut, dann wollen wir jetzt auch mal vom Geld reden. Ich habe schon einen Haufen Spesen angesammelt und allmählich sollte jemand dieses Loch stopfen.«

»Wie viel wollen Sie?«

Ich warf ihr eine Zahl mit sechs Nullen, eigentlich knapp sieben, an den Kopf.

Sie schüttelte denselben. »Werden Sie nicht unverschämt. Ich habe vorhin gesagt, dass ich davon überzeugt bin, dass Sie ein ehrlicher Mensch sind, aber nun fürchte ich, Gelegenheit macht Diebe. Für den Augenblick werde ich Ihnen die Hälfte geben und die bekannten Spesen ersetzen.«

Jetzt war es an mir, den Kopf zu schütteln. »Nein, friss, Vogel, oder stirb. Ich nutze keine Gelegenheit aus: Ich habe zwei Leute, die für mich arbeiten, und die machen das nicht umsonst. Und außerdem muss ich mir eine Vorratspackung Pflaster kaufen, denn der Gegenwind nimmt zu.«

Sie zögerte einen Moment, dann ließ sie sich von ihrem Kofferträger ihr Scheckbuch reichen und füllte ein Blatt für mich aus. Die Summe entsprach der, die ich gefordert hatte.

»Also, arbeiten Sie jetzt für mich?«

Ich seufzte. »Jawohl, Signora.«

»Dann beginnen Sie und erstatten mir den ersten vollständigen Bericht. Ich höre.«

Ich tat wie befohlen und erlegte mir wenig Hemmungen auf, ihr auch die delikaten Einzelheiten zu schildern. Als sie von Raffaele/Angelo hörte, glühten ihre Augen vor Zorn, doch sie unterbrach mich nicht.

»Haben Sie irgendeine Idee, wer dieser mysteriöse Freund der Familie sein könnte, der feste Freund, den Ihre Enkelin vor Il Biondo hatte?«, fragte ich.

»Ja«, antwortete sie mit einer Stimme, die vor Hass triefte. »Und ich bin auch auf seine Beerdigung gegangen. Er hieß Claudio Carapelli. Ich glaube, Sie haben seine Frau kennen gelernt.«

»Ja, und seinen Chauffeur auch. Haben Sie ihn umgebracht?« Ich hätte das ohne zu zögern geglaubt.

»Nein. Er starb vor sechs Monaten an Krebs.«

Gut, so konnte ich es mir sparen, die lange Liste abzuklappern. Und nicht so gut, weil ich so einer eventuellen neuen Spur verlustig ging.

»Wussten Sie von dem Verhältnis zwischen Ihrer Enkelin und Signor Carapelli?«

Sie spuckte Feuer. »Wie können Sie so etwas auch nur denken? Wenn ich es gewusst hätte, dann hätte ich alles unternommen, um es zu unterbinden.«

»Und doch haben Sie bei unserer ersten Begegnung behauptet, der einzige Mensch zu sein, dem Alice sich anvertraute. Offensichtlich war dem nicht so.«

Das war ein Tiefschlag und er zeigte Wirkung. Einen Moment lang senkte sie die Augen, aber sie fing sich sofort wieder. »Offensichtlich habe ich meine Enkelin nie richtig gekannt, auch wenn wir uns sehr nahe standen. Niemand aus unserer Familie hat Alice wirklich gekannt. Da kann man jetzt nichts mehr machen, aber ich kann zumindest alles Erdenkliche tun, damit ihr Mörder gefasst wird, wer auch immer das sein mag.«

»Zum jetzigen Stand der Ermittlungen gibt es keinerlei Anhaltspunkte, die dafür sprechen, dass Skizzo nicht der Täter war«, schloss ich meine Ausführungen.

»Ich möchte jeden Zweifel ausschalten. Sobald ich zufrieden gestellt bin, werde ich Ihnen Bescheid sagen. Rufen Sie mich morgen auf meinem Handy an.« Sie hielt mir eine Karte mit der Nummer hin. »Sie können jederzeit anrufen, wenn Sie mit mir sprechen müssen – ich schlafe nicht mehr viel.«

Ich griff zu. »Das werde ich machen, aber ich weiß wirklich nicht, ob ich noch etwas Neues herausfinden werde, das ich Ihnen mitteilen könnte.«

»Das werden wir ja sehen. Und wenn ich etwas für das Mädchen tun kann, das Sie vom Strich geholt haben, dann lassen Sie es mich wissen.«

Ich ließ die Visitenkarte prüfend durch meine Finger gleiten. Luxusausgabe. »Das ist sehr freundlich von Ihnen. Möchten Sie etwas wieder gutmachen, das Sie für Ihre Enkelin nicht mehr tun konnten?«

Sie warf mir einen wilden Blick zu. »Kann sein.«

»Glauben Sie, Sie hätten etwas unternehmen können, das sie daran gehindert hätte, sich umbringen zu lassen?«

»Vielleicht, vielleicht auch nicht.« Ihre Hände strichen aufgeregt über die Decke. »Alice hatte keinen Spaß am Leben, sie hat alles getan, um sich selbst zu zerstören, und letztendlich hatte sie Erfolg damit.«

»Aber das war doch nicht immer so. Ich habe in einer Zeitschrift ein Foto von Alice gesehen, das schon ein paar Jahre alt war. Alice sah damals aus wie ein glückliches Mädchen. Was hat sie denn so tief getroffen?«

Sie machte eine vage Geste. »Ich glaube, alles hat mit dem Tod von Giulia begonnen.«

»Von wem?«

»Sie ging in der Mittelstufe in die gleiche Klasse wie Alice und sie hatte einen angeborenen Herzfehler. Ihr

Herz hat eines Tages einfach aufgehört zu schlagen. Ihre Eltern hatten öffentlich zu Spenden aufgerufen, um ihr eine Operation im Ausland bezahlen zu können, aber sie schafften es nicht mehr rechtzeitig.«

»Und für Alice war das ein Schock?«

»Ein sehr schlimmer und ich konnte das Ausmaß damals gar nicht recht begreifen. Alice war mit Giulia nicht sonderlich befreundet und sie erfuhr von deren Tod, als sie gerade mit ihrem Vater eine Partie Tennis spielen gehen wollte. Ihr schien die Sache nicht sehr nahe zu gehen. Sie ging mit ihm auf den Platz, doch dann begann sie plötzlich, wie eine Rasende auf den Ball einzudreschen. Nach ein paar Aufschlägen zerbrach sie ihren Schlager auf dem Boden und bekam einen hysterischen Anfall. Zu Hause verwüstete sie dann ihr Zimmer, bis der Doktor kam und ihr eine Beruhigungsspritze verpasste.«

»Damit hat alles angefangen?«

»Ja. Wenig später begann Alice, in der Schule nachzulassen.« Sie streichelte kurz über die Hand ihres Mannes, die er ihr auf die Schulter gelegt hatte. »Und sie hat danach nie wieder Tennis gespielt.«

»Ist denn damals niemand auf die Idee gekommen, dass Alice sich schuldig fühlen könnte, weil sie reich war? Und dass sie sich schämte, eine Familie zu haben, die nichts unternommen hatte, um einem Mädchen wie sie selbst das Leben zu retten, obwohl man das mit einem simplen Griff in die Geldbörse hätte tun können?«

Plötzlich wirkte sie auf mich so, wie sie wirklich war: eine zerbrechliche und unglückliche alte Frau. »Ich schon, später dann. Und daher fühle ich mich heute auch schuldig.« Sie wandte sich ihrem Mann zu. »Lass uns gehen, mein Lieber, bitte.«

Ich trug den Rollstuhl hinunter, trotz meiner schmerzenden Knochen. Wenn ich schon einmal auf ihrer Gehaltsliste stand, konnte ich auch ein wenig Dienstbeflissenheit zeigen.

Zurück in der Wohnung rief ich Mirko sofort an. Auch er besaß ein Handy und so konnte ich ihn erwischen. Er war mit dem Moped unterwegs. Ich ließ ihn erst am Straßenrand anhalten, bevor ich auf ihn einschimpfte.

»Komm schon, Sandrone, jetzt halt mal die Luft an.« Sein Ton wirkte nicht allzu zerknirscht.

»Versuch nicht, dich bei mir einzuschmeicheln. Du hast mir diese verrückte Alte ins Haus geschickt. Wo ist denn die sprichwörtliche Diskretion der Anwälte geblieben?«

»Die hat es nie gegeben, liest du denn keine Zeitungen?« Er lachte, dann fuhr er ernsthafter fort: »Hör zu. Gestern habe ich einen höflichen Anruf vom Sekretär der Anwaltskammer erhalten, der mir ganz im Vertrauen riet, doch darauf zu verzichten, Personen von zweifelhafter Reputation herumzuschicken, um schmerzerfüllte Familien zu belästigen, wenn ich keine Disziplinarstrafe riskieren wollte.«

»Können die so was tun?«

»Na ja ... Theoretisch nicht, in der Praxis kommt es ganz darauf an, wer den Druck dahinter macht. Ich habe meinerseits erwidert, dass du, soweit ich wüsste, ein mustergültig tugendhafter Mensch seist – allein dafür schuldest du mir ein weiteres Abendessen –, aber das haben sie nicht geschluckt. Ich musste ihnen zusagen, dass ich dich zurückpfeifen würde und dass ich in Zukunft nur auf orthodoxere Hilfskräfte zurückgreifen würde. Es tut mir ja Leid, aber ...«

»Das hast du schon richtig gemacht«, machte ich es kurz. »Und die Alte?«

»Die hat praktisch unmittelbar danach angerufen. Sie wollte mich sehen und angesichts der angespannten Situation dachte ich, es wäre besser, einem Treffen zuzustimmen, um das Terrain zu sondieren. Ich wollte wissen, ob sie etwa plante, mich zu verklagen. Die nette Dame ist dann um Mitternacht bei mir zu Hause aufgekreuzt, mit diesem merkwürdigen muskelgestählten Begleiter ...«

»Das ist ihr Ehemann.«

Ich hörte, wie er schluckte. »Ach was, schau an, wer hätte das gedacht ... Kurz gesagt, Signora Gardoni hat mich davon überzeugt, dass sie sich einfach nur mal anhören wollte, welche Zweifel es an der Schuld von Skizzo Calderazzi geben könnte, und ich habe ihr das Wenige erzählt, das ich von dir wusste. Also nur die Fakten, die ich gemäß der Prozessordnung der Gegenseite sowieso mitteilen müsste, falls ich mich dazu durchringen sollte, sie in der Verhandlung zu verwenden, ohne am Ende als völliger Trottel dazustehen. Wenn sie beschlossen hätte, diese Dinge dem zuständigen Staatsanwalt mitzuteilen, dann hätte sie zumindest keinen großen Schaden anrichten können. Apropos, hast du etwas Neues herausgefunden?«

»Erzähl du erst einmal zu Ende.«

»Kannst du nicht warten, bis ich zu Hause bin? Ich stehe hier mitten auf dem Bürgersteig und Flo erwartet mich, um mit mir ins Kino zu gehen.« Flo ist seine Freundin.

»Nein, du darfst ruhig etwas leiden, nach all den Scherereien, die du mir eingebrockt hast.«

»Du musst gerade reden! Also, um es kurz zu machen, ich konnte sie davon überzeugen, dass die Untersuchungsbeamten nur Wischiwaschi ermittelt hätten, was ich ja tatsächlich glaube, und dass eine eventuelle Unterstützung ihrerseits ganz im Interesse der Wahrheitsfindung liegen würde. An dieser Stelle hat sie sich dann nach dir erkundigt und ich habe mein Bestes getan, dich ins rechte Licht zu rücken.«

»Was hast du ihr erzählt?«, fragte ich besorgt.

»Nur die Teile deiner Biografie, die sich zur Veröffentlichung eignen. Ich habe sehr deutlich herausgestellt, dass die Zweifel, die dir in dieser Angelegenheit gekommen waren, von deinen ausgezeichneten Kenntnissen des Milieus herrührten, in dem Alice verkehrte, und dass du nicht der Typ wärst, der das Unglück anderer Leute ausnutzt. Als wir so weit waren, hat sie darauf bestanden, deine Adresse zu bekommen, und ich habe sie ihr gegeben. Wie ist es gelaufen?«

»Lass es mich so sagen, du warst wohl zu überzeugend. Sie hat beschlossen, mich zu engagieren.«

»Dich zu engagieren?« Er lachte erneut. »Zum Henker, ich sollte eine Karriere als PR-Manager anstreben. Wenn du dabei echtes Geld herausholen kannst, erinnere dich bitte deiner Freunde, die umsonst arbeiten.«

»Mach dir keine Sorgen, du wirst schon deinen Teil abbekommen.«

»Sehr gut, so gehört sich das.« Er schwieg, während mehrfaches Hupen durchs Telefon gellte. »Jetzt bist du an der Reihe. Was gibt es denn für Neuigkeiten?«

»Mach es dir auf deinem Sitz bequem und hör zu.« Wir hatten uns zuletzt vor drei Tagen gesprochen und er hatte daher noch nichts von meinem Zusammentreffen mit Il Biondo und der Schlägerei vor dem Leoncavallo gehört. Ich brachte ihn kurz auf den neuesten Stand.

»Es scheint, dass diese Angelegenheit komplizierter ist, als es zunächst den Anschein hatte. Bist du sicher, dass es dir gut geht?«, fragte er am Ende.

»Nein. Bussi für den Moment.«

Ich unterbrach die Verbindung und versuchte, Valentina zu erreichen, bekam aber wieder nur den Anrufbeantworter an die Strippe, der diesmal aber mit keiner neuen Nachricht von mir beehrt wurde. Ich schrieb ein paar Zeilen für meinen Partner und ließ mich von der Müdigkeit überwältigen, damit er seinen Auslauf bekam.

Mit klarem Kopf und ein paar guten Neuigkeiten in der Tasche erschien mir das Leben am Sonntagabend schon gleich viel rosiger. Während ich geschlafen hatte, hatte mein Partner nicht nur den Arsch für die Survivalkünstler gegeben – sein zerschlagenes Aussehen hatte ihm von seinen saudämlichen Schülern überwiegend bewundernde Blicke eingetragen –, sondern auch meine beiden Lieblingshelfer zu einem Abendessen zusammengetrommelt, in der Hoffnung, dass sie mir auch weiterhin beim Privatdetektivspielen hilfreich unter die Arme greifen würden.

Ich hatte die Gelegenheit genutzt, auch meine angebetete Nachbarin Stefania dazuzuladen. Sie hatte zwar mit der ganzen Sache absolut nichts zu tun, aber reine Männerrunden enden gewöhnlich damit, dass über Frauen gesprochen wird, und dazu hatte ich in meiner derzeitigen Situation überhaupt keine Lust. Und außerdem wären ihre Beiträge zu diesem Thema mindestens so gut wie unsere.

Die Nachrichten, die meine Laune entschieden gehoben hatten, waren am Nachmittag von Daniele Zucchero persönlich überbracht worden: Als guter alter Untergrundkämpfer benutzt er höchst ungern das Telefon, wenn es um vertrauliche Angelegenheiten geht. Nachdem er die vier Stockwerke hochgekeucht war und sich versichert hatte, dass wir auch wirklich allein waren, hatte er mit verschwörerischer Geste, wie Mandra, der Zauberer, ein Foto aus der Tasche hervorgezogen. Es war eine ziemlich scharf gestochene Polaroid-Aufnahme von einer kleinen Feier in der Bar des Leoncavallo: ein Dutzend Leute rund um einen Tisch, die sich mit Plastikbechern zuprosteten. Ich erkannte das eine oder andere Gesicht.

»Siehst du den hier?« Daniele hatte auf das Profil eines Typen in der zweiten Reihe gedeutet, mit langen, hellbraunen Haaren und einem Oberlippenbärtchen à la d'Artagnan, der so um die vierzig Jahre alt zu sein schien. »Vielleicht ist das einer von den Kerlen, nach denen du suchst.« Er kostete seinen Moment des Triumphes aus, ehe er mir die Einzelheiten mitteilte.

Am Samstagabend war einem seiner Vertrauensleute, ein Brauereifahrer, beim Abladen in einer Bar ein Gesicht aufgefallen, das ihm vertraut schien, wenn es auch ziemlich ramponiert war. Der Mann, der in einer Nische saß, hatte ihn nicht gesehen oder zumindest so getan, als ob.

Nach heftigem Kopfzerbrechen erkannte der Leoncavallo-Mann in ihm einen der ganz frischen Neuzugänge des Sozialzentrums wieder, auch wenn dessen Gesichtszüge am Nachmittag des Vortags, als er ihn zuletzt gesehen hatte, noch völlig in Ordnung gewesen waren. Daniele hatte alle gebeten, ihm mitzuteilen, wenn es bei neuen Mitgliedern etwas Ungewöhnliches geben sollte, und das hatte der gute Bierkutscher auch gemacht, woraufhin eine diskrete Ermittlung in Gang gesetzt wurde.

Der Kerl war anscheinend vor einer Woche aufgekreuzt und hatte sich als Giorgio vorgestellt, frisch gebackener Arbeitsloser auf der Suche nach etwas Gesellschaft, und von da an war er immer der Erste, der kam, sobald die Pforten geöffnet wurden, und der Letzte, der ging. Er verbrachte den ganzen Tag damit, mit jedem zu quatschen, der ihm Gehör schenken wollte, und Dame zu spielen, ohne je Probleme zu machen oder etwas zu tun, was aus der Reihe fiel.

Am Samstagabend allerdings hatte er sich nicht mehr blicken lassen und auch nicht am Sonntag zum Mittagessen in der Volksküche des Zentrums. An diesem Punkt war Daniele zu der starken Überzeugung gekommen, dass es sich bei ihm um den gesuchten Informanten des maskierten Trupps handeln musste, der versucht hatte, mich als Punchingball zu benutzen. Selbstverständlich konnte es sich auch um reine Zufälle handeln, doch angesichts der Tatsache, dass die Bar, in der man ihn ausgemacht hatte, das *Hollywood* war, dem mittlerweile allgemein bekannten Geschäftssitz des Blonden, hatte ich da so meine Zweifel.

Das Foto war während einer Geburtstagsfeier vor ein paar Tagen gemacht worden, und entweder hatte Giorgio nicht mitbekommen, dass man ihn fotografiert hatte, oder er hatte das für unwichtig gehalten. So einen hätte ich nie als Spitzel angeheuert.

Meine gute Laune hatte genau bis acht Uhr abends vorgehalten, als die zweite Nachricht des Tages, eine schlechte diesmal, für die sofortige Umkehrung ins Gegenteil sorgte. Ich erfuhr sie durch einen Anruf von Alex, als ich damit beschäftigt war, den Tisch mit Spitzentafeldeckchen und Kristallgläsern zu decken. Ein unerwarteter Tiefschlag.

»Sag mal, hieß die Krankenschwester, die du gestern verhört hast, nicht Bombi?«, fragte mich der Unvergleichliche.

»Mhm, Hut ab vor deinem Gedächtnis.« Während ich ins schnurlose Telefon sprach, das ich zwischen Kinn und Schulter eingeklemmt hatte, betätigte ich mich weiter hausfraulich. »Aber sag nicht Verhör dazu, sonst bekommt Mirko noch Schwierigkeiten.«

»Ja, ja, schon gut, also die Krankenschwester, die du gestern aufgesucht hast. Noch mal: Bombi?«

»Bombi, stimmt genau. Wieso?«

»Weil in den Nachrichten im Radio gerade gemeldet wurde, dass sie in ihrer Wohnung aufgefunden wurde, mit dem Kopf im Gasherd.«

Ich fühlte einen Stich ins Herz und ließ das Besteckbündel in meiner Hand fallen. »Ist sie tot?«

»Sieht ganz danach aus. Im Radio sprach man von

Selbstmord. Sie war arbeitslos, depressiv und so weiter. Und ihre letzte Arbeit ist ja auch ziemlich in die Hose gegangen.«

Das arme Walross. »O nein.«

»In letzter Zeit hat es ein paar Tote zu viel gegeben, ich werde mich in Zukunft wohl gut vorsehen müssen, wenn ich die Straße überquere. Welchen Wein soll ich heute Abend mitbringen?«

Bei Tisch dann war ich kein allzu toller Gesellschafter, denn ich hatte ständig Beerdigungsszenen vor Augen, ich ging nicht einmal auf die Hänseleien über meinen gruseligen Anblick ein. Ich überließ sogar dem Elefanten die ehrenvolle Aufgabe, die Soße für die Pasta zuzubereiten. Immerhin kam ich einigermaßen glimpflich davon, weil er das Ausmaß von Öl- und Tomatenspritzern auf einen Radius von wenigen Metern rund um den Herd beschränkte.

Nach dem Essen räumte ich ab und brachte die Hirne aller Anwesenden auf Trab, indem ich Arbeitsszenarien und Hypothesen ausbreitete. Wir waren uns nur in einem Punkt einig: Trudi war von jemandem umgebracht worden, der mit dem Mord an Alice zu tun hatte, und Skizzo konnte das mit Sicherheit nicht gewesen sein, da er nun mal im Knast saß. Ob dieser Jemand jedoch einer von den Kerlen war, die mich vor dem Sozialzentrum überfallen hatten, ließ sich nicht sagen, für eine solche Behauptung war es noch ein wenig früh. Fest stand dagegen, dass zumindest einer von ihnen, der auf dem Foto, ein Kunde von Il Biondo war, da man ihn in der Hollywood-Bar gesehen hatte, aber das Alibi des Zuhälters stimmte. Piersilvio hatte mich zu Hause angerufen, um mir das mitzuteilen, und gebeten, ihn nach Möglichkeit nicht mehr zu belästigen. Aber wenn ›Giorgio‹ der Mörder war, wie hatte er dann die anderen dazu bringen können, mir aufzulauern? Und Skizzos Fingerabdrücke auf dem Motorrad, wie waren die dahin gekommen? Und warum hatte man es auf Trudi abgesehen, die offensichtlich überhaupt nichts über all diese Geschichten wusste? Zu viele Fragen, Antworten null.

»Allmählich wird die Sache ein wenig zu heiß, meinst du nicht auch? Schlägereien und Morde gehören eigentlich nicht zu meinem Alltag«, fasste der Elefant zusammen, der sich die x-te Marihuanatüte drehte. »Oder besser gesagt, ich möchte, dass sie das nach Möglichkeit nicht tun. Wenn ich ein aufregendes Leben wollte, dann hätte ich mich bei Microsoft beworben.«

»Dann hättest du Karriere gemacht, aber das kannst du ja immer noch.« Ich breitete die Arme aus. »Hört mal Leute, ich habe auch keinen Spaß an so was. Aber ich möchte jetzt auch nicht alles hinschmeißen.«

»Warum nicht? Du wirst schon was anderes finden, wenn du den Mist hier losgeworden bist«, brummelte der Dickhäuter mit halb zusammengekniffenen Lippen, als er sich den Joint anzündete.

»Es geht mir nicht ums Geld, das kommt und geht. Gestern hatte ich eigentlich vor aufzustecken, aber jetzt kann ich das nicht mehr.« Ich fing an, heftig gestikulierend im Zimmer herumzulaufen. »Zunächst einmal, selbst wenn ich mich jetzt zurückziehe, wird sich derjenige, der Angst vor mir hat oder vor dem, was wir herausfinden könnten, sich bestimmt nicht in Sicherheit fühlen. Früher oder später wird er mich doch besuchen und ich lege keinen besonderen Wert darauf, ebenfalls mit dem Kopf in der Backröhre zu enden. Und zweitens, auch wenn ich mir wünschte, dass dem nicht so wäre, so bin ich doch davon überzeugt, dass man Trudi nur deshalb getötet hat, weil ich zu ihr gegangen bin. Ich will damit allerdings nicht sagen, dass ich mich schuldig fühle …«

»Wie immer«, unterbrach mich Alex.

»Schon gut,« fuhr ich fort, »aber ein wenig Leid tut es mir schon. Und wir haben damit auch den besten Beweis dafür, dass die Punkabbestia Recht damit hatten, Skizzo zu verteidigen.«

»Aber die Frau hat dir doch gar nichts Interessantes erzählt«, meinte Alex, schnappte sich die Tüte und zog geräuschvoll daran.

»Nein, aber vielleicht hatte sie etwas vergessen oder vielleicht ist der Mörder ein Paranoiker und sieht Gefahren, die es gar nicht gibt.«

»Wie schön, ein paranoider Mörder, der hinter uns her ist. Ich bin dafür, dass wir die Sache fallen lassen«, trötete der Elefant.

»Ich kann das nicht. Aber wenn ihr aufhören wollt, dann habt ihr mein vollstes Verständnis. Ich kann nicht von euch verlangen, dass ihr euch in Gefahr begebt. Geht schon. Lasst mich ruhig allein hier zurück, denkt nicht einmal mehr an mich. Ich werde versuchen, leise zu schreien, um euch nicht zu stören.« Ich schlug mir die Hände vors Gesicht.

»Jetzt hör schon auf damit, hier das arme Elend zu heucheln. Du bringst dich doch ständig selbst in Schwierigkeiten. Und außerdem will dich doch niemand verlassen, zumindest im Moment nicht«, sprach Alex. »Schließlich hat der Blonde sowohl den Elefanten als auch mich von Angesicht zu Angesicht gesehen und wir beide könnten damit ebenfalls in Gefahr sein, wenn er was mit der Sache zu tun hat. Allerdings sollten wir versuchen, uns von nun an ein wenig planmäßiger zu bewegen. Du hast von Anfang an nichts anderes gemacht, als auf gut Glück herumzustochern, ohne dass irgendwas dabei rumgekommen wäre.«

»Wenn du meinst, dass das so leicht ist, dann mach es doch besser, du Genie.« Ich warf mit einem Brotbrocken nach ihm, der vor ihm auf sein Platzdeckchen plumpste. »Ich kauf dir auch Pulver für die Fingerabdrücke und eine Vergrößerungslupe.«

Stefania hob die Hände, sie wollte um Schweigen bitten. »Jetzt mal alle ganz ruhig! Hört zu, ich stelle zwar keine Ermittlungen an, und es geht schließlich um eure Haut, aber ich bin davon überzeugt, dass das, was ihr da tut, schon richtig ist. Der Punkabbestia sitzt im Bau und läuft Gefahr, für sein ganzes weiteres Leben dort zu bleiben, wenn niemand etwas unternimmt. Ich wette, die Polizei bleibt dabei, dass die Krankenschwester Selbstmord verübt hat oder dass ihr Tod zumindest unter keinen Umständen etwas mit dem Mord an Alice zu tun hat.«

»Hier spricht die Stimme der Unschuld!«, rief ich aus und zeigte auf sie, präsentierte sie bewundernd den Umsitzenden. »Und außerdem stimmt es ja gar nicht, dass wir nichts in der Hand haben.« Ich tippte auf das Foto des Mannes mit dem Oberlippenbärtchen. »Es gibt hier diesen Pizzetto und es ist sehr wahrscheinlich, dass er sich früher oder später im *Hollywood* blicken lässt. Wenn ihr bereit seid, mir zu helfen, und dieses Mal kann ich euch sogar dafür bezahlen, dann wäre es eure Aufgabe, diesen Kerl zu erwischen.«

»Du möchtest also, dass wir uns vor der Bar auf die Lauer legen.« Alex der Scharfsinnige.

»Genau. Abwechselnd, jeden Abend. Wenn wir Glück haben, taucht er auf. Wenn er an Flucht gedacht hätte, dann wäre er doch sofort abgetaucht. Offensichtlich scheint er sich in dieser Gegend immer noch ziemlich sicher zu fühlen.«

»Er könnte jetzt, nach dem Tod der Krankenschwester, geflohen sein«, meinte meine teure Nachbarin.

»Das ist wahr«, räumte ich ein, »aber einen Versuch wäre es wert.«

»Und wenn wir ihn ankommen sehen, was sollen wir dann tun?«, fragte Alex.

»Morgen kaufe ich zwei Mobiltelefone mit Prepaid-Karte. Prompt geliefert, sofort betriebsfertig und zumindest eine kurze Zeit lang nicht überprüfbar. Ich werde sie der Greisin in Rechnung stellen, die freut es bestimmt zu hören, dass wir aktiv werden. Eines nehmt ihr dann, das andere behalte ich. Wenn ihr unseren Freund Pizzetto auftauchen seht, ruft ihr mich an.«

»Und wenn wir dich angerufen haben?«

»Das werden wir dann entscheiden.«

»Zur Abwechslung scheint mir das mal wieder ein reichlich stümperhafter Plan zu sein.«

»Einige Dinge muss man eben ganz spontan entscheiden. Aber als Allerertstes wird sich einer von euch beiden wüsten Kerlen im Laufe des Tages ein wenig im Haus von Trudi umhören, ob Pizzetto dort aufgetaucht ist. Ich denke, das solltest du übernehmen, Alex, du gehst als der Normalere von euch beiden durch.«

Er seufzte. »Was soll ich machen? Die Gasmann-Nummer abziehen?«

»Nein, sag doch einfach, du wärst ein Reporter von *Radio Popolare*. Du musst nur einen Ausweis vorzeigen und dein legendäres verschmitztes Gesicht aufsetzen. Es dürfte für dich nicht allzu schwierig sein herauszufinden, ob Bombi von einem Mann mit zerschlagener Fresse Besuch bekommen hat. Und dann hast du ja auch das Polaroidfoto, aber geh umsichtig damit um. Wir wollen Gerede vermeiden.«

»Gut, wir werden uns also auf die Spur dieses Pseudo-Freundes vom Leoncavallo begeben. Und du, was treibst du so in der Zwischenzeit?«, fragte der Elefant.

Ich schaute sie ein paar Augenblicke schweigend an.

»Hört zu, ich muss euch etwas gestehen. Alex hatte Recht, als er sagte, dass ich auf gut Glück herumgestochert habe. Daher habe ich beschlossen, wieder ganz bei null anzufangen, alle Fäden völlig neu aufzudröseln. Ich werde zum Anfang zurückkehren, ich werde zur Villa fahren. Einfach versuchen, ein bisschen Ordnung in meinen Kopf zu bekommen.«

»Und was meinst du, wirst du finden?«, fragte Stefania.

»Wahrscheinlich gar nichts. Aber dort hat alles angefangen. Ganz am Anfang habe ich einen kapitalen Bock geschossen. Und das muss ich jetzt in Ordnung bringen.«

»Bist du sicher, dass dich die Gardonis reinlassen werden? Sie schienen mir nicht sehr kooperativ.«

»Ich habe gar nicht vor, sie zu fragen. Das Spiel heißt jetzt alle gegen alle.«

Meine Gäste gingen gemeinsam um zwei Uhr nachts und ich glaubte, einen gewissen verständnisinnigen Blick zwischen Stefania und dem Elefanten wahrgenommen zu haben. Fröhlich war das Mahl und wer es gemacht ... So blieb ich allein zurück und durfte über dem Stapel dreckiger Teller und Gläser und den überquellenden Aschenbechern meditieren. Valentina ging immer noch nicht ans Telefon. Vielleicht war sie ja bei ihrem Freund, dem Doktor, und ließ sich von ihm untersuchen, aber das hätte ihr gar nicht ähnlich gesehen. Ihre Liebhaber bedeuten ihr nie besonders viel und allzu häufig geht ihr Verlangen auch nicht mit ihr durch. Nur von Zeit zu Zeit, wenn sie sich langweilt oder nach etwas mehr Leidenschaft dürstet, als mein Partner und ich ihr geben können.

Wahrscheinlich saß sie zu Hause und rupfte einer Margerite die Blütenblätter aus, um zu entscheiden, ob sie mir noch grollen sollte, dem Mann, der festgelegte Grenzen einfach nicht einhalten konnte und nicht in der Lage war, sie so zu akzeptieren, wie sie war, und die romantischen Fantasien von der fleischlichen Realität zu trennen.

Vielleicht hatte sie mir ja schon den Laufpass gegeben. In einem Anflug von Masochismus überlegte ich mir, welche Erinnerung an sie ich bewahren wollte, wenn die Geschichte jetzt ihr Ende gefunden haben sollte. Mir kam nur ein Moment vor ein paar Wochen in den Sinn, als wir für ein Wochenende ans Meer gefahren waren. Zweihundert Kilometer mit dem Zug und für mich war das Beste an den Ferien außerhalb der Stadt die Reise. Ich hatte aus dem Fenster geschaut und die Landschaft an diesem sonnigen Tag vorbeiziehen sehen, eine Hand auf ihrem Bein, ihren Schlaf belauschend. Ich fühlte mich eins und in Frieden mit der Welt, was mir sonst nie geschieht.

Ich stellte das Radio an und suchte auf der Mittelwelle einen Sender mit Jazzmusik, der mir in den mir verbleibenden wachen Stunden Gesellschaft leisten sollte.

Dritter Teil

Im Dunkeln

Zwischenspiel

Die Schüler des Aikido-Kurses für Fortgeschrittene verabschiedeten sich von ihrem Lehrmeister und verließen allmählich den Dojo. Sie waren allesamt erschöpft und gelöst und der große Raum roch nach dem reinen Schweiß körperlicher Anstrengung. Der Meister ging auf ihn zu, berührte ihn an der Schulter und bat ihn, noch einen Moment zu bleiben, dann hieß er ihn vor sich Platz nehmen.

»Ja, Sensei?«

»Ich wollte mit dir reden. Es macht dir doch nichts aus, ein paar Minuten deiner Zeit mit einem alten Schwätzer zu teilen?«

Der Junge lächelte und trocknete sich den Schweiß, der seine Brillengläser beschlagen ließ. »Ich bin immer glücklich, wenn ich mit Ihnen sprechen kann.«

Auch der Japaner lächelte. Er lebte seit vielen Jahren in Italien und er hatte die typisch asiatische Angewohnheit verloren, die eigenen Gefühle nach Möglichkeit zu verbergen. Dagegen schien ihm sein Gegenüber ein Experte in dieser Kunst zu sein. Er hatte Schwierigkeiten, in ihm so zu lesen wie in den anderen Schülern, bei denen ihm eine Körperhaltung genügte, um ihm deren intimste Gefühle zu enthüllen.

»Bist du wirklich glücklich?«

»Natürlich!«

»Gut, dann bin auch ich glücklich. Ich hatte Angst, dass du das niemals sein könntest. Du musst meine Besorgnis entschuldigen.«

Der Junge hatte seinen Gesichtsausdruck nicht verändert, aber seine Schultern hatten sich merklich versteift. »Ich verstehe Sie nicht. Meine Laune ändert sich schon mal, genau wie bei allen anderen. Ich bin glücklich und traurig, je nachdem, wie die Tage so laufen.«

Der Alte nickte. »Genau wie bei allen anderen«, wiederholte er. »Du möchtest sehr gern so sein wie alle anderen, nicht wahr?«

»Glauben Sie, dass ich nicht so bin?«

Der Alte zog es vor, darauf nicht zu antworten. Nicht direkt. »Wir sind im Kurs jetzt an einem Punkt, an dem die schlechte-

ren Schüler stehen bleiben, während die besseren weiterkommen, indem sie lernen, sich völlig zu entspannen und sich vom eigenen Körper leiten zu lassen, nicht vom Kopf. Du bist gut, aber du versuchst, deinen Körper gefangen zu halten.« Er legte die Handflächen gegeneinander. »Du lernst mit dem Geist, nicht mit dem Herzen. Hast du Angst vor deinem Herzen?«

»Ich habe vor gar nichts Angst, Sensei.« Der Junge hatte einen wachsamen Tonfall angenommen, wirkte vorsichtig.

»Ach, was für eine große Lüge! Nur dumme Menschen haben keine Angst und du bist nicht dumm. Aber du hast Angst, deine Angst zuzugeben.«

»Und wovor soll ich Angst haben?«

»Vor dir selbst.« Er begriff, dass er ins Schwarze getroffen hatte, weil der Junge einen Moment lang seine Maske fallen ließ und die Gefühle preisgab, die ihn darunter bewegten. »Wenn wir auf dem Tatami sind, kämpfst du gegen dich selbst und nicht gegen deinen Gegner. Du hast Angst, dass sich dein Schatten gegen dich auflehnt. Schau mich nicht so an, ich bin kein Hellseher. Aber ich praktiziere meine Kunst seit vielen Jahren und sie hat mich gelehrt, in die Menschen zu blicken.« Er deutete auf den Kopf des Jungen. »Was hast du da drinnen, das dir Angst einjagt? Willst du es deinem alten Lehrer nicht sagen? Ich verspreche dir, dass ich nicht davonlaufe.«

Der Junge hatte sich wieder verschlossen. »Es gibt viele Dinge, die ich nicht verstehe an mir, und das, was ich kapiert habe, gefällt mir nicht. An mir ist etwas falsch, etwas funktioniert nicht. Ich habe gedacht, dass ich mich früher oder später daran gewöhnen würde, aber so ist es nicht, es wird immer schlimmer.«

Der alte Mann nickte wieder. »Das liegt daran, dass du den falschen Weg gewählt hast. Wir alle haben etwas, das nicht funktioniert und das uns nicht gefällt. Doch man bekämpft nicht das, was man nicht ändern kann. Weise Menschen lernen, mit dem zu leben, was sie nicht besiegen können, also einen Gleichklang damit zu finden. Beim Aikido ist alles ausgewogen, weil das Universum ausgewogen ist. Die Energien unseres Körpers sind ausgewogen, Gut und Böse sind ausgewogen. Wenn du dich selbst annimmst, wird auch das, was dir nicht gefällt, seinen Platz finden.«

»Ich weiß nicht, wie ich das tun soll, Sensei. Ich habe es versucht.«

Der Meister lächelte wieder. »Dann hast du es nicht auf die richtige Weise versucht.« Er nahm die Hände des Jungen und legte sie ihm auf den Bauch. »Hör auf dich selbst. Atme. Höre auf dich.«

Der Junge schloss die Augen.

1

Mein Partner hatte die Villa Gardoni den ganzen Tag lang und auch ein Gutteil des Abends überwacht, ehe er sich ablösen ließ. Er langweilt sich nie, der Glückspilz. Ich dagegen war schon nach vier Stunden reichlich genervt davon, auf verschlossene Türen und zugezogene Vorhänge zu starren und auf irgendein Lebenszeichen zu warten, das doch nicht kam. Nicht dass ich darauf besonders scharf gewesen wäre.

Die Villa wurde seit Alices Tod nicht mehr genutzt, ganz genau so, wie meine Klientin, die Greisin, gesagt hatte, die ich über meinen Ausflug selbstredend im Dunkeln gelassen hatte. Die Gardonis hatten die Dienerschaft entlassen, das Gas abgestellt und die Immobilie einem Maklerbüro anvertraut, das nun einen Käufer dafür finden sollte, der keine Angst vor Gespenstern hatte. Noch hatte keiner den Finger gehoben und so umströmte den Ort eine traurige Aura, vor allem bei Nacht.

Die einzigen lebenden Wesen, die sich dort herumtrieben – abgesehen von Myriaden von Insekten jedweder Art –, waren die beiden Haushüter, ein Ehepaar in den Sechzigern, die in dem kleinen Häuschen am Rande des eingefriedeten Parks lebten. Sie verbrachten den Tag damit, im Garten Salat zu ziehen und aufzupassen, dass niemand in den Park einstieg, um dort im dichten Gebüsch zu knutschen oder zu fixen. Glücklicherweise hatten die zwei keine Hunde und so hätte ich mir die traditionelle Portion vergifteter Hackfleischbällchen sparen können, die wir Einbrecher stets im Handgepäck mit uns führen.

Um ein Uhr machte ich den x-ten Rundgang um das Grundstück und verspeiste mein letztes Sandwich mit Mozzarella und laffem Salat, das ich mit Hilfe einer Dose lauwarmer Cola herunterspülte. Mein dämlicher Partner weigert sich, Alkoholika einzukaufen, und diesmal hatte er den Butterbrottüte gepackt. Ich warf die leere Tüte in einen Graben zu einem Haufen anderem Müll und ließ mich auf einem großen Stein am Straßenrand nieder, um meine müden Glieder ein wenig auszuruhen.

Dieser Abend gehörte zu den wenigen Momenten, an denen ich es bedauerte, nicht mehr bei einer Agentur angestellt zu sein. Überwachungsaufträge wurden nach Stunden bezahlt und ich konnte durch meinen Trick mit dem fliegenden Wachwechsel immer kräftig Kohle scheffeln, ohne mich mit Amphetaminen voll stopfen zu müssen wie meine Kollegen. Die Leute, die eine Nachtschichtwache hinter sich hatten, konnte ich auf Anhieb erkennen: Alle hatten sie die gleichen riesengroß geweiteten Pupillen und plapperten wie ein Wasserfall.

Ich holte meinen Rucksack aus seinem Versteck im Gebüsch und wandte mich der Seite der Mauer zu, die an dem unbefestigten Feldweg lag und für meine unlauteren Absichten am besten geeignet schien.

Um hineinzugelangen hatte ich mir eine Stelle in der Nähe eines Hochspannungsmastes ausgesucht, der ungefähr einen Meter neben der Umfriedungsmauer stand. Er war mit Stacheldraht und Eisendornen bewehrt, aber das würde meine Pionierhandschuhe höchstens leicht kitzeln. Diese Handschuhe sind ein Erzeugnis der amerikanischen Armee und wir hatten sie uns eigentlich besorgt, um beim Survival-Kurs gehörig Eindruck zu schinden: zähes und doch geschmeidiges Leder, mit einer ordentlichen Kevlarbeschichtung an den Handflächen und den Fingerinnenseiten.

Ich klammerte mich am Mast fest und zog mich vorsichtig hoch, sorgfältig darauf bedacht, ihn nur mit den Händen und den Springerstiefeln zu berühren. Es wurde kein leichter Aufstieg, und um die nötige Höhe zu erreichen, musste ich alle Muskeln meines Körpers anstrengen, obwohl sie immer noch wehtaten.

Bei drei Metern setzte ich zwischen den bedrohlich nach unten und oben gerichteten Stahlspitzen einen Fuß auf den Mauerkamm und blickte nach unten, um mich auf das Abrollen bei der Landung vorzubereiten.

Trotz des Vollmonds konnte ich mit meinen verspiegelten Brillengläsern vom Boden nichts erkennen, aber am Abend des ach so heiteren Festes hatte ich das Grundstück eingehend untersucht und wusste daher Bescheid über das, was mich dort unten erwartete, einschließlich des Alarmsystems. Im Vertrauen darauf, dass in der Zwischenzeit niemand die unter mir befindlichen Erdmassen bewegt hatte, auf dass ich mir die Knochen bräche, gab ich mir einen Ruck und landete so hart in dem feuchten Gras, dass es mir den Atem verschlug. Ich blieb zusammengerollt liegen und versuchte, etwaige Geräusche in meinem näheren Umkreis einzuordnen. Ein Windhauch ließ die Büsche leise rascheln und irgendetwas nicht weit weg von mir erzeugte ein elektrisches Brummen, aber sonst war da nichts. Ich machte mich auf den Weg, bewegte mich wie ein Schatten zwischen Schatten.

Ich wusste, dass in der Parkanlage als einzige Überwachungsmaßnahme Lichtschranken mit Infrarot-Fotozellen installiert waren, verborgen zwischen den Bäumen und so eingestellt, dass eventuell vorüberhuschendes Kleingetier keinen Alarm auslöste. Wenn ich jetzt nicht die Orientierung verloren und sie damals auch wirklich alle entdeckt hatte, dann mussten sich die ersten zwischen der Baumreihe befinden, die jetzt direkt vor mir meinen Weg querte. Der blinde Bereich befand sich etwa einen Meter oberhalb des Erdbodens und war ungefähr fünfzig Zentimeter breit. Nachdem ich die Höhe Pi mal Daumen geschätzt hatte, nahm ich den Rucksack ab und hob ihn vorsichtig durch die vermutete sichere Zone. Keine Alarmsirene. Nachdem ich nur ein Minimum an Anlauf kalkuliert hatte, hechtete ich mit einer Flugrolle hindurch und landete auf dem Bauch. Uff, ich bin allmählich ein wenig zu alt, um den Diabolik zu spielen.

Die Zierlaternen in der Nähe der Villa waren eingeschaltet und ihr Schein beleuchtete die rechte Fassade, auf die ich nunmehr zustrebte. Ich bewegte mich zwischen den Bäumen, um den Rasen in einem Bereich zu überqueren, der von den Fenstern der Haushüter aus nicht eingesehen werden konnte, und ich hatte noch eine Bauchlandung zu absolvieren, ehe ich den englischen

Rasen überqueren konnte. Ich lief stark vornüber gebeugt und fühlte mich wie eine wandelnde Zielscheibe, doch kein Gewehrschuss traf mich.

Gemäß meiner abgespeicherten Informationen waren alle Fenster an das Alarmsystem angeschlossen und drinnen waren alle wichtigen Zimmer mit Bewegungsmeldern ausgestattet. Die einzige Möglichkeit hineinzugelangen war daher die große Kellerluke, die in den Boden eingelassen und ursprünglich dazu gedacht war, Vorräte direkt in die Holzschütte abzuladen: Ich wusste, dass sie nicht elektronisch gesichert war, weil dort gerade erst Umbauarbeiten beendet worden waren. Sie bestand aus mehreren Glasquadraten und einem Fenstergestänge und war mit einem Metallriegel gesichert, der durch zwei in die Mauer eingelassene Ringe geschoben war.

Ich versuchte, mit dem Boden zu verschmelzen, setzte den Rucksack ab und holte einen Teil meiner Ausrüstung für den Gelegenheitseinbrecher heraus: Klebeband, Camping-Gummihammer und Diamantsäge. Ich hoffte, dass das ausreichen würde: Das Wenige, was ich vom Einbrechen verstand, hatte ich zum einen in meiner glorreichen Vergangenheit als Hausbesetzer, zum anderen durch Korrespondenz mit meinem Partner gelernt. Er verstand, wie bei fast allem, von diesen Dingen mehr als ich, aber in der Hoffnung, mich von meinem Plan abbringen zu können, den er als die größte Dummheit des Jahrhunderts bezeichnete, hatte er sich geweigert, den Einbruch für mich zu übernehmen. Es tat mir ja Leid, dass ich ihn da mit hineinziehen musste, aber bisher hatte einfach noch niemand ein System gefunden, uns voneinander zu trennen.

Ich tauschte die Pionierhandschuhe gegen ein Paar Latexhandschuhe, dann beklebte ich ein Glasquadrat über und über mit Klebeband und schlug zaghaft mit dem Hammer darauf. Mir kam es vor, als würde der Lärm kilometerweit zu hören sein, doch sichtbare Auswirkungen konnte ich keine erkennen. Also zwang ich etwas mehr Kraft in meinen zögerlichen Arm und holte zu immer energischeren Hammerschlägen aus. Mit einem Krachen, das für mich der Hiroshima-Explosion gleichzukommen schien, zerbarst das Glas. Ein paar Splitter fielen trotz des Klebebandes klirrend ins Innere.

Ich atmete gleichmäßig und tief ein und aus, um das Adrenalin auf einen annehmbaren Spiegel zu senken, dann wiederholte ich die Operation mit einem anderen Glasquadrat. Jetzt versperrte mir bloß noch die Querstrebe, die die Scheiben gehalten hatte, den Weg ins Innere. Ich attackierte sie heftigst mit der Säge, wobei ich meine Jacke als eine Art Schalldämpfer über das Fenster ausgebreitet hatte, während die herbstliche Brise den kalten Schweiß auf meinem Rücken trocknete.

Ich brauchte ungefähr zehn Minuten, dann zog ich mir erneut die Kevlarhandschuhe an, ruckelte kurz und konnte dann die Strebe ganz einfach nach außen biegen. Jetzt hatte ich genügend Platz geschaffen, damit ich hineinschlüpfen konnte, und das tat ich dann auch, nachdem ich mir die Jacke wieder angezogen, das Werkzeug im Rucksack verstaut und diesen in den Keller geworfen hatte. Ich hielt mich am Rahmen fest und ließ mich in die Dunkelheit hineinpendeln, dann ließ ich los. Ich fiel etwa zwei Meter tief und landete mit einem schrecklichen Getöse auf einem leeren Bottich.

Ich war drin, endlich. Ich holte meine Taschenlampe heraus und leuchtete die Umgebung ab. Ich befand mich in einem Seitenraum des Kellers, der von dem Hauptbereich mit den Kühlgeräten und den Lebensmittelvorräten durch eine Holztür getrennt war, die wiederum von außen mit einem Vorhängeschloss abgesperrt war. Auf meiner Seite war alles so, wie ich es in Erinnerung hatte: Bottiche, Fässer und ein Haufen leerer, ordentlich aufgestapelter Korbflaschen – ich hatte sie um Haaresbreite verfehlt. Ich benötigte knapp dreißig Sekunden, um die Tür mit einem kleinen Stemmeisen aufzubrechen.

Vom Hauptkeller stieg ich die Treppe zum Erdgeschoss hoch. Erneut eine verschlossene Tür, erneuter Einsatz des Stemmeisens. Ich drang in die Dienstküche vor, die mit den ordentlich in Metallregale geräumten Töpfen sauber und adrett wirkte.

Jetzt war ich am Rand des Alarmsystems angelangt: Zur Fortsetzung meines Rundgangs war ich gezwungen, es auszuschalten. Glücklicherweise hatte Gardoni mir für eventuelle Notfälle während des Festes den Deaktivierungscode mitgeteilt: sein Geburtsdatum – wie originell – in umgekehrter Reihenfolge, um potenzielle Hühnerdiebe zur Verzweiflung zu bringen. Um jedoch zur Schalttafel neben der Haupteingangstür zu gelangen, musste ich unter anderem einen von den Sensoren überwachten Bereich passieren.

Ich lief äußerst vorsichtig weiter und hielt meine Taschenlampe gesenkt, trotz der geschlossenen Fensterläden, damit auch ja kein Lichtschein nach draußen drang. Als ich dann in die kritische Zone kam, legte ich mich flach auf den Boden.

Es gibt verschiedene Bewegungsmelder – Radar–, Ultraschall- oder Luftdrucksensoren –, die jedoch alle die gleiche Schwachstelle haben: Wer immer sie einbaut, stellt niemals den maximalen Empfindlichkeitsgrad ein, um zu vermeiden, dass alle fünf Minuten ein Fehlalarm losgeht. Auch die völlig paranoiden Kunden lassen sich zu einer Herabsenkung der Sensibilitätsstufe überreden, nachdem sie mehrfach mitten in der Nacht von der Sirene aufgeschreckt worden sind, die ein im Wind wehender Vorhangzipfel oder eine überdurchschnittlich große Fliege ausgelöst hatte. Ein schlauer Einbrecher kann daher das System austricksen, indem er ihm so wenig Angriffsfläche wie möglich bietet und außerdem sehr langsam vorwärts gleitet. Sehr, sehr langsam.

Eine Viertelstunde mühsamer Robberei später hatte ich das Gefahrengebiet überwunden und konnte meinen Weg aufrecht fortsetzen. Ich rieb mir meinen kalt gewordenen Bauch und kam zur Zahlentastatur, an der ein rotes Lämpchen leuchtete. Ich zögerte. Die ganze Zeit hatte ich mich bemüht, nicht darüber nachzudenken, aber hier war der Knackpunkt meines Plans, der Moment der Entscheidung: Wenn die Gardonis den Code geändert hatten, war ich am Arsch.

Sicher, bei all dem Durcheinander hatten sie wahrscheinlich vergessen, dass sie ihn mir überhaupt mitgeteilt hatten, und vielleicht wussten sie auch nicht, wie man ihn ordnungsgemäß ändern konnte, aber wenn der Alarm losgehen würde, hätte ich keine überzeugende Entschuldigung zur Hand, die ich der Polizei auf die

Nase binden konnte. Wie auch immer, es war müßig, sich darüber den Kopf zu zerbrechen. Während Ferollis Gesicht bedrohlich im Raum zu schweben begann, tippte ich die Zahlen in der mir bekannten Reihenfolge ein.

Ein Summen.

Innerhalb einer Zehntelsekunde wurde meine komplette Körperbehaarung schneeweiß.

Grünes Licht.

So also hatte sich Bernadette gefühlt, als ihr die Madonna erschien.

Alices Zimmer roch immer noch nach Räucherstäbchen, und ohne Trudi auf ihrem Stuhl erschien mir der Raum viel geräumiger. Arme Trudi. Alex' Bericht über seinen Abstecher in ihren Wohnblock war wenig tröstlich gewesen.

»Die Mühe hätte ich mir auch sparen können«, hatte er mir über das funkelnagelneue Handy erzählt, als ich ihn vorhin direkt nach dem Aufwachen auf meinem Findling am Straßenrand angerufen hatte. Ich erwischte ihn, als er gerade in die Wanne abtauchen wollte, und darum war er etwas genervt.

»Jetzt halt mal die Luft an, schließlich muss ich das Gespräch bezahlen. Und du gehörst auch zu denen, die ich bezahle, wenn ich mich nicht irre.«

»Also Geld habe ich meines Wissens noch keines gesehen. Wie auch immer, im Wohnblock hat niemand irgendetwas Interessantes beobachtet, schon gar nicht deinen Pizzetto mit verquollenem Gesicht. Die Leute, mit denen ich gesprochen habe, waren der Meinung, dass die Krankenschwester allein zu Hause war, als sie sich umbrachte, und auch keinen Besuch empfing.«

»Hätte jemand unbemerkt zu ihr gelangen können?«

»Yes. Sonntags arbeitet der Pförtner nicht und die Nachbarn waren fast alle unterwegs auf einem Ausflug. Daher hätte jeder bei ihr klingeln und direkt zu ihr hochgehen können, um ihr dann völlig gefahrlos das Licht auszuknipsen. Ich möchte dich jedoch darauf hinweisen, dass es den Zeitungen zufolge keine Spuren von Gewaltanwendung gegeben hat. Und es war doch eine ordentliche Wuchtbrumme, von der man ein wenig Widerstand hätte erwarten können, meinst du nicht auch?«

»Nein, mein Lieber. Sie war voll gepumpt mit Schlafmitteln und daher Widerstand nada.« Auch ich las Zeitungen. »Irgendjemand hat sie unter Drogen gesetzt. Es muss Besuch gekommen sein, sie hat ihm einen Kaffee angeboten und er hat das ausgenutzt, um ihr ein paar Tropfen in die Tasse zu kippen. Man muss nur flink genug sein.«

»Eine schöne Hypothese, aber dafür gibt es keine Beweise.«

»Die hättest doch du mir bringen sollen, du absolute Null. Aber früher oder später werden wir schon noch fündig werden.«

»Wenn du das sagst ... Nach allem, was ich von den Nachbarn gehört habe, glaube ich allmählich, dass Bombi sich wirklich selbst umgebracht hat: Ihr Sozialleben war praktisch nicht existent und Geld hatte sie auch keins – die Wohnungsgesellschaft wollte ihr schon wegen Zahlungsverzugs die Wohnung kündigen. Falls du es nicht wissen solltest, die meisten Selbstmorde werden an Feiertagen verübt, wenn all diejenigen, denen es gut geht, auf Vergnügungstour unterwegs sind.«

Nach diesem fröhlichen Schlusswort hatte ich ihn seinen rituellen Waschungen überlassen.

Arme Trudi. Die Taschenlampe zwischen die Zähne geklemmt begann ich, Alices Zimmer zu durchsuchen. Ich fing bei den Schubladen an und holte ihren Inhalt heraus: Schulhefte, Stifte, Radiergummifigürchen, Bierdeckel, Gummibänder. Ich blätterte flüchtig in den Heften. Es schien mir nichts Interessantes drinzustehen. Sie waren sehr wenig benutzt. Ich steckte sie in meinen Rucksack: Ich würde sie mir auf der Suche nach irgendwelchen Hinweisen in Ruhe anschauen, sobald ich hier wieder draußen war. Ich zog die leeren Schubladen heraus und drehte sie um, um nachzusehen, ob vielleicht etwas darunter befestigt war. Nichts. Der Wandschrank enthielt nur ein paar Kleider und in den aufgehängten Taschen war auch nichts. Nicht einmal auf dem Boden lag etwas.

Ich holte alle Bücher von den Regalen und blätterte sie durch. Keine kleinen Zettelchen. Nur eine Postkarte vom Meer, zwei Jahre alt, mit einer unleserlichen Unterschrift, und ein Haufen Staub: Die Dienerschaft erledigt die Putzerei nicht ordentlich, man möge sie in aller Öffentlichkeit auspeitschen.

Zwischen Stephen-King-Romanen und einer Biografie von Alice Cooper fand ich einen kleinen Stapel *Harmony*-Heftchen. Etwa ein Dutzend unsäglicher Titel, so in der Art von *Pilot der Liebe* oder *Das Krankenhaus der gebrochenen Herzen*, pfui Deibel. Da es sich dabei um Alices letzten Lesestoff handelte, beschloss ich, sie ebenfalls in den Rucksack zu stecken, der allmählich etwas schwer wurde.

Ich ging zum Bett, drehte die Matratze um und schaute zwischen die Sprungfedern, dann in die Lampe. Auf dem Nachttisch fand ich nur ein paar Frauenzeitschriften und ein Kreuzworträtselheft. Auch damit ab in den Sack. Ich schob die Kommode zur Seite und schaute dahinter, dann ging ich in das Bad, das zum Zimmer gehörte.

Seifen, Shampoos, Cremes, Zahnpastatuben, Haarbürsten, Heftpflaster, Damenbinden, Handtücher: der übliche Kram. Ein an der Wand montierter Föhn wie in einer Turnhalle. Kein geheimes Tagebuch hinterm Bidet, keine Botschaft in der Art: ›Ich werde mit meinem Geliebten durchbrennen.‹

Ich kehrte wieder ins Schlafzimmer zurück und legte mich aufs Bett, nachdem ich zuvor alles wieder in Ordnung gebracht hatte. Ich knipste die Taschenlampe aus; der Raum lag sofort in absoluter Dunkelheit.

Und nun, fragte ich mich, was hast du dir denn von dem Ganzen erwartet? Die alles entscheidende Antwort? Das bestimmt nicht, aber irgendetwas auf jeden Fall. Einen Hinweis, dem ich nachgehen kann, den Anfang eines Fadens, ein Stimmchen, das mir ›wärmer, wärmer‹ zuflüstert. Es kann doch gar nicht sein, dass sie keine Spuren hinterlassen hat, sie ist doch keine professionelle Ausbrecherin. Sie ist nur ein sechzehnjähriges Mädchen, das zwar schon einiges mitgemacht hat, aber das ist vorbei. Und so völlig verrückt, wie es aussieht, ist sie auch wieder nicht. Sie hat alles genau geplant – wie sie fliehen oder wie sie die Wächterin austricksen würde.

Für dich ist es jetzt fast Zeit zu gehen. Was tust du als Nächstes, Alice?

›Ich schaue auf die Uhr, die ich am rechten Handgelenk trage. Die mit dem Metallarmband, die auf den Fotografien von meiner Leiche im Vordergrund zu sehen ist. Die Arme werden von dem Tuch ja nicht ganz abgedeckt.‹

Das machen sie absichtlich. Die Zeitungsfotografen haben da eine Art Abkommen mit den Bullen, so bekommen die Fotos mehr Pathos. Aber wir wollen nicht abschweifen, machen wir weiter.

›Ich tue so, als wäre alles ganz normal, und sage, dass ich zur Toilette muss. Ich spreche fast nie mit der Dicken, aber ich informiere sie darüber, was ich vorhabe, sonst läuft sie mir wie ein Hündchen hinterher. Sie schöpft keinen Verdacht und liest weiter in ihrer Zeitung. Ich gehe aus dem Zimmer.‹

Ich schaltete die Taschenlampe wieder an und stand auf, ging die wenigen Meter zum Flur. Die erste Tür auf der linken Seite gehörte zu einer Toilette, die mit rosa Einlegearbeiten geschmückt war. Ich schaute mich auch hier um, fand allerdings wieder nur die übliche Ansammlung weiblicher Hygieneartikel und sonst nichts.

›Ich warte eine Minute, um zu sehen, ob Trudi mir gefolgt ist, dann öffne ich die Tür und laufe nach draußen.‹

Ich lief schnell die Treppen hinunter, dann bog ich in den Korridor in Richtung Arbeitszimmer.

›Ich gehe ins Arbeitszimmer, hole mir Papas Knarre. Er ist so ein Arschloch, er tut sie immer an dieselbe Stelle, ohne daran zu denken, dass ich sogar dieses Versteck kenne. Dann laufe ich hinaus. Dabei renne ich die Dicke fast um, die nach mir gesucht hat.‹

Ich rechnete kurz nach. Trudi war ein Walross. Und im Übrigen hatte sie gesagt, eine ganze Weile gewartet zu haben, ehe sie hinter Alice her ist, während ich jetzt weniger als eine Minute gebraucht hatte, um die Treppen hinunterzugehen und die Kanone zu holen. Auch vorausgesetzt, Alice hätte ein paar Minuten im Klo gewartet, um sicherzugehen, dann stimmte da immer noch etwas nicht. Es fehlten mindestens fünf Minuten.

Was hast du in dieser Zeit gemacht?

Keine Antwort.

Das Arbeitszimmer von Papa Gardoni war voll gestopft mit Büchern und allerlei Gegenständen, meist Antiquitäten. Seinen Angaben zufolge war nichts gestohlen worden außer der Pistole. Vielleicht log er ja. Vielleicht hatte er ja eine Zwanzig-Kilo-Lieferung Heroin versteckt.

Wo bist du jetzt, Alice?

›Ich laufe den Korridor hinunter in Richtung hinteres Gästezimmer. Ich weiß, dass es eine Glasfront hat, die ich einschlagen und durch die ich fliehen kann. Ich betrete das Zimmer, nehme mir einen Stuhl und warte auf die Krankenschwester. Sie kommt ganz besorgt herein, ich ziehe ihr mit dem Stuhl eins über den Schädel, dann schlage ich damit das Fenster ein. Ich laufe hinaus.‹

Ich betrachtete die gläserne Front, die man inzwischen repariert hatte. Die Haupttüre lief auf zwei Metallschienen. Man konnte also auch hinausgelangen, ohne gleich alles zerdeppern und ein Riesenchaos anrichten zu müssen. Ich knipste das Licht aus und war wieder im Dunkeln. Die Dunkelheit tat meinem heiß gelaufenen Hirn gut.

Ich sah Alice wieder vor mir oben auf der Umfriedungsmauer, wie sie hinuntersprang. Sie war offensichtlich nicht sofort losgelaufen. Allein das Zusammenschlagen des Chauffeurs der Carapellis hatte mich mindestens eine halbe Minute gekostet, ganz zu schweigen von der Spanne zwischen dem Moment, als ich das Glas splittern hörte, und dem Zeitpunkt, als ich ins Zimmer kam. Wenn sie sofort losgelaufen wäre, hätte ich niemals auch nur in ihre Nähe kommen können.

Hast du vielleicht auf mich gewartet, meine hübsche Alice?

Wieder keine Antwort.

Das Timing stimmte hinten und vorne nicht, genauso wie die Wahl des Zeitpunkts. Alice hätte an jedem beliebigen Tag der Woche fliehen können, ohne so ein Affentheater beim Fest veranstalten zu müssen, bei dem der halbe Freundeskreis der Familie sie sehen würde. Es sei denn, Alice hätte genau das gewollt.

Du hast es also so eingerichtet, dass alle mitbekamen, dass du ausreißen wolltest. Aber warum?

›Darauf musst du schon von ganz allein kommen, Schnüffler.‹

Ich verließ das Haus auf demselben Weg, auf dem ich hereingekommen war, nur etwas schneller. Um keine verräterischen Spuren zu hinterlassen, schaltete ich auch das Alarmsystem wieder ein, nachdem ich mir aufs Geratewohl einen Videorekorder und einen CD-Player gegriffen hatte. Ich nutzte einen Baum, um über die Mauer zu gelangen, und landete wenig entfernt von der Stelle, an der Alice für ihre romantische Flucht aufs Motorrad gestiegen war.

Zehn Minuten schnellen Schrittes trugen mich in den Feldweg, in dem mein Partner unseren schwarzen Fiat geparkt hatte; ich packte zunächst den Rucksack in den Kofferraum, ehe ich mich hinter das Steuer setzte, um dann dem Wispern der Pflanzen und dem sachten Raunen der Brise zu lauschen. Das Licht des Dämmerhimmels beschien meine Hände: sie zitterten.

›Du hast ganz schön die Hosen voll wegen dem, was du gerade getan hast, nicht wahr, Schnüffler?‹

Ich habe noch mehr Angst vor dem, was ich noch tun muss, Schwester.

Ich schrieb meinem Partner eine kurze Nachricht und überließ ihm die Aufgabe, mich nach Hause zu bringen.

2

Der Fleck an der Decke kam mir nicht bekannt vor, ebenso wenig das Fenster mit den dunklen, fast geschlossenen Läden und die wenigen Möbel. Ich hasse es, an unbekannten Orten aufzuwachen, vor allem dann, wenn es sich dabei um heruntergekommene Hotels handelt.

Ich erhob mich vom Bett, auf dem ich komplett angezogen gelegen hatte, und öffnete das Fenster. Viel Regen, trübes Licht und drei Stockwerke unter mir eine Gasse, in der Wasser gegen Müllcontainer und parkende Autos schwappte. Ein Regenbach spülte schäumend Papierreste und Fischabfälle in die Kanalisation. Wo auch immer ich mich befand, es war mit Sicherheit nicht Mailand, die Aussicht war nicht so traumhaft wie in meiner Stadt. Ich setzte mich an das Tischchen und nahm die Blätter in die Hand, auf denen die akkurate Handschrift meines Partners prangte. Der erste Satz half mir, meine Raumkoordinaten neu einzuordnen:

›Willkommen in Rimini‹ stand da. Der weitere Text entschädigte mich für das böse Erwachen. Vielleicht war mein Besuch in der Villa doch keine so blöde Idee gewesen, was mein Partner auch zugeben musste, weil er in einem der *Harmony*-Heftchen auf der dritten Seite die Telefonnummer des Hotels Miramare in Rimini gefunden hatte – dem Ort, an dem ich mich gerade befand – und außerdem eine Zimmernummer, die Zwölf.

Mein Partner hoffte, dass die Notiz von Alice oder von Trudi stammte, und hatte daher den Zug hierher genommen, um mehr herauszufinden. Es schien recht unwahrscheinlich, dass Skizzo in diesem Zimmer gehaust hatte oder etwa jemand aus der Familie Gardoni: zu luxuriös für Ersteren und für die Letzteren zu heruntergekommen.

Ich habe schon mit dem Portier gesprochen, heute um 16.25 h. Er hatte ein Ohr dafür, dass wir Hilfe der etwas unkonventionelleren Art benötigen. Er heißt Benito, ist um die sechzig, hat spärliche graue Haare, trägt einen braunen Anzug und eine Hornbrille. Du bist mit ihm um 19.30 h in der Hotelbar verabredet, dann ist seine Schicht zu Ende.
Denk dir eine glaubwürdige Geschichte aus und heb am Bankautomaten ein wenig Geld ab – wenn ich den Typen richtig eingeschätzt habe, wirst du es brauchen.

Eine glaubwürdige Story, das war gar nicht so einfach. Einen Tipp hätte er mir schon geben können, wo er schon einmal dabei war. Ich wusch mir an dem abgestoßenen Waschbecken das Gesicht und musterte mein Äußeres in dem kleinen Spiegel, der darüber an der Wand hing. Die blauen Flecken waren fast komplett verschwunden, unter den circa eine Woche alten Bartstoppeln waren sie so gut wie nicht zu erkennen. Die Augenbraue wirkte fast wieder in Ordnung, auch wenn sie noch brannte. Ich versuchte herauszufinden, ob ich auf den ersten Blick als respektabler Mensch durchgehen könnte, doch dann gab ich es auf, ich wollte mich nicht demoralisieren.

Ich schlüpfte in meinen Trenchcoat und ging nach draußen, wobei ich mir als Schutz vor der Sintflut eine Zeitung über den Kopf hielt. Zwischen den Pfützen suchte ich mir einen Weg und hielt Ausschau nach einer Bank, danach ging ich in eine Bar, in der ich mich wieder herrichten konnte.

Zum vereinbarten Zeitpunkt suchte ich meinen Mann im Hotel auf. Er saß allein an einem Hoteltischchen und blätterte in einer Sportzeitung, die Brille auf die Stirn geschoben. Wir zwei waren die einzigen Gäste im Saal. Ich setzte mich zu ihm und trocknete meine beschlagenen Brillengläser mit einer Papierserviette.

Benito blickte von seiner Zeitung auf.

»Sind Sie ein wenig nass geworden, Signor Dazieri?«, begrüßte er mich mit heiserer Stimme; vielleicht litt er ja unter der Feuchtigkeit seiner Umgebung.

»Ich habe mich etwas umgesehen und die örtlichen Sehenswürdigkeiten besichtigt. Später werde ich mir meine Badehose anziehen und kurz schwimmen gehen.«

Er gab dem sechzigjährigen Barmann mit mausfarbenem Schnurrbart ein Zeichen, ihm einen Kaffee zu bringen. Ich bestellte den dritten Bourbon des Tages.

»Ich habe das Gefühl, dass die Saison dieses Jahr etwas früher endet. Wenn das so weitergeht, laufen uns noch alle Gäste davon. Allerdings glaube ich verstanden zu haben, dass Sie nicht auf Urlaub hier sind. Oder irre ich mich?«

Ich lächelte. »Nein. Deswegen brauche ich ja Ihre Unterstützung.« Mein Glas war gekommen – mehr Eis als Alkohol – und ich nahm einen Schluck.

»Ich höre.«

»Sie wissen ja, wie das ist, Mädchen reißen schon mal von zu Hause aus …« Ich holte ein wenig aus, improvisierte.

»Das kommt vor.«

»Ich bin der Freund einer Dame, die sich sehr viele Sorgen um ihre Tochter macht, die verschwunden ist. Es mag Ihnen ja dumm vorkommen, aber meine Freundin ist einfach in großer Sorge. Können Sie das verstehen?«

»Das ist nicht schwer. Wie heißt dieses Mädchen?«

Ich rotierte im Geiste auf der Suche nach einem Namen

und der erste, der mir in den Sinn kam, war natürlich ihrer. »Valentina, sie ist sechzehn. Rote Haare und Sommersprossen.«

Er schüttelte den Kopf. »Das erinnert mich an niemanden. Und Sie meinen, dass sie in letzter Zeit hier gewohnt hat?«

»Vielleicht. Meine Freundin hat zwischen den Sachen ihrer Tochter die Telefonnummer Ihres Hotels gefunden und eine Zimmerangabe. Wahrscheinlich hat das Mädchen einen Freund angerufen, der hier war. Wenn wir wüßten, wer das ist, dann könnten wir ihn fragen, ob er etwas weiß.«

Mein Gesprächspartner senkte die Lider. »Sie möchten also wissen, wer in einem unserer Zimmer übernachtet hat?«

»Genau.«

Er schüttelte wieder den Kopf. Eine Bewegung, die ihm gut anstand, bei diesem Riesenschädel, der auf seinem Hals saß. »Das ist gegen das Gesetz. Es tut mir Leid. Ich könnte in Schwierigkeiten kommen.«

»In Schwierigkeiten könnte das Mädchen schon längst stecken. Das möchten Sie doch nicht auf Ihr Gewissen laden?«

»Wenden Sie sich an die Polizei. Die werden Ihnen bestimmt gerne weiterhelfen.«

»Ich möchte eigentlich vermeiden, mich an die Polizei zu wenden. Das Mädchen könnte das in den falschen Hals bekommen und die Beziehung zu ihrer Mutter endgültig beenden. Sie wissen ja, wie die jungen Leute sind …«

»Dann lassen Sie mich mit der Mutter sprechen.«

»Ich würde es vorziehen, wenn sie nichts davon erfährt. Ich mache das hier auf eigene Faust, ich möchte ihr keine falschen Hoffnungen machen.« Ich verlieh meinen Worten einen melodramatischen Touch.

Benito öffnete wieder seine Augen und betrachtete mich verschmitzt. »Wissen Sie, was ich denke?«

»Ich kann es mir vorstellen.«

»Ich werde es Ihnen trotzdem sagen. Ich glaube, dass es gar kein Mädchen gibt und auch keine Mutter und dass Sie mich hier kräftig auf den Arm nehmen.«

Ich lächelte. »Sie sollten mehr Vertrauen in Ihren Nächsten haben. Es würde sich für Sie auch lohnen.«

»Lohnen?« Er verzog keine Miene.

»Ja. Ich würde Sie selbstverständlich gerne für die entstandenen Unannehmlichkeiten entschädigen.«

Der Portier blickte sich instinktiv um. Die Anzahl der Gäste im Lokal hatte sich nicht erhöht und der Barmann schien in der wohligen Wärme der Kaffeemaschine eingenickt zu sein.

»Was sind Sie? Eine Art Privatdetektiv?«

»Nein. Nur ein Freund der Familie. Was ich hier mache, ist für mich ebenso illegal wie für Sie. Ich habe also nicht vor, damit hausieren zu gehen.«

Er dachte zwei Sekunden lang nach und stand dann auf. »Einverstanden. Kommen Sie mit mir zu Rezeption.«

Hinter der Empfangstheke hatte man mit Holzpaneelen einen kleinen Büroraum abgetrennt, der mit Telefon, Fax und ein paar Regalen für die alten Hotelregister ausgestattet war. In einem hölzernen Rahmen hing das Foto eines Wolfshundes.

»Zuerst das Geld«, sagte er, sobald er die Türe geschlossen hatte.

Ich reichte ihm drei Hunderttausender. Wenn ihm dieser Betrag nicht gepasst hätte, wäre ich auch bereit gewesen, ihn zu vermöbeln, aber er zuckte mit keiner Wimper, sondern steckte das Geld einfach in die Tasche.

»Zeitraum und Zimmernummer?«, fragte er.

»Als Zeitraum, denke ich, nur der letzte Monat. Zimmernummer zwölf.«

Benito war schon dabei, sich über seine Register zu beugen, da hielt er mitten in der Bewegung inne. »Die Zwölf?«

Ich erriet, dass etwas nicht stimmte. »Genau.«

Er setzte sich an den Rand des kleinen Schreibtisches. »Dann brauche ich gar nicht ins Register zu schauen.«

»Weshalb nicht?«

»Zimmer zwölf gehört wie die Dreizehn und die Vierzehn zu den Zimmern, die wir dem Personal zuweisen, weil diese Räume sich in einem Flügel des Hotels befinden, der noch renoviert werden muss.« Eingedenk der Räumlichkeiten, in denen ich untergebracht war, musste ich mir darunter wohl eine Art Höhle vorstellen. »In der Zwölf hat einer unserer Kellner geschlafen, ein Junge, der dem Tischdienst zugeteilt war, René. Nach der Hälfte des Monats hat er um einen Tag Urlaub gebeten und dann hat er uns versetzt. Der Hotelbesitzer hat noch versucht, ihn zu erreichen, sogar bei seiner Familie, aber auch die wussten nicht, wo er steckte.«

In meinem Kopf hörte ich die Alarmglocken schrillen. Zum ersten Mal war ich auf etwas gestoßen. »Er hat nichts mehr von sich hören lassen?«

»Nein. Er hat seine ganzen Sachen hier gelassen und ist noch nicht einmal vorbeigekommen, um den Lohn abzuholen, der ihm eigentlich zustand. Auch wenn wir ihn nicht ausgezahlt hätten, damit das klar ist. Wenn jemand vom Personal mitten in der Hochsaison alles hinwirft und uns im Regen stehen lässt, dann hat der nichts mehr zu erwarten. Und er sollte lieber ganz weit weg bleiben.«

»Er ist ungefähr am Fünfzehnten verschwunden, nicht wahr?« Am Sechzehnten hatte man Alices Leiche gefunden.

»Sie wissen offensichtlich mehr, als Sie mir erzählt haben, aber das ist Ihre Angelegenheit.«

»Könnte ich einen Blick auf Renés Habseligkeiten werfen?«

Er zuckte mit den Schultern. »Ich hätte nichts dagegen, aber wir haben sie nicht mehr. Wir haben seine Eltern gebeten, die Sachen abzuholen, ansonsten hätten wir sie fortgeworfen. Wir brauchten das Zimmer für den neuen Kellner.«

Schade. »Sie waren sehr nützlich für mich, ich danke Ihnen. Hoffen wir, dass das meiner Freundin weiterhilft.«

»Sparen Sie sich diesen Quatsch, Sie können mich nicht für dumm verkaufen. Ich war mir sicher, dass René etwas ausgefressen hatte, und nachdem ich jetzt mit Ihnen gesprochen habe, habe ich die Bestätigung. Sie und ich, wir haben uns nie gesehen, Ende.«

Ich breitete die Arme aus. »Wie Sie wünschen, aber geben Sie mir vorher bitte noch die Adresse des Jungen.«

»Ich kann Ihnen sogar mit etwas Besserem dienen.« Er drehte sich nach hinten an den Schreibtisch und kramte in einer Schublade; ein paar Augenblicke später zog er ein Büchlein hervor. »Wir haben vergessen, seiner Familie das Arbeitsheft mitzugeben; und rein zufällig ist es mir gerade vorgestern in die Hände gefallen. Ich kann es Ihnen geben, dann haben Sie alle Angaben ganz genau. Allerdings«, in seinen Schweinsäuglein glitzerte ein Funkeln, »wird Sie das noch etwas kosten. Für die entstandenen Unannehmlichkeiten.«

Ich tänzelte die Stufen zu meinem Zimmer hinauf. Erwischt, erwischt, erwischt. Diesmal gab es zu viele Übereinstimmungen. Ich wusste zwar weder, wer dieser René war, noch in welcher Beziehung er zu Alice stand, aber für mich war er zum Attentäter Nummer eins aufgestiegen. Ich las seine Personaldaten. Renato Germani, zwanzig Jahre alt, wohnhaft in Rom, Vicolo Pelliciai 10. Wenn seine Familie noch dort wohnte, konnte sie mir bestimmt ein paar nützliche Hinweise geben, wie er zu erreichen war, oder vielleicht etwas erzählen, was ihn definitiv mit dem Mord in Verbindung bringen würde. Die Telefonnummer auf Alices Heftchen, die sie kurz vor ihrer Flucht notiert hatte, der Junge, der verschwindet. Alles passte. Alice wollte gar nicht mit Skizzo abhauen, sondern mit einem anderen Freund, den sie irgendwie kennen gelernt hatte und von dem sie den Punkabbestia nie etwas erzählt hatte, wahrscheinlich, um keine Eifersuchtsszenen heraufzubeschwören. Ich wusste noch nicht, in welcher Beziehung er zu Il Biondos Kunden stand, aber sobald ich Pizzetto in die Finger kriegen würde, würde ich mir alles erzählen lassen. Danach konnten die Bullen für die Vervollständigung des Puzzles sorgen.

Ich musste meine Freude mit jemandem teilen. Es war an der Zeit, endlich die Gesprächsblockade zu durchbrechen, koste es, was es wolle. Ich schnappte mir das Telefon vom Nachttisch, wählte und wartete auf meiner erbärmlichen Lagerstatt darauf, dass sich wie üblich der Anrufbeantworter meldete.

Ich legte los: »Gedäänkst du, Silvia, der ZEIT noch DEINES Lebens auf der Erde, als Schönheit sich verriet in DEINER Augen lachend-flücht'gen Helle …«, deklamierte ich emphatisch das halbe Gedicht, ehe ich von der zornigen Stimme Vales unterbrochen wurde.

»Wie kannst du es wagen, Leopardi zu vergewaltigen. Das ist mein Lieblingsdichter, du Arschloch.«

»Pardon, es war die einzige Möglichkeit, dich aus der Deckung zu locken. Ich wollte nur wissen, wann du dich vielleicht dazu herablassen wolltest, mich vor dir auf Kieseln kniend zu empfangen, dir meine untertänigsten Entschuldigungen darzubringen, nichtsnutziger Mensch, der ich bin.«

»Deine Vorstellung ist zum Kotzen.«

»Das war eine perfekte Vittorio-Gassmann-Darbietung. Also, wann lässt du dich dazu herab, deinen gebieterischen Blick auf meine erbärmliche, nichtswürdige Existenz zu richten?«

»Jetzt hör schon auf damit. Ich wollte dich sowieso schon anrufen.« Ich hörte einen leisen Anflug von Versöhnung. »Ich bin nicht mehr sauer. Überhaupt nicht.«

»Liebst du mich noch?«

»Mit diesem Scheiß wollen wir gar nicht erst anfangen. Lass es mich so ausdrücken: Ich habe mich noch nicht dazu durchringen können, dir den Laufpass zu geben. Auch weil es mir Leid täte um deinen Partner, der mir ja nichts getan hat. Der Arme.«

Zwanzigtausend Lire für ein Ferngespräch lang tauschten wir Nettigkeiten aus, weitere dreißigtausend lang erzählte ich ihr von meinen fantastischen Ergebnissen. Selbstverständlich unter Auslassung der Stippvisite in der Villa Gardoni.

»Das ist das zweite Mal innerhalb eines Jahres, dass es dich ans Meer verschlägt. Pass auf, dass das nicht zur Gewohnheit wird«, sagte sie am Ende zu mir.

»Keine Sorge, Mailand fehlt mir schon jetzt und ich komme mit fliegenden Fahnen zurück. Du weißt doch, dass ich krank werde, wenn ich keinen Smog zum Atmen habe.«

»Ich dachte, du wolltest nach Rom fahren, um mit der Familie des Kellners zu sprechen.«

»Ich glaube nicht, dass das nötig ist. Ich werde dort schon irgendjemanden kennen, den ich darauf ansetzen kann.«

»Dann setz ihn mal schnell darauf an.« Sie wurde wieder ernst. »Falls du noch nicht mit Mirko gesprochen haben solltest, bringe ich dich jetzt auf den letzten Stand der Dinge. Calderazzi, Künstlername Skizzo, hat versucht, sich umzubringen. Er hat sich die Pulsadern aufgeschnitten und jetzt liegt er auf der Krankenstation des Gefängnisses.«

»Ach du Scheiße. Und wie geht es ihm?«

»Er ist außer Lebensgefahr, die Schnitte waren nicht sehr tief. Er hat den Sicherheitsrasierer aufgebrochen und die Klinge zweckentfremdet.«

Mir lief ein Schauder den Rücken hinunter. »Was für ein Rasierbrand.«

»Mach dich nicht darüber lustig. Mirko meint, wenn er keine vorübergehende Freilassung erwirken kann, dann sollte er um Skizzos willen ein Gutachten und seine Einweisung in die psychiatrische Abteilung des Gefängnisses von San Vittorio einfordern, auch wenn das kein besonders schöner Ort ist. Von da aus könnte man dann gut einen Antrag auf verminderte Zurechnungsfähigkeit für den Prozess stellen.«

»Was soll das heißen, verminderte Zurechnungsfähigkeit? Warum reiße ich mir hier überhaupt noch den Arsch auf?«

»Ich habe keine Ahnung. Wie dem auch sei, Mirko meint, bei dem wenigen, was ihr in der Hand habt, wäre ein Geständnis und ein psychiatrisches Gutachten der einzige Weg, um ihm lebenslänglich zu ersparen.«

Ich stellte mir Skizzo auf einer Trage vor, umgeben von Menschen mit weißen Gesichtsmasken und funkelnden Instrumenten, die ihm den Schädel aufbohren wollen.

»Hallohallo, bist du noch dran?«, weckte mich Vale. »Oder bist du etwa wieder in einen deiner Alpträume von der geschlossenen Anstalt abgetaucht?«

»Ich möchte dich mal an meiner Stelle sehen«, grunzte ich.

»Jetzt versinke nicht wieder in Selbstmitleid, eigentlich gefällt es dir doch ganz gut, wie du bist. So kannst du wenigstens auf Exzentriker machen. Also, bis später.«

»Okay. Kann ich dann bei dir vorbeischauen, wenn ich zurück bin?«

Sie zögerte. »Besser nicht.«

Ich war beleidigt. »Warum nicht?«

»Solange diese Geschichte nicht vorbei ist, sollten wir uns besser nicht sehen. Du bist mir etwas zu engagiert, und wenn du so bist, mache ich lieber einen Bogen um dich.«

»Von wegen zu engagiert. Das ist ein Job wie jeder andere auch. Na gut, sagen wir, ein bisschen verzwickter ...«

»Das kannst du vielleicht deiner Großmutter erzählen, aber nicht mir.« Sie war wieder hart geworden. »Weißt du noch, damals, als ich dich kennen gelernt habe?«

»Na klar.« Sie hatte noch ihr Staatsexamen vor sich und war eine echte Nervensäge. Ich hatte mich sofort unsterblich in sie verliebt.

»Dumme Frage, du vergisst ja nie etwas. Gut, also damals hast du noch im Bekloppten-Dienst gearbeitet und warst ein einziges Nervenwrack. Du warst nicht nur ein Schizo, sondern auch noch depressiv. Ich konnte dich schlicht nicht ertragen, bis du dann glücklicherweise den Dienst quittiert hast. Jetzt kommst du mir fast wieder vor wie früher. Und alles nur wegen so einer Scheißgeschichte, in die du unbedingt deine Nase hineinstecken musstest.«

»Ich hätte gut darauf verzichten können, das darfst du mir glauben.«

»Wirklich? Na ja, wenn du meinst, nur deine Paranoia von damals möchte ich nicht noch einmal mitmachen.«

»Jetzt übertreibst du aber.«

»Nein.« Ihr Tonfall ließ keinen Widerspruch zu. »Ich kenne dich besser, als du dich je allein kennen lernen wirst, glaub mir.«

»Vielen Dank für die moralische Unterstützung.«

»Ich mache ja nicht Schluss mit dir. Ich denke nur, dass es besser wäre, wenn wir uns erst dann wieder sehen, wenn das hier vorbei ist.«

Ich seufzte. »In Ordnung. Dann denk wenigstens ab und zu an mich.«

»Da mach dir mal keine Sorgen. Du fehlst mir auch.«

Wir legten auf.

Ich kontrollierte die Abfahrtszeiten in dem Fahrplanheftchen, das mein Partner mitgebracht hatte. Der letzte halbwegs annehmbare Zug nach Mailand ging in einer knappen Stunde und ich beschloss, ihn zu nehmen, falls ich ihn noch erwischen konnte.

Ich wartete, bis der Zug aus dem Bahnhof gefahren war, ehe ich Castellini anrief, meinen römischen Verlegerfreund. Um mir so etwas Ähnliches wie Privatsphäre zu schaffen, schloss ich mich auf dem Klo ein. So ein Handy ist wirklich praktisch, wie hatte ich bis jetzt nur ohne auskommen können. Castellini war nicht zu Hause, also probierte ich es mit seinem Mobiltelefon.

»*Oui*«, antwortete er. Im Hintergrund war ein Megadurcheinander zu hören. Stimmen und volles Rohr Musik. Ich erkannte die Titelmelodie von *Ufo Robot*.

»Ich bin's, Sandrone. Wo zum Henker steckst du?«, schrie ich.

»Auf einer Trash-Fete. Wir amüsieren uns prächtig!« Die Menge grölte im Chor: »Die Weltraumhellebarde!«

»Such dir ein ruhiges Plätzchen, ich muss mit dir sprechen!«

»Wart einen Moment!« Ich hörte, wie er woanders hinging – ›o Verzeihung, Verzeihung‹. Die Musik wurde leiser. »Da bin ich wieder, ich habe mich im Bad eingeschlossen.«

»So eine Koinzidenz der Ereignisse. Was für ein merkwürdiges Fest ist das denn?«

»Wir haben uns Müllsäcke übergezogen und tanzen zu Soundtracks von Zeichentrickfilmen. Wenn du das nächste Mal nach Rom kommst, schmeiß ich zu deinen Ehren auch so eine Party.«

»Alberto, du bist fast vierzig! Meinst du nicht, dass du schon über das Alter hinaus bist, wo man sich zum Affen machen darf?«

»Du verstehst einfach einen Scheißdreck. Hier ist alles voller Bräute und heute Nacht werde ich eine abschleppen. Also, wenn du schnell zur Sache kommen könntest, wäre ich dir sehr verbunden, weil ich mich gerade mit einer scharfen Blondine recht angeregt unterhalten habe. Wenn sich jetzt in meiner Abwesenheit einer an sie heranmacht, sehe ich mich leider gezwungen, ihn mit Karateschlägen auszuschalten. Habe ich schon erwähnt, dass ich wieder ins Fitnesscenter gehe?«

»Das schert mich alles einen feuchten Kehricht, Alberto, komm wieder zurück auf den Teppich. Sag mal, wie viele Gefallen schuldest du mir noch?«

»Keinen, soweit ich weiß.«

»Na hallo, ich komm gleich zu dir rüber und brech dir die Beine.«

»Schon gut, ein Dutzend. Was brauchst du?«

»Du musst für mich mit einer Familie sprechen, die bei dir in der Gegend wohnt. Ich brauche ein paar Informationen über ihren Sohn, der anscheinend verschwunden ist. Sollte er bereits nach Hause gekommen sein, was ich allerdings für sehr unwahrscheinlich halte, dann stell dich blöd und ruf mich sofort an.«

»Was hast du denn damit zu schaffen?«

»Das ist eine lange Geschichte. Ich muss jemanden aus dem Knast rauspauken. Falls der Junge sich noch nicht gemeldet hat, erkundige dich danach, mit wem er sich vor seinem Verschwinden getroffen hat und wie oft er nach Mailand gefahren ist. Erkundige dich auch danach, ob der Junge eine feste Freundin hatte, wenn ja, wer das war und wo sie wohnte. Und versuch auch, dir eine Fotografie neueren Datums geben zu lassen.«

»Kurz und gut: Ich soll den Privatdetektiv spielen. Springt bei der Sache Geld raus oder nicht?«

»Das ist ein Gefallen, Alberto. Wenn ich dich dafür bezahlen würde, was wäre das dann wohl für ein Gefallen? Hast du was zu schreiben da, damit ich dir Name und Anschrift durchgeben kann?«

»Wart einen Moment.« Ich hörte ihn herumfuhrwerken. »In Ordnung, ich hab ein Stück Klopapier abgerissen. Sag's mir.«

Das tat ich auch. »Und mach ja keinen Quatsch. Das ist eine kitzlige Angelegenheit.«

»Ja, ja, schon gut. Ruf mich morgen Abend an. Jetzt muss ich aber Schluss machen, die treten mir gleich die Tür ein.«

Ich beendete die Verbindung. Ich hoffte, dass er am nächsten Tag daran denken würde, sich etwas Vernünftiges anzuziehen.

Ich kehrte in mein Abteil zurück. Zu lesen hatte ich nichts dabei und so betrachtete ich neidisch das ältere

Ehepaar, das auf der gegenüberliegenden Sitzbank leise Stirn an Stirn schnarchte. Ich widmete mich dann der verantwortungsvollen Aufgabe, die kleine Brandy-Flasche niederzumachen, die ich am Bahnhofskiosk gekauft hatte, blickte dabei in die Häuser, die draußen am Fenster hell erleuchtet vorbeizogen, und dachte an Vale.

Der Schaffner, ein junger, sympathischer Kerl, beschloss, dass er bei seinem zweiten Kontrollgang einen Schluck annehmen konnte, und so verzogen wir uns auf ein kleines Schwätzchen in den Gang. Wir unterhielten uns angeregt, so wie es eben zwei Fremde machen, die sich sympathisch finden und die sich danach nie mehr wieder sehen werden. Wir hatten denselben Filmgeschmack: Sciencefiction und Ballerarien à la John Woo.

Während der Zug zur Einfahrt in den Mailänder Hauptbahnhof seine Fahrt verlangsamte, läutete mein Telefon. Ich entschuldigte mich bei meinem neuen Freund und ging noch einmal auf die Toilette.

»Ich bin's, der Elefant. Rat mal, wer gerade in die Bar gegangen ist?« Er sprach leise. Ich stellte mir vor, wie er sich im Auto klein machte in dem vergeblichen Bemühen, weniger aufzufallen.

»Freund Pizzetto?«

»Right. Aber er ist zusammen mit zwei Freunden gekommen.«

»Ist einer davon zufälligerweise ein etwa zwanzigjähriger junger Kerl?«

»Negativ. Die anderen sind um die dreißig und hässlich. Was soll ich jetzt machen?«

»Bleib dort und rühr dich nicht von der Stelle. Ich rufe jetzt gleich Alex an und in einer halben Stunde sind wir beide bei dir.«

»Und wenn er vorher rauskommt? Ich möchte nicht noch mal eine Woche hier draußen auf ihn warten müssen.«

»Wenn er vorher rauskommt, dann wäre das zwar schade, aber unternimm nichts. Versuch höchstens herauszufinden, was für ein Auto sie fahren, und notier dir das Kennzeichen. Aber versuch ja nicht, ihnen zu folgen, denn man würde dich sofort bemerken.« Die Vorstellung, wie der Elefant sich als Beschatter versuchte, ließ mir den kalten Schweiß auf die Stirn treten.

»Wie du möchtest. Und beeil dich.«

Auch die zweite Spur schien also Resultate zu zeitigen. Irgendjemand musste in meinem Namen eine Kerze bei der Muttergottes angezündet haben.

Ich gab die Nummer von Alex ein – er war glücklicherweise zu Hause.

»Es ist so weit, mein Guter.«

»Die Bar?«

»Sehr gut, ich brauch dich dort. Ich komme genau in diesem Moment am Hauptbahnhof an.« Der Zug stoppte wirklich gerade.

»In Ordnung. Ich fahre sofort los und warte dann auf dem Vorplatz auf der gegenüberliegenden Straßenseite, ja?«

»Nicht ganz. Park doch eine Straße vorher, fünfhundert Meter von da auf der linken Seite, wo die Bar ist. Aber komm nicht mit deinem Auto.«

»Und mit welchem dann?«

»Das wirst du schon hinkriegen. Ich möchte mich am Telefon dazu nicht näher äußern, du brauchst bloß an die alten Zeiten zurückzudenken. Jedes Auto ist recht, Hauptsache, der Kofferraum ist geräumig.«

Er verstand sofort und aus seiner Stimme war jede Spur von Freundlichkeit verschwunden.

»Du machst Witze.«

»Leider nein. Das ist ein Notfall. Alex, ich würde dich wirklich nicht darum bitten, wenn es nicht absolut notwendig wäre.«

»Das ist ein Teil meines Lebens, mit dem ich abgeschlossen habe. Und ich möchte nicht wieder damit anfangen.«

»Alex, hör zu«, sagte ich schnell, ehe er auflegen konnte. »Es steht zu viel auf dem Spiel, da können wir uns keine Skrupel leisten.«

»Für dich steht zu viel auf dem Spiel, nicht für mich.«

»Für dich auch. Du hast gesagt, dass du mich nicht im Stich lassen würdest. Hast du es dir etwa anders überlegt?«

»Nein, aber alles hat seine Grenzen. Und deinen moralischen Druck kannst du dir sparen.« Das saß.

»Ich brauche deine Hilfe«, beharrte ich. »Allein schaffe

ich es diesmal nicht. Und wir müssen das wirklich durchziehen. Das ist die einzige Möglichkeit.«

»Weißt du, um was du mich da bittest, wie hoch das Risiko für mich ist?«

»Ich vertraue auf dein Urteil und deine Erfahrung. Wenn du meinst, dass es nicht machbar ist, dann lass es sein. Aber wenn du auch nur den Hauch einer Chance siehst …«

»In Ordnung. Wir sehen uns dort.« Er legte grußlos auf. Ich fühlte mich wie ein Stück Scheiße und blieb auf dem Klo sitzen, bis mich die Reinigungsfachkraft rausschmiss.

Ich stieg aus dem Zug, und während ich zum Ausgang in Richtung Taxistand ging, rief ich die Nummer an, die mir mein Partner gegeben hatte. Am anderen Ende der Leitung erreichte ich ein paar Leute, die nur allzu bereit waren, mir zur Hand gehen zu können.

3

»Wie spät ist es?«, fragte der Elefant, nachdem er herzhaft gegähnt hatte.

Ich drückte den Beleuchtungsknopf meiner Armbanduhr. »Halb zwei. Wie du siehst, hatte es Pizzetto mit dem Verschwinden nicht so eilig.«

Auf der anderen Straßenseite waren die Fenster des *Hollywood* noch erleuchtet, aber im Inneren konnte ich nichts erkennen. Wir hatten das Auto des Elefanten in einiger Entfernung stehen gelassen und versahen unseren Spähdienst, indem wir unter dem Torbogen eines Hauses eine Unterhaltung markierten. Etwa hundert Meter entfernt von uns rauchten zwei weitere Personen seelenruhig eine Zigarette nach der anderen. Wir hatten uns nur mit einem Lichtzeichen per Feuerzeug verständigt und ich hoffte, dass sie auch richtig verstanden hatten, wie sie sich zu verhalten hatten.

Der Elefant schaute etwas besorgt in ihre Richtung.

»Bist du dir mit denen da hinten auch ganz sicher?«

»Na klar. Habe ich dir jemals etwas vorgemacht?«

Er gähnte erneut. »Du hast manchmal wirklich Nerven …«

Alex hatte ich nicht mehr gesehen, aber ich war mir sicher, dass er an dem Ort war, wo er sein sollte. Der gute alte Alex, ich würde ihm wohl ein nettes Geschenk kaufen müssen, um seine Vergebung zu erbitten. Da fielen mir der Videorekorder und der CD-Player ein, die ich bei den Gardonis hatte mitgehen lassen. Mein Partner hatte mich darüber informiert, dass er sie vorläufig in einer Zwischendecke des Gemeinschaftskellers in meinem Wohnhaus versteckt hatte, ganz in der Nähe der Heizungsrohre, bis ich entschieden hatte, was ich damit anstellen wollte. Ob sie wohl ein gutes Geschenk abgeben würden? Wahrscheinlich nicht: Ich bezweifelte, dass Alex bei sich zu Hause Diebesgut haben wollte.

Ich sah, wie sich hinter der Scheibe etwas bewegte. Dann kam Pizzetto mit seinen zwei Freunden heraus.

»Es geht los«, sagte ich zum Elefanten.

Ich benutzte erneut mein Feuerzeug, um den beiden Rauchern ein Zeichen zu geben, dann hielt ich meinen Freund am Arm zurück, damit er nicht gleich zum Angriff überging. Ich fühlte, wie meine Knie weich wurden und mein Magen sich verklumpte. Du begehst schon wieder einen Riesenblödsinn, dachte ich, aber mittlerweile machte einer mehr oder weniger auch nichts mehr aus.

Das Dreiergrüppchen bewegte sich die Allee hinunter, genau in die Richtung, in der Alex, wie ich hoffte, geparkt hatte: Ich hatte es vorher nicht gewagt, nachzuschauen, und vertraute darauf, dass er das Richtige getan hatte.

Ich wartete, bis sich die drei ein paar Schritte von uns entfernt hatten, dann überquerten wir die Straße und hefteten uns an ihre Fersen. Sie blickten sich nicht um.

Auch die zwei Raucher wechselten auf die andere Straßenseite, etwa hundert Meter vor Pizzetto und seinen Freunden. Sie taten kurz so, als würden sie einfach nur spazieren gehen, dann drehten sie sich um und liefen direkt auf die drei zu. Sie hatten sich eine Art Halstuch vors Gesicht gezogen, wie die Banditen im Wilden Westen, so dass nur ihre Augen zu sehen waren, und ihre Militärmäntel verbargen die darin steckenden Körper. Aber ich wusste, wie sie gebaut waren, besser gesagt mein Partner wusste es, und er hatte sie mir genauestens beschrieben.

Die beiden Brüder waren die kräftigsten Muskelprotze seines Survival-Kurses, noch dazu die überzeugtesten. Mein Partner pflegte sie Hammer und Amboss zu nennen.

Sie trafen auf das Grüppchen, das stehen geblieben war, während der Elefant und ich von hinten herankamen. Auch wir beide hatten uns, so gut es ging, die Gesichter mit meinem entzweigerissenen T-Shirt vermummt und im Scheinwerferlicht der vorüberfahrenden Autos kam ich mir so unauffällig vor wie ein Priester im Schnee.

Wir schlossen zu der Versammlung auf und von hinten wies ich für die beiden Schläger mit dem Zeigefinger auf meine Beute. Unvermittelt schlug der blonde Amboss dem Typen links neben Pizzetto ins Gesicht, ehe der überhaupt mitbekam, wie ihm geschah. Es war ein verheerender Fausthieb und der Misshandelte sank darnieder, während Hammer sich darauf beschränkte, den Typen zur Rechten einfach mit dem Gewicht seines Körpers niederzuwalzen. Zwischen den beiden herrschte ein Ungleichgewicht von mindestens zwanzig Zentimetern und ebenso vielen Kilos. Der Unglückselige fiel zu Boden und schrie panikerfüllt, bis Hammer ihm einen Fuß auf die Kehle setzte, was ihn unverzüglich zum Schweigen brachte.

Auch Pizzetto versuchte, um Hilfe zu schreien, aber ich rammte ihm meinen Ellenbogen ins Zwerchfell und raubte ihm so die Luft. Als er vornüber zusammenklappte, hielt ich ihn fest. »Guter Freund«, sagte ich zu ihm, »du machst jetzt mit uns eine kleine Spritztour.«

Der Elefant und ich nahmen ihn in unsere Mitte – halb zogen wir ihn, halb hoben wir ihn – und liefen weiter. Hammer und Amboss gesellten sich zu uns, sie liefen rückwärts, um uns den Rücken zu decken; sie wirkten allerdings sicher, dass die beiden Männer, die ihre Behandlung genossen hatten, keiner weiteren Abreibung bedurften. Ich hoffte, dass sie es nicht übertrieben hatten.

»Sonst noch etwas, Comandante?«, fragte Amboss.

Comandante? Ich musste mit meinem Partner wohl mal ein Wörtchen über Größenwahn reden. »Nein. Ihr könnt euch zurückziehen.«

»Viel Glück, Comandante.«

Der Elefant und ich liefen in die Gasse, in der ich mich mit Alex verabredet hatte, in Begleitung von Pizzetto, der jeden Anflug von Widerstand aufgegeben hatte. Ich warf ihm einen kurzen Blick zu: Er hatte eine flaschengrüne Gesichtsfarbe angenommen. Ich konnte es ihm nicht verdenken.

In der Gasse sah ich keine Menschenseele und einen Moment lang hatte ich schon Panik, dass Alex einen Rückzieher gemacht haben könnte. Das würde ein hartes Stück Arbeit werden, wenn wir uns mit dem Päckchen hier zu Fuß weiter durchschlagen müssten, denn ich war mir ziemlich sicher, dass uns schon jemand vom *Hollywood* auf den Fersen war.

Eine Limousine näherte sich im Rückwärtsgang und leuchtete uns mit den Rücklichtern an. Hinterm Steuer erkannte ich die Silhouette von Alex, der seine Hand durchs Seitenfenster gestreckt hatte und uns zuwinkte, ohne sich umzudrehen. Der Kofferraum stand ein wenig auf. Guter alter Alex. Ich öffnete die Klappe.

»Steig ein, du Idiot«, knurrte ich Pizzetto an.

»Aber was soll ...«

»Rein da!« Der Schmerz, den ich noch am ganzen Körper spürte, löschte jedes Schuldgefühl ihm gegenüber aus. Ich drückte seinen Kopf in den Kofferraum und gab ihm einen Schubs. Er setzte mir wenig Widerstand entgegen und mit Hilfe des Elefanten, der sich dazu durchgerungen hatte, mit Hand anzulegen, konnte ich ihn einschließen. Der Mann hatte ausreichend Platz und ersticken würde er uns schon nicht.

Wir stiegen ins Auto und rissen uns die improvisierten Maskierungen herunter.

»Wohin soll's gehen?«, fragte Alex, ohne mich eines Blickes zu würdigen.

»An einen einsamen Ort. Du kannst es dir aussuchen«, antwortete ich und setzte mich neben ihn.

»Also eine Wiese im Umland.« Er gab Gas.

Nach ein paar Minuten brach der Elefant das Schweigen: »Darf man vielleicht erfahren, was du vorhast?«

»Ich möchte mit unserem Passagier ein wenig plaudern«, antwortete ich. »Das kann ich wohl kaum mitten auf der Straße erledigen, meinst du nicht auch?«

»Ja schon, aber wir können doch nicht mit jemandem im Kofferraum spazieren fahren. Bist du jetzt total verblödet? Und überhaupt, wem gehört denn dieses Auto?«, fragte er misstrauisch. »Das ist nicht der Wagen von Alex.«

»Du hast es ihm nicht gesagt?«, Alex geriet nun völlig aus dem Häuschen.

»Ich habe es vergessen«, antwortete ich. Mein Kopf fühlte sich leer an, während mein Adrenalinspiegel sank. Ich versuchte, meinen Atem zu kontrollieren.

»Gesagt, was denn gesagt?«, fragte der Elefant und beugte sich zwischen den Sitzen nach vorne.

»Dass es gestohlen ist«, antwortete ich.

»Gestohlen? Willst du mir damit sagen, dass wir gerade in einer heißen Karre durch die Gegend kutschieren, und das mit einem Kerl im Kofferraum? Seid ihr beide jetzt völlig durchgeknallt?«

»Erzähl das deinem Freund«, sagte Alex.

»Wir konnten doch schlecht unsere eigenen Autos benutzen«, erklärte ich geduldig. »Wenn jemand die Szene beobachtet hat und das anzeigt, dann steht doch am nächsten Morgen die Polizei bei uns auf der Matte.«

Unterdessen bog Alex in rascher Folge immer wieder rechts und links ab, um eventuelle Verfolger abzuschütteln.

»Und wenn man uns kontrolliert?«

»Warum sollte man uns denn kontrollieren? Wir sind drei ehrenwerte Bürger, die ein bisschen durch die Gegend fahren.«

»In einem *gestohlenen* Wagen! Und einem Kerl im *Kofferraum*!«

»Um diese Uhrzeit erstattet doch niemand mehr Anzeige. Und falls doch, dann brauchst du doch nicht anzunehmen, dass gleich eine Großfahndung ausgelöst wird. Die machen doch nur dann Kontrollen, wenn sie irgendeinen konkreten Verdacht haben. Und warum sollten sie das? Sei also ganz ruh…« In dem Moment kam uns ein Streifenwagen mit Blaulicht entgegen und ich fühlte, wie mir das Herz bis in die Schuhe rutschte.

Er fuhr vorbei.

»Siehst du? Kein Problem.«

»Du bist verrückt und Alex ist noch verrückter als du. Und ich bin ein Volltrottel, schlimmer als ihr beide zusammen. Bist du dir eigentlich bewusst, dass der Typ möglicherweise absolut gar nichts mit der Alice-Geschichte zu tun haben könnte? Hast du auch nur eine Minute darüber nachgedacht?« Ich hatte darüber nachgedacht. Ich dachte seit einigen Stunden darüber nach.

»Jetzt hör aber auf. Du wusstest doch, was wir vorhatten, oder etwa nicht?«, platzte ich heraus, da mir weitere Argumente ausgegangen waren.

»Nicht wirklich. Also. So etwas nicht. Das ist doch eine einzige Riesenscheiße.«

Alex, der beschlossen hatte, sich nicht an der Diskussion zu beteiligen, fuhr stur weiter und brachte uns raus aus der Stadt. Nach einer halben Stunde Fahrt hatten wir sie hinter uns gelassen. Wir bogen in einen Feldweg.

»Hoffen wir mal, dass wir jetzt keinem knutschenden Pärchen hintendrauf fahren.« Mein Scherz lief ins Leere. Allerdings war auch mir nicht zum Lachen zumute.

»Das hier sieht gut aus«, sagte Alex. Der Feldweg endete an der Rückseite eines verfallenen Bauernhofes, gut abgeschirmt hinter Bäumen. Nach dem Abschalten der Scheinwerfer war in der Umgebung außer dem Mond kein einziges Licht zu sehen. Das Auto holperte über das unebene Gelände, dann machte Alex den Motor aus.

»Zieh dir was übers Gesicht«, sagte ich und öffnete die Tür.

Der Elefant und ich rückten unsere Vermummung wieder zurecht, während Alex unter dem Sitz eine Sturmhaube mit Schirm hervorzog, außerdem eine Taschenlampe, die er mir zuwarf. Frei nach dem Pfadfindermotto: *Estote parati. Allzeit bereit!*

»Okay, überlasst das Reden mir.« Ich öffnete den Kofferraum. Zusammengekrümmt starrte uns Pizzetto an, mehr tot als lebendig.

»Raus mit dir, na mach schon«, bellte ich ihn an.

Zitternd faltete er sich auseinander, aber ich musste schon mit einem kräftigen Stoß nachhelfen, damit er endlich herauskrabbelte. Die Verletzungen in seinem Gesicht konnten gut von mir und dem gewaltsamen Zusammentreffen vor dem Leoncavallo stammen. Und auch seine schmächtige Gestalt und seine Gesichtsform sprachen dafür, dass er genau der Typ war, den ich niedergerannt hatte.

»Tut mir nichts. Bitte. Ich mach alles, was ihr wollt …«

»Halt den Mund.« Ich schaute ihn an. Ein verwirrtes Männlein, das sich vor Angst wand. Im Licht der Taschenlampe bemerkte ich, dass er sich in die Hose gemacht hatte – ich versuchte, die Ekelgefühle zu ignorieren, die ich allmählich vor mir selbst bekam. Ich dachte an Alice, dann an die Prügel, die ich kassiert hatte, aber all die Anspannung und die Wut auf ihn waren verflogen.

Ich versuchte, meine Stimme härter klingen zu lassen, als ich mich in diesem Moment fühlte. »Hast du gesehen, wo wir hier sind, Freundchen? Das hier ist ein ganz einsamer Flecken, wo keiner vorbeikommt, nicht einmal tagsüber. Hier sind nur wir vier. In deiner Haut möchte ich jetzt nicht stecken, wirklich nicht.«

»Ich verstehe gar nicht …« Seine Augen flitzten von mir zu meinen beiden Freunden, die reglos hinter mir standen. Drei alptraumhafte Gestalten.

»Du wirst schon noch verstehen, mach dir da mal keine Sorgen.« Ich versetzte ihm einen Klaps mit der Hand, was ihn ins Wanken brachte. »Verrat mir nur, ob du wieder heil nach Hause kommen möchtest. Ja oder nein.«

Mit bebenden Lippen formte er ein unhörbares Ja.

»Was?«, schrie ich.

»Ja, ja, um Gottes willen.« Er sank gegen das Heck des Autos und landete mit dem Hosenboden auf der Erde.

»Gut so. Also bist du bereit, meine Fragen zu beantworten?«

»Ja.«

»Ganz aufrichtig?«

»Ja, ja«, keuchte er.

»Gut, Giorgio. Heißt du wirklich Giorgio?«

»Ja.«

»Dann zeig mir mal deine Papiere.«

Er kramte hinten in der Hosentasche und reichte mir eine schmierige Brieftasche. Ich überprüfte seinen Personalausweis: Er hatte im Leoncavallo tatsächlich seinen richtigen Namen angegeben, also wirklich kein Profi-Spitzel.

»Du bist in letzter Zeit öfter im Leoncavallo gewesen, nicht wahr?«

»Ja.«

»Am Freitagabend auch, nicht wahr?«

Er murmelte etwas.

»Ich habe nicht verstanden.«

Er sagte: »Ja.«

»Lauter!«

»Ich war da.«

»Aber für Politik interessierst du dich eigentlich nicht so, oder?«

Er schüttelte den Kopf.

»Und du bist auch kein Arbeitsloser auf der Suche nach ein bisschen Gesellschaft. Was machst du denn so beruflich?«

»Ich bin Elektriker. Ich habe einen kleinen Betrieb, meinen eigenen.«

»Also bist du kein Arbeitsloser, der zu viel Zeit hat, und du interessierst dich auch nicht für Politik. Im Leoncavallo warst du nur, um jemand Bestimmtes abzupassen, nicht wahr?«

Sein Ja war noch schwächer als die vorhergehenden. Aus seiner Körperhaltung ging klar hervor, dass er erwartete, jeden Moment zusammengeschlagen zu werden.

»Du hast auf jemanden gewartet, um ihm den Schädel einzuschlagen. Und du hast dafür ein nettes kleines Rollkommando zusammengestellt. Ist das richtig?« Das war der Moment der Wahrheit und ich bemerkte, dass ich kaum noch Luft bekam.

Er krümmte sich noch mehr zusammen und antwortete dann mit zitterndem Stimmchen: »Nein.«

Mir wurde schwindelig. »Was heißt hier nein?«, brüllte ich. »Soll ich deine Füße ein wenig mit dem Flammenwerfer grillen?«

»Nein, bitte nicht. Es war nicht meine Idee.« Seine Stimme schraubte sich in hysterische Höhen. »Du bist der, den wir vermöbelt haben, nicht wahr? Ja genau, du bist das! Das war nicht meine Idee, ich schwöre es. Ich war nur mit dabei! Tu mir bitte nichts!« Er begann zu flennen.

Ich dachte an Alices Leiche und daran, wie ich zusammengeschlagen und von Ferolli schikaniert worden war. Meine Hand bewegte sich von ganz allein nach vorne und legte sich auf seine Schulter. Idiot.

»Schsch, is' ja schon gut. Niemand wird dir etwas tun. Aber ich war das nicht und du und ich, wir haben uns nie gesehen. Kapiert?«

Er wischte sich mit der Hand die Tränen ab. »Ja, ja, Entschuldigung. Ich habe mich geirrt, Entschuldigung.«

»In Ordnung. Fangen wir noch mal von vorne an. Du scheinst so was ja nicht jeden Tag zu machen. Also wieso läufst du herum und markierst den dicken Max?«

»Ich hatte Angst.« Seine Stimme hatte jegliche Farbe verloren. »Wenn die Ermittlungen wegen Alice Gardoni weitergegangen wären, dann wäre doch alles herausgekommen.«

»Was denn?«

»Dass Alice ...« Er schwieg.

»Dass Alice auf den Strich ging?«

»Ja.«

»Und dass du einer der Kunden von Il Biondo warst.«

»Ja. Das heißt nein ... ich habe nicht gewusst, dass Alice so jung war.«

»Wem willst du das denn weismachen, hm? Die anderen von deinem Kommando haben es auch alle mit Alice getrieben?«

»Ja.«

»Freunde von dir?«

»Nein, ich habe sie nur ab und zu in der Bar gesehen. Wir haben uns erst danach kennen gelernt.«

»Nach was? Nachdem Alice umgebracht worden war?«

»Ja.«

Ein Nachtvogel ließ seinen Ruf ertönen – ein angemessener Kommentar, wie mir schien. Ich versuchte, ihn auszumachen, konnte ihn aber nirgends sehen. So weit mein Auge reichte, nur Bäume und Gestrüpp. Hinter mir hatten Alex und der Elefant sich auf ein Mäuerchen gesetzt und eine Zigarette angesteckt. Zum zweiten Mal innerhalb eines Monats bekam ich Lust darauf, eine zu rauchen, was mir schon seit Jahren nicht mehr passiert war.

Ich riss mich wieder zusammen. »Also habt ihr ein kleines Freundestreffen unter Il Biondos Kunden veranstaltet. Warum?«

Pizzetto machte sich noch kleiner. »Das war nicht unsere Idee. Man hat uns erpresst, jeden Einzelnen.«

»Erpresst?« Na so etwas. Eigentlich hätte ich ja darauf gefasst sein müssen, aber das Gespräch nahm jetzt doch eine unerwartete Wendung. Meine arme kleine Geisteshälfte begann, auf vollen Touren zu rotieren in dem Bemühen, auch noch diese neue Information zu verarbeiten. »Nach Alices Tod, willst du das sagen?«, fragte ich.

»Nein, das ging schon drei Monate davor los. Ein Typ hat mich zu Hause angerufen und mir gesagt, dass ihm das von mir und dem Mädchen zu Ohren gekommen sei und dass er mich auffliegen lassen würde.« Er zog die Nase hoch. »Er sagte, dass er Beweise habe und dass er alles belegen könne. Dann wäre ich erledigt gewesen, meine Frau hätte davon erfahren.«

»Daran hättest du früher denken sollen, bevor du das Törtchen vernascht hast. Und nach diesem Telefonanruf?«

»Danach wollte er sich mit mir treffen.«

»Im Hollywood?«

»Nein. Auf der Straße. Irgendwann abends, im Auto. Er hat mir einen Ort genannt, wohin ich fahren sollte, dann ist er dazugekommen. Er wollte fünfzig Millionen Lire von mir.«

»Hast du sie ihm gegeben?«

»Was sollte ich denn machen?«, antwortete er immer niedergeschlagener. »Er sagte, dass ich mir das leisten könnte, aber das stimmte nicht. Ich musste dafür Schulden machen.«

»Der Typ, der dich erpresst hat, das ist so ein junger Kerl um die zwanzig, oder?«

Er schüttelte den Kopf. »Nein, ganz und gar nicht.«

Das traf mich. »Bist du sicher? Du fängst doch jetzt nicht wieder damit an, irgendeinen Scheiß zu erzählen?«

»Ich schwöre dir, dass ich die Wahrheit sage. Der Kerl, der sich bei uns gemeldet hat, wird so um die fünfzig gewesen sein.«

Also war es nicht René gewesen, der den Kontakt aufgenommen hatte. Wie viele Leute steckten denn in dieser dreckigen Angelegenheit noch mit drin?

»Wer war das?«

»Ich weiß es nicht«, seine Stimme wurde wieder brüchig. »Ich hatte ihn noch nie gesehen und er hat mir nichts über sich erzählt. Er ist groß und kräftig, hat einen Schnurrbart und schwarze Augen und rennt mit einer Pistole durch die Gegend. Beim ersten Mal, als wir uns trafen, hat er sie mir in den Mund geschoben. Er hat zu mir gesagt, wenn ich mit irgendjemand darüber reden würde, dann würde er mich erschießen. Er hat gesagt, dass ich auch nicht versuchen soll, ihn anzuzeigen, denn davon würde er sofort erfahren, weil er Freunde bei der Polizei hat. Die anderen und ich haben ihn den ›Südländer‹ genannt, weil er von da unten zu kommen scheint. Wir hatten alle Angst vor ihm.«

Wer zur Hölle war das? Er erinnerte mich an niemanden aus Alices Bekanntenkreis oder Familie. Vielleicht ein Gast auf der Party, der mir entgangen war?

»Also, du bist von diesem Südländer erpresst worden«, fuhr ich fort. »Du hast gezahlt und gehofft, dass damit alles erledigt wäre. Dann wurde Alice umgebracht und du hast wieder Muffensausen bekommen.«

Er fuhr sich über die Nase. »Ich wusste doch noch nicht einmal, dass das Mädchen, das man ermordet hatte, die Freundin von Il Biondo war. Sie hat gesagt, sie würde Susan heißen, und auch, als ich in den Zeitungen Fotos von ihr gesehen habe, habe ich sie nicht wieder erkannt. Das hat mir erst der Südländer erzählt.« Mittlerweile war es ihm ein regelrechtes Bedürfnis, alles auszuspucken. »Nachdem Susan, also Alice, ermordet worden war, hat der Südländer mich wieder angerufen und mir gesagt, dass es da jetzt jemand anderen geben würde, der die ganze Geschichte ans Licht zerren will. Das warst du,« er korrigierte sich sofort, »besser gesagt das sollte so ein Rausschmeißertyp sein, der sich mit Alices Freunden herumtrieb. Der Südländer hat mir gesagt, dass dieser Schnüffler seine Nase überall reinsteckt, dass er den Mörder aus dem Knast rausboxen will und dass er dafür Hinz und Kunz hinhängen würde.«

»Ihr habt euch also noch einmal getroffen.«

»Ja, an der gleichen Stelle. Ein öffentlicher Parkplatz, neben der U-Bahn-Station von San Leonardo. Der Südländer war stinksauer, außerdem muss ihm etwas zugestoßen sein.«

»Wieso?«

»Er muss sich geprügelt haben oder so etwas in der Art. Sein Gesicht war ganz zugeschwollen und die Nase violett angelaufen.«

Süditaliener, Schnurrbart, zerschlagenes Gesicht. Jetzt schien irgendetwas in meinem kleinen halben Hirn Gestalt anzunehmen, eine Art Gespenst, das mir aus einer finsteren Grube zugrinste. Tausende von Gesichtern sausten an meinem geistigen Auge vorbei. ›Bing!‹ Hätte ich mich jetzt in einem Comic befunden, dann wäre gerade über meinem Kopf eine Glühbirne angegangen. Nicola Guarnieri, der Chauffeur der Carapellis, den ich niedergeschlagen und -getreten hatte! Freund Pizzetto wollte weitersprechen, aber ich hieß ihn schweigen. Ich musste ein paar Minuten in Ruhe darüber nachdenken und den Film anschauen, der in meinem Kopf ablief. Guarnieri, der Alice hinterherjagte, als sie abhaute, Guarnieri, der Fahrer eines der Männer, die es mit Alice getrieben hatten. Das waren ein paar Dinge zu viel, die zueinander passten, als dass das alles nur Zufälle hätten sein können. Er musste herausgefunden haben, was seine Herrschaft mit dem Mädchen anstellte, und begriffen haben, dass daraus Geld zu schlagen war. Zu dumm, dass Carapelli dann krank wurde und starb, ehe er ihn erpressen konnte. Daraufhin musste er wohl Alice weiter im Auge behalten haben, um herauszufinden, wer sonst noch mit ihr ins Bett stieg, ehe er wieder mitmischen konnte. Vielleicht hatte er sich ja auch mit Il Biondo zusammengetan, vielleicht aber hatte er ihn ebenfalls erpresst.

Die Euphorie über meine Entdeckung verging ebenso schnell, wie sie gekommen war. Nichts von dem lieferte eine Erklärung dafür, inwiefern René etwas mit Guarnieri zu tun haben sollte, der doch ein offenkundiges Interesse daran gehabt haben musste, dass Alice heil und gesund blieb, wenn er nicht riskieren wollte, dass seine Geschäftchen aufflogen.

Durch weitere Fragen konnte ich auch den Rest der Geschichte rekonstruieren.

Auf Anweisung des Südländers hatte Pizzetto sich mit vier weiteren Erpressungsopfern getroffen. Fünf rechtschaffene Bürger, die ihre Lust auf Frischfleisch sehr teuer zu stehen gekommen war und die nunmehr zu allem bereit waren, um nur ja nicht in die Zeitungen zu kommen. Alle hatten sie also von Guarnieri Instruktionen erhalten und einer von ihnen hatte sogar ein Foto von mir dabei, ein kleines Geschenk der Firma Südländer & Co. KG, das vor ein paar Jahren bei einer Demo entstanden war. Wer weiß, wie ich wohl ausgesehen haben mag, mit der roten Fahne und dem wehenden Bart. Guarnieri hatte also nicht gelogen, als er von seinen guten Beziehungen zur Polizei gesprochen hatte.

Indem Guarnieri aus der Ferne seine Bauern lenkte, konnte er ziemlich sicher sein, mich aus dem Verkehr zu ziehen, ohne dass man ihn damit in Verbindung brachte. Wenn ein Gorilla in der Nähe eines Sozialzentrums zusammengeschlagen wird, denken die Bullen sofort an einen Bandenkrieg und niemand hätte einen Zusammenhang zu dem Mord an Alice hergestellt. Und falls man die Typen geschnappt hätte, dann hätten sie eines auf keinen Fall gemacht, nämlich denjenigen mit hineinzuziehen, der ganz bestimmte Dinge über sie wusste.

So hatte Guarnieri den fünfen eintrichtern können, dass es das Beste wäre, mir am Leoncavallo aufzulauern, da ich dort bestimmt aufkreuzen würde, um mich wegen Skizzo und seiner letzten Nacht als freier Mann umzuhören. Das war alles sehr geschickt von Guarnieri eingefädelt. Man konnte alles Mögliche über ihn sagen, nur nicht, dass er dumm war. Und eine ordentliche Portion Glück hatte er auch noch gehabt. Er musste sich gerade in der Nähe des *Hollywood* rumgetrieben haben, als mein Partner sich dort das erste Mal umgetan hatte, und dadurch mitbekommen haben, dass ich ihm immer näher kam. Mein Partner hatte ihn allerdings noch nie gesehen und konnte ihn daher logischerweise auch nicht wieder erkennen.

»Nach allem, was am Freitag passiert ist, hast du da den Südländer, wie du ihn nennst, noch einmal wieder gesehen?«

»Nein, ich nicht. Einer der anderen hat sich mit ihm getroffen, um ihm die letzte Rate zu übergeben. Er hat erzählt, dass der Südländer völlig außer sich war, weil wir ein Riesendurcheinander angerichtet hätten, und dass wir jetzt ja nichts mehr unternehmen sollten. Aus diesem Grund haben wir uns heute Abend getroffen.«

Zu welchem Schluss war Guarnieri wohl gekommen? Dass er die Sache nun selbst in die Hand nehmen und mir bei nächstbester Gelegenheit in den Rücken schießen müsste oder hatte er durch seine ehemaligen Kollegen schon erfahren, dass Ferolli mich gestoppt hatte?

Ich schauderte in der feuchten Luft.

»Also gut, Giorgino. Jetzt musst du nur noch eins machen: Gib mir die Namen von allen, die bezahlt haben, allen Exkunden von Il Biondo, die du kennst.«

»Die werden mich umbringen …«

»Die haben zurzeit ganz andere Sorgen.«

Nachdem er seinen kleinen Terminkalender aus der Jacke gezogen hatte, las er mir im Licht der Taschenlampe die Namen, Anschriften und Telefonnummern vor.

Ich speicherte die Liste in meinem Kopf ab, die – wie ich es schon erwartet hatte – mit der Aufzählung des Blonden in keiner Weise übereinstimmte. Der Südländer musste ihm wesentlich mehr zugesetzt haben als ich, immer vorausgesetzt, sie machten keine gemeinsame Sache.

Ich schaute auf meine Uhr: halb vier. Ich gab meinen Freunden, die immer noch am selben Fleck saßen, ein Zeichen.

»In Ordnung, Giorgino. Wir werden jetzt abhauen und dich lassen wir hier. Wenn ich dir noch einen Rat geben darf – vergiss, was heute Nacht vorgefallen ist.«

Er kauerte niedergeschlagen am Boden und hob nicht einmal den Kopf, den er in seine Hände gepresst hielt. »Die Sache mit Alice, das wird jetzt alles herauskommen, nicht wahr?«

Ich drehte ihm den Rücken zu, während meine Freunde, die aus ihrer Starre erwacht waren, rasch ins Auto stiegen.

»Ja«, antwortete ich. »Da wird ein Vulkan voller Scheiße explodieren. Und ich hoffe, es langt, um alle davonzuspülen.«

Einige Minuten lang fuhren wir schweigend durch die Gegend. Unsere Vermummungen und die Sturmhaube waren bereits durchs Fenster verschwunden. Ich fühlte mich verwirrt und erschöpft.

»Sandrone?« Alex sprach als Erster. Angespannt.

»Ja, was ist?«

»Hast du jetzt erfahren, was du hören wolltest?«

»Noch nicht. Es ist …«, ich suchte nach Worten, »es ist so schrecklich kompliziert. Einfach alles. Ich habe eigentlich gedacht, einen Mörder geschnappt zu haben, und dafür habe ich jetzt einen Erpresser, der vielleicht gar nichts mit dem Mord zu tun hat, der aber wahrscheinlich mit einem Beil in der Hand vor meiner Haustür auf der Lauer liegt. Glücklicherweise bin ich in letzter Zeit so selten zu Hause.«

»Ja ja, mach du nur so weiter.« Er machte einen plötzlichen Schlenker, um vor etwas auszuweichen, das über die Straße lief. »Aber was mich angeht, für mich ist die Sache gelaufen.«

»Ich verstehe.« Ich lehnte mich mit der Wange ans Fenster, um die Kühle zu spüren. Draußen herrschte noch tiefe Nacht.

»Nein, du verstehst gar nichts.«

»Dann erklär es mir.« Ich fügte mich.

»Aber gern. Ich habe dir in der Vergangenheit immer geholfen, das weißt du, bei all deinen Scheißgeschichten. Als du hinter Verrückten her warst, als du kleine Mädchen gesucht hast, die von zu Hause ausgebüxt waren. Durch dich bin ich in die merkwürdigsten Situationen geraten, aber ich war immer mit dabei, weil das, was wir machten, immer hart …«, dazu zog er mit der rechten Hand eine Linie durch die Luft, während er nach den richtigen Worten suchte, »hart an der Grenze war. Es war immer eine Gratwanderung, aber wir sind nie abgestürzt.«

»Was für schöne Metaphern. Komm zur Sache, es war eine harte Nacht …«

»Ich bin fast fertig. Ich habe dir immer gesagt, dass man nicht zu viel riskieren sollte und dass man sich nicht zu sehr hineinziehen lassen darf und dass Arbeit Arbeit ist.«

»In der Tat.«

»Scheiß auf ›in der Tat‹!« Er schlug mit der Hand auf das Armaturenbrett. Seit ich ihn kenne, habe ich ihn noch nie so wütend erlebt, dass er die Stimme erhoben hätte. Seine Wangen, normalerweise eher blass, glühten selbst im matten Licht des Armaturenbrettes vor Zornesröte. »Und das, was du da gerade abziehst, das ist doch nichts anderes, als sich hineinziehen zu lassen, oder wie möchtest du das sonst nennen? Und ich rede nicht nur von der Tatsache, dass wir uns eben wie eine Todesschwadron benommen haben.«

»Bitte ...«

»Wir haben uns wie Mafiosi benommen oder wie Bullen, aber wenn du das selbst gar nicht gemerkt hast, dann ist es sinnlos, dass ich versuche, dir das begreiflich zu machen.« Er riss sich zusammen und sprach dann wieder in kühlem Tonfall weiter. »Aber das ist noch das wenigste und das hätte ich auch noch akzeptieren können. Was mich allerdings wirklich auf die Palme treibt, ist die Tatsache, dass du den Elefanten und mich verarscht hast. Du scherst dich einen Scheißdreck um uns. Mich hast du aufgefordert, ein Auto zu klauen, obwohl du genau weißt, wie viel Überwindung mich das kostet, und den Elefanten hast du ganz bewusst im Unklaren über das gelassen, was wir vorhatten. Du hast uns benutzt.«

»Alex, hör zu. Ich verstehe, dass du verletzt bist, und das tut mir auch Leid. Aber du musst zugeben, dass ich bei all dem Schlamassel gar nicht die Zeit hatte, lang und breit über die Vorgehensweise zu diskutieren.«

»Sandrone ...«, er schüttelte den Kopf. »Ich weiß, dass du das nicht mit Absicht getan hast. Du steckst so sehr in der Sache drin, dass du nicht einmal mitbekommst, dass du gerade alle Regeln brichst, die du dir jemals selbst gesetzt hast. Und genau deshalb, verstehst du, muss ich jetzt einen Schlussstrich ziehen. Es tut mir Leid für dich, denn du bist derjenige, der am meisten darunter zu leiden hat.«

Ich fühlte, wie die Wut in mir hochkochte. »Das muss dir gar nicht so sehr Leid tun, denn mir ist es noch nie besser gegangen. Ich habe nämlich endlich begonnen, bei der Sache durchzublicken ...«

Er zuckte mit den Schultern. »Du bist drauf und dran, unter die Räder zu kommen, und du kriegst es nicht einmal mit. Und wenn diese Geschichte zu Ende ist, wird es dir noch mieser gehen. Aber das ist dein Bier. Das Wichtigste ist, dass du mich nicht mit dir in den Abgrund reißt.«

Er drehte sich kurz zu mir, um mir in die Augen zu sehen, dann richtete er den Blick wieder auf die Straße.

»In Ordnung, ich lass dich von nun an außen vor.«

»Nicht nur mich, auch den Elefanten.«

»Bist du jetzt etwa sein gewerkschaftlicher Vertreter?«

Bei der Nennung seines Namens hatte sich der dritte Passagier auf seiner Rückbank bewegt, aber Alex ließ ihn nicht zu Wort kommen. »Der Elefant ist zu gutmütig, um dir etwas abzuschlagen, und du würdest ihn am Ende nur noch ausnutzen, wie du es ja heute Abend schon getan hast. Also bitte, lass ihn in Zukunft in Ruhe.«

Ich schaute sie alle beide an. »Von mir aus, wenn es das ist, was ihr wollt.«

Ich sah die vertrauten Straßenzüge der Stadt auftauchen. »Eigentlich kannst mich auch hier rauslassen. Lass uns den Verein gleich hier auflösen. Hier in der Gegend gibt es ein Halb-Sterne-Hotel. Nach Hause kann ich sowieso nicht, da Guarnieri bestimmt weiß, wo ich wohne.«

Das ließ sich Alex nicht zweimal sagen. Er fuhr an den Straßenrand, um mich hinauszulassen. Kurze Zeit standen wir noch da, ohne etwas zu sagen, ich auf dem Bürgersteig und die beiden im Auto, wir starrten uns durch die Scheiben an.

»Haut schon ab!«, platzte ich heraus. »Worauf wartet ihr noch! Ich komme schon allein klar, nur keine Sorge.«

Ich schlug die Tür zu und sah ihnen nach, als sie sich entfernten.

4

Ich habe die ersten Stunden des Morgens damit zugebracht, den Pärchen in den Zimmern nebenan beim Vögeln zuzuhören. Ich bin auf zwanzig Mal gekommen, mit einer durchschnittlichen Dauer von zehn Minuten pro

Paarung. Nimm doch bitte beim nächsten Mal kein Stundenhotel mehr. Sie sind so deprimierend. Auch das Bad war in einem erbärmlichen Zustand. Ich habe im Abflusssieb der Dusche Haare von mindestens drei verschiedenen Personen gefunden.
Um 8.45 h habe ich unsere Klientin angerufen. Ich erstattete ihr kurz Bericht über das, was wir herausgefunden haben. Die Einzelheiten habe ich zwar ausgelassen, aber ich konnte sie nicht wirklich davon überzeugen, dass Freund Pizzetto freiwillig auf uns zugekommen sei, um uns genau das zu erzählen, was uns interessierte. Schließlich gab sie ihre Nachfragen auf und erklärte sich damit einverstanden, mich zum Haus der Carapellis zu begleiten.
Sie holte mich in ihrem Mercedes ab, der Gemahl am Steuer. Signora Carapelli empfing uns um 9.30 h, ein wenig überrascht über unseren Besuch. Guarnieri ist nicht zur Arbeit erschienen. Er rief heute Morgen an und sagte, dass eine Verwandte von ihm im Krankenhaus von Barletta im Sterben läge und dass er schleunigst dorthin eilen müsse. Er wollte sich später wieder melden, um mitzuteilen, wann er zurückkäme. Ich habe es nicht für nötig befunden, das auch nur ansatzweise telefonisch zu überprüfen.
Wir ließen uns seine Adresse geben, denn er schläft nicht immer in dem Zimmer, das ihm die Carapelli zugewiesen hat. Sein Appartement ist in der Via Aldo Moro 7, im dritten Stock. Um 10.45 h hat niemand geöffnet. Das habe ich auch nicht erwartet. Ich hielt einen Einbruch für nicht angebracht, stattdessen habe ich mich ein wenig bei den Nachbarn umgehört. Einer von ihnen meinte, dass Guarnieri heute Morgen sehr früh das Haus verlassen habe.
Ich ließ mich von unserer Klientin bei ihrer Lieblingsbar am Domplatz absetzen und versprach ihr, sie auf dem Laufenden zu halten. Ich habe ihr davon abgeraten, sich ohne handfeste Beweise und allein aufgrund der Aussage von Pizzetto an die Polizei zu wenden.
Mittags habe ich etwas Leichtes gegessen, dann rief ich Hammer und Amboss an, die um 14.23 h bei mir in der Bar eintrafen.
In ihrer Begleitung stattete ich nun allen Erpressungsopfern auf Pizzettos Liste einen Besuch ab. Ich hatte ein Foto von Guarnieri dabei, das mir die Carapelli gegeben hatte.

Es liegt vor dir auf dem Tisch, direkt neben meinen Aufzeichnungen.
Sie waren alle an ihrem Arbeitsplatz. Alle erkannten sie mich wieder, allesamt waren sie bei meinem Anblick verstört, erschrocken, verzweifelt. Im Anhang findest du ihre vollständige Beschreibung.
Um 15.00 h heulte mir der Klempner in seinem Büro eins vor.
Um 15.55 h musste der Angestellte sich setzen, wenig später meldete er sich krank. Unter seiner Hose zeichnete sich ein Verband am linken Oberschenkel ab.
Um 16.30 h drohte der Kinobesitzer damit, die Polizei zu rufen. Dann winselte er um Gnade.
Um 17.30 h versuchte der Kfz-Mechaniker, mir seine Untergebenen auf den Hals zu schicken. Daraufhin musste ich Hammer und Amboss dann doch zurückhalten. Zumindest ein wenig.
Bei allen dasselbe Lied. Das Spiel ist aus, versucht, eure Haut zu retten, so gut es jetzt noch geht. Ich schlug allen eine Art Vergleich vor.
Wenn sie eine Erklärung unterzeichneten, dass sie von der Person auf dem Foto erpresst würden, dann würde ich bei den Behörden ein gutes Wort für sie einlegen. Ich habe gelogen.
Der Kfz-Mechaniker und der Angestellte haben unterschrieben.
Die Schreiben liegen direkt vor dir.
Keiner von ihnen kannte einen René, alle erkannten Guarnieri auf dem Foto wieder.
Um 19.00 h ließ ich mich von Hammer und Amboss an der gewohnten Bar absetzen. Alex und der Elefant fehlen mir, aber sie haben völlig Recht.
Trink nicht zu viel.

Ich beendete fast gleichzeitig die Lektüre der Aufzeichnungen und mein zweites Corona und stellte die leere Flasche neben die Fotografie, auf der ein jüngerer Guarnieri zu sehen war, der an einem glänzenden Jaguar lehnte. Auf der anderen Seite stand ein Männlein mit krummer Nase. Friede seiner Seele.

Ich gab dem Pinguin ein Zeichen, mir ein drittes Bier

zu bringen. Durch die perfide Operation meines Partners würde Guarnieri nun also Schwierigkeiten bekommen. Ob das Skizzo allerdings helfen würde, musste sich erst noch herausstellen.

»Ich habe schon geglaubt, du wärst eingeschlafen«, sagte der Kellner, als er mir das Fläschchen mit der obligatorischen Zitrone servierte.

»Ich schlafe nie, ich habe keine Zeit zu verschenken.«

»O du Glücklicher. Was einer wie du in der Nacht so alles anstellen kann.«

»Das überlasse ich deiner Vorstellungskraft.«

Er kehrte zu seiner Arbeit und ich zu meinen Grübeleien zurück.

Keines der Erpressungsopfer hatte also René gekannt. Und doch war ganz klar, dass er etwas mit dem Mord zu tun hatte. Ich zog das Handy aus meiner Tasche und rief Castellini an.

»Wer auch immer es sei, er möge gewarnt sein, dass ich gerade im Begriff bin, mit einem Mädchen auszugehen, das der Gipfel der Glückseligkeit ist, und dass ich es deshalb sehr eilig habe.«

»Alberto, ich bin's. Sag mal, bist du denn jetzt völlig vom Fickfieber gepackt? Du redest nur noch über Frauen.«

»Du bist es doch, der ein Problem hat, du weißt einfach das Leben nicht zu genießen. Kannst du nicht morgen noch einmal anrufen?«

»Ach, halt die Klappe.« Ich war nicht in der richtigen Stimmung. »Also, was hast du herausgefunden?«

»Ich habe alles so gemacht, wie du mir aufgetragen hast. Ich bin zu der Familie … gefahren. Germani, richtig?«

»Richtig.«

»Am Anfang wollten sie nicht mit mir sprechen, aber dank meiner allseits bekannten Überredungskünste und meiner Ausstrahlung …«

»Mach mal einen Punkt …«

»… konnte ich sie davon überzeugen, dass es nur zum Besten des Jungen wäre. Nun, kurz gesagt, er ist verschwunden und hat nichts mehr von sich hören lassen. Er arbeitete in einem Hotel und ist ohne eine Erklärung abgehauen. Er hat sich seitdem nicht mehr gemeldet. Sie haben ihn bei der Polizei als vermisst gemeldet, aber er ist ja volljährig, und so hat man dort weiter nichts unternommen. Und bevor du fragst, nein, meiner Meinung nach haben sie nicht gelogen. Sie machen sich wirklich Sorgen.«

»Was kannst du mir noch über ihn erzählen?«

»Seine Eltern waren recht zugeknöpft. Er muss wohl schon mal ein wenig mit dem Gesetz in Konflikt geraten sein.«

»Inwiefern?«

»Das haben sie nicht gesagt, allerdings haben sie betont, dass es nur Kleinigkeiten waren, Dumme-Jungen-Streiche. Und hinter Gitter ist er wohl nicht gewandert. Die Familie ist arm und René versuchte nur, sich ein bisschen was dazuzuverdienen. Du hättest sehen sollen, wie die hausen – zu sechst in zwei Zimmern. Der Papa ständig voll und die Mama verbraucht.«

»Was kannst du mir über seine Freundin sagen?«

»Dass sie ebenfalls verschwunden ist. Sie wohnte in Mailand, zumindest haben die Germanis das erzählt, und er ist, so oft er konnte, zu ihr gefahren. Sie wissen nicht, wo und wie man sie erreichen kann, da René nicht sehr viel mehr über sie erzählt hat, als dass es sie gab, aber da sie sich nicht mehr gemeldet hat, nehmen sie an, dass die beiden zusammen abgehauen sind.«

Alle Puzzleteilchen fügten sich fein säuberlich zusammen. Ich beglückwünschte mich zu meinem Scharfsinn. »Dieses Mädchen heißt Alice, richtig?«

»*Nein, mein Führer.* Sie heißt Evelina, für Freunde Eve. Ungefähr sechzehn und hübsch.«

»Okay, in Ordnung. Du darfst dich wieder abregen, es wird schon die sein, die ich suche, Eve hin oder her.«

»Weißt du, im Grunde genommen ist mir das auch völlig egal. Du wirst das schon selber feststellen können, denn auf dem Foto von René, das ich der Familie aus dem Kreuz geleiert habe, sind sie beide drauf. Es wurde vor zwei Monaten am Meer aufgenommen. Man kann sie gut erkennen. Ein bisschen mager, aber in ein paar Jährchen wird sie sich bestimmt gemacht haben.«

»Wenn es wirklich die ist, die ich meine, dann wird sie bloß noch bis auf die Knochen abmagern und nichts weiter. Hör zu, du musst mir das Foto schicken.«

»Uff. Ich schicke es per Eilpost und ich werde sogar so gut sein, das Porto aus eigener Tasche zu berappen, wenn ich dafür nie mehr den Laufburschen für dich spielen muss.«

Ich überlegte einen Moment. »Nein, Eilpost ist zu langsam. Ich muss es früher haben, ich habe meine Gründe.«

»Jetzt bilde dir bloß nicht ein, dass ich den Flieger nehme, um es persönlich bei dir abzuliefern.«

»Das wäre doch mal eine schöne Geste. Aber nein, das ist nicht nötig.« Ich hatte inzwischen schon den richtigen Einfall. »Du bist doch Verleger, oder?«

»Der beste am Platze, erzählt man sich das nicht überall?«

»Nein, ich kenne keine Leute, die so bescheuert wären. Also, in deinem Büro wird es doch bestimmt einen Scanner geben. Eins von diesen Dingern, mit denen man ein Foto in eine Computerdatei umwandeln kann ...«

»Ich weiß, was ein Scanner ist. Und ich kann sogar damit umgehen. Und wenn ich es dann *eingescannt* habe?«

»Dann schickst du es mir übers Internet. In meinen elektronischen Briefkasten. Hast du einen Stift zur Hand? ... Gut. Meine E-Mail-Adresse ist: Gorilla Klammeraffe iol Punkt it. Angekommen?«

Ich hörte ihn wühlen. »So ein Aufwand! Aber sei's drum, ich werd morgen alles erledigen, versprochen.«

»Alberto, dann könntest du es mir genauso gut per Post schicken. Nein, du musst es sofort losschicken.«

»Sag mal, spinnst du? Ich weiß nicht, ob du mich eben nicht richtig verstanden hast: Auf mich wartet eine Supermöse!«, polterte er los.

»Dann muss sie eben warten. Frauen lieben doch dominante und rücksichtslose Macho-Typen. Bist du jetzt im Büro?«

»Ja, aber ...«

»Dann vergeudest du nur deine Zeit, wenn du hier weiter rumdiskutierst, anstatt es einfach zu machen. Als Dankeschön schicke ich dir auch ein Päckchen Pariser mit Erdbeergeschmack.«

Er gab sich geschlagen. »Du weißt hoffentlich, dass du ein Arschloch bist?«

»Ich habe viel geübt. Jetzt sei schön brav und vielen Dank. Ciao ciao.«

Wir legten auf und ich trank mein Bier aus. Mittlerweile war es dunkel draußen; ich betrachtete ein paar Minuten die Dom-Illumination und dachte darüber nach, wohin ich jetzt am besten gehen könnte, um mir das Foto anzuschauen. Da sowohl mein Zuhause als auch Alex, der Elefant und Vale ausfielen, blieb nur noch Silvia übrig als einzige Person, die über einen Computer mit Internet-Anschluss verfügte.

Ich wollte später am Abend bei ihr vorbeischauen, aber vorher musste ich noch jemand anderen treffen. Es war schon etwas her, dass ich Patty, die Guru-Frau der Punkabbestia und Abgesandte meiner ehemaligen Klienten, getroffen hatte und jetzt war es an der Zeit, mal wieder ein kleines Schwätzchen mit ihr zu halten.

Es dauerte eine Ewigkeit, bis ich sie in der Via Monteverdi endlich ans Telefon bekam: Alle, die vorher an den Hörer kamen, lachten sich halb tot bei der Vorstellung, dass jemand einen Onkel Pippo haben könnte.

»Wer ist da?«, fragte sie mich mit Transusen-Stimme.

»Ich bin's, Onkel Pippo. Wenn du betrunken bist, dann rufe ich später noch mal an.«

»Nee, betrunken, soo'n Quatsch«, zischte sie mich lang gezogen an. »Ich bin eben erst aufgewacht.«

»Herzlichen Glückwunsch. Ich muss dich sehen. Mach dich schön und warte auf mich bei …«, ich nannte eine Bar bei ihr um die Ecke. »Und mach hin, ich setze mich sofort in Bewegung, trödel also nicht rum.«

»Was heißt hier schön machen? Was bildest du dir ein, verflucht …«

Ich unterbrach das Gespräch.

Patty erwartete mich an der Tür des Lokals, mit wilder Mähne und einem grimmigen Gesicht. Für diesen Anlass hatte sie ein Hundehalsband angelegt, so ein stachelbewehrtes Teil für Dobermänner.

»Warum hast du dich nicht schon hineingesetzt und dich auf meine Kosten voll laufen lassen?«, fragte ich sie ehrlich überrascht.

»Weil der Typ an der Theke ein Arschloch ist. Er sagt, dass ich störe.«

»Wie mag er nur darauf gekommen sein? Schon gut, reg dich nicht auf, wir gehen zusammen rein.«

Wir setzten uns an den ersten freien Tisch. Sofort baute sich ein Kellner vor uns auf.

»Ja was soll das denn hier werden? Los, sofort raus hier. Marsch marsch!«

Er packte mich an der Schulter und versuchte, mich hochzuziehen. Ich ergriff seine Hand, drehte ihm das Gelenk nach hinten und drückte meine Daumen kräftig in seinen Handrücken. Der Kellner jaulte auf und knickte ein, bis er auf meiner Augenhöhe war.

»Hör zu, Bruder: Ich mag es überhaupt nicht, wenn man mich anfasst. Versuch es mal damit, etwas höflicher zu deinen Gästen zu sein, in Ordnung?«

Der Kellner nickte, der Schweiß stand ihm auf der Stirn. Diese kleinen Knochen in der Mittelhand können höllisch wehtun. »Ich wollte Sie nicht beleidigen«, schnaufte er.

»Sehr gut. Dann kannst du ja jetzt unsere Bestellung aufnehmen. Erinnere dich bitte daran, dass das hier ein öffentliches Lokal ist und dass du alle bedienen musst. Auch wenn sie ein Halsband tragen, wie meine Freundin hier.« Ich ließ ihn los, woraufhin er zurückschnellte und seine Hand massierte.

»Also?«, knurrte ich.

»Was … darf's … denn … sein?«, spuckte er unwillig hervor, auf Abstand bedacht.

»Zwei Bier, Garçon. Und dass sie auch ja schön frisch sind!«

Er eilte davon.

»Was bist du doch für ein toller Hecht! Ich glaube allerdings, dass er jetzt die Bullen ruft.« Patty amüsierte sich königlich.

»Dann ist er im Unrecht und im Übrigen schaue ich doch ganz respektabel aus. Und ein toller Hecht bin ich auch nicht. Ich bin nur ein besserer Rausschmeißer als er, außerdem habe ich die Schnauze gestrichen voll davon, dass jedermann meint, mich schikanieren zu können.« Ich schaute ihr in die Augen und hoffte, dass sie wirklich so nüchtern war, wie sie behauptet hatte. »Bei meinen Ermittlungen im Mordfall Alice bin ich auf jemanden gestoßen, der anscheinend etwas damit zu tun hat, aber ich kann niemanden finden, der ihn gekannt hat. Er heißt René oder Renato. Ein junger Kerl aus Rom, so um die zwanzig. Hast du ihn jemals getroffen oder hat Alice dir von ihm erzählt?«

Patty dachte eine gute Minute nach.

»Negativ«, sagte sie schließlich.

»Denk gut darüber nach, es war bestimmt einer von Alices Freunden.«

Der Kellner kam mit unseren Bieren an, knallte sie auf den Tisch und wartete darauf, dass ich sie sofort bezahlte. Was ich auch tat.

»Ich habe gut darüber nachgedacht, ich bin doch nicht blöd«, sagte Patty, als er weg war. Sie nahm einen Halbliterschluck und rülpste. »Ups, Entschuldigung. Ich kannte alle Freunde von Alix.«

»Alle? So ein Scheiß. Du konntest dich doch noch nicht einmal daran erinnern, Raffaele getroffen zu haben.«

»Ey Bruder, bist du taub oder was?« Sie legte ein Bein auf den freien Stuhl, was ihr böse Blicke von den Umsitzenden eintrug. »Ich habe gesagt: Freunde. Raffaele war ein Stück Scheiße.«

»Ach so. Na, vielleicht gehört René ja in dieselbe Kategorie.«

»Ich weiß nicht, kann sein. Alix hat mir, mein ich, nichts von ihm erzählt. Es sei denn …«

»Es sei denn was?«

»Es sei denn, das wär dieser Typ da … Einmal hat sie mir gesagt … ach, arme Alix.« Sie wirkte schlagartig traurig. »Was für ein beschissener Tod. Kannst du das glauben, man hat sie einfach umgebracht. So eine Scheiße von einer beschissenen Welt …« Ich konnte sie gerade noch stoppen, bevor sie anfing zu heulen, indem ich ihr, pattatata, die Schulter tätschelte.

»Ja, ja, schon gut, das ist wirklich eine schlimme Welt. Aber was wolltest du gerade über Alix sagen?«

»Dass sie einen netten Kerl kennen gelernt hatte, einen neuen.«

»Und wann war das?«

Sie machte eine vage Geste. »Vor ein paar Monaten. Ich kann es nicht genau sagen, aber ich habe mir sofort gedacht, dass Skizzo wohl demnächst ein Paar Hörner bekommt. Oh, also sag bloß Skizzo nichts davon, er ist so eifersüchtig.«

»Ich werd mich zurückhalten. Und danach hat sie nie mehr mit dir über ihren neuen Freund gesprochen?«

Sie rülpste erneut und schüttelte den Kopf. »Nein, ich glaube nicht. Aber du weißt ja, wenn ich sie normalerweise getroffen habe, dann war Skizzo immer bei ihr. Vielleicht wollte sie ja deshalb nicht davon anfangen.«

Was für ein Feingefühl! Da sich meine Vermutungen ziemlich bestätigt hatten, gab ich Patty ein weiteres Bier aus, ehe ich mich zu meinem nächsten Ziel aufmachte.

Silvia öffnete mir in ihrem üblichen geflickten Jogginganzug. »Ach, endlich schaust du auch einmal vorbei«, grüßte sie und führte mich ins Wohnzimmer. »Weißt du eigentlich, dass du wirklich ein Arschloch bist? Du lädst Ambra bei mir ab und lässt dann einfach nichts mehr von dir hören.« Sie schaute mich genauer an. »Irre ich mich oder hast du da ein paar Kratzer im Gesicht, die beim letzten Mal noch nicht da waren?«

»Du irrst dich nicht. Aber es sind mehr die Wunden auf der Seele, die schmerzen.« Ich streckte mich in einem kaputten Sessel aus, während Silvia sich auf den Teppich hockte.

»Mach dir keine Hoffnungen, dass ich jetzt vor Mitleid zerfließe. Möchtest du vielleicht wissen, wie es Ambra geht?«

»Sicher.«

Silvia hatte die Eltern des Mädchens ausfindig gemacht und die hatten sie dann abgeholt. Also eine Geschichte mit Happy End, wie es aussah. Ehe Silvia ihnen das Mädchen übergab, hatte sie beide einer eingehenden Prüfung unterzogen, aber sie schienen einen guten Eindruck auf sie gemacht zu haben. Ambra selbst hatte ihr bereits vorher erzählt, dass es eigentlich nichts wirklich Schreckliches gewesen war, was sie von zu Hause fortgetrieben hatte. Nur das Bedürfnis, der tödlichen Langeweile auf dem Land zu entfliehen.

Ich konnte sie gut verstehen, das hatte ich auch gemacht.

»Sie weinten wie die Schlosshunde, Papi und Mami. Unter sechs Augen habe ich den beiden noch ein paar gute Ratschläge mitgegeben, wie man mit Mädchen in der Pubertät umgehen sollte, und ich hoffe, dass sie die auch beherzigen. Wir werden auf jeden Fall noch einige Zeit in Kontakt bleiben.«

»Hast du ihnen gesagt, womit sich ihr Töchterchen die Zeit vertrieben hat?«

Sie schaute mich entrüstet an. »Wofür hältst du mich? Das ist allein Ambras Entscheidung. Ich habe sie zwar dazu ermutigt, aber manche Dinge sind schwer zu erzählen.«

»Das kann ich mir so richtig schön vorstellen … ›Also weißt du, Mama, wo ich schon mal von zu Hause weg war, bin ich gleich ein bisschen auf den Strich gegangen.‹ Aber hör mal, ich muss dich um einen Gefallen bitten.«

Sie riss die Augen auf. »Wag es ja nicht.«

»Nichts Schlimmes, ich muss nur für zehn Minuten an deinen Computer.«

Ich brauchte dann doch eine halbe Stunde. Ich bin nicht der größte Experte im Umgang mit diesen Monstern mit Zyklopenauge und so hatte ich ein wenig mit der Software zu kämpfen, ehe ich die Verbindung zu meinem Briefkasten herstellen konnte. Dort warteten noch ungefähr hundert andere Nachrichten auf mich. In letzter Zeit habe ich meine elektronischen Brieffreunde etwas vernachlässigt. Schließlich lud ich das Bild herunter, das Castellini mir geschickt hatte. Gesegnetes Internet, wie haben die Menschen nur miteinander kommuniziert, ehe es erfunden wurde?

Silvia, diese Heilige, kam mit zwei Gläsern Gin Tonic herein.

»Du hast es ja eigentlich nicht verdient, aber die Gastfreundschaft ist heilig.« Sie umarmte mich von hinten und legte ihren Kopf auf meine Schulter, um etwas sehen zu können. »Was treibst du denn Schönes?«

»Ich muss etwas anschauen, was mir einer meiner Freunde aus Rom geschickt hat. Es ist eine Fotografie. Also, eigentlich ist das das letzte Teilchen in meiner brillanten Detektivarbeit.«

»Was du nicht sagst! Ist es das?«

»Mhm. Ich versuche gerade, es mit deiner vorsintflutlichen Software auf den Schirm zu bekommen.«

»Werd nicht ausfällig. Weißt du, wie viel ein neues Programm kostet?«

Mit der Maus wählte ich zwischen verschiedenen Icons. »Ich hab noch nie eins gekauft. Warum sollte ich, wo man doch so schöne Kopien ziehen kann?«

»Weil das illegal ist.«

»Auch das noch, ist es wahr … Ah, da kommt es ja endlich.«

Auf dem Bildschirm erschienen allmählich zwei Gestalten im Badeanzug, die sich zärtlich umarmt hielten. Da links, mit der unterernährten Figur, war ein junger Kerl mit kastanienbraunen Haaren und einem verträumten Blick. Offensichtlich René. Rechts neben ihm …

Silvia schüttelte mich. »Hallo, Sandrone! Träumst du?« Dann schaute sie mir genauer ins Gesicht und wurde ernst: »Was ist passiert? Hast du einen Geist gesehen?«

Ich brachte die Worte kaum heraus. »Vielleicht, mein Schatz, vielleicht.«

Silvia war gegangen. Ein paar Freundinnen erwarteten sie zu einem Frauenabend. Sie hatte allerdings nichts dagegen, dass ich noch ein wenig blieb. Ich sollte die Schlüssel in den Briefkasten werfen, sobald ich meine Pläne ausgeführt hatte.

Die Gesichter auf dem Foto, das Castellini mir geschickt hatte, gingen mir nach und ich fühlte mich am Boden zerstört angesichts der Tatsache, dass mein schönes Gedankenpuzzle soeben wie eine Seifenblase zerplatzt war. Ich kam mir vor wie ein Schachspieler, der mitten im Turnier bemerkt, dass man die Spielregeln geändert hat. Oder feststellen muss, dass er sie nie wirklich gekannt hat.

Jetzt konnte mir nur noch ein Mensch weiterhelfen, aber das war leider auch der einzige Mensch auf der Welt, den ich genau nicht treffen konnte. Zumindest nicht in Fleisch und Blut.

Ich wusste, dass Silvia das im Haus hatte, was ich benötigte: ein Kästchen mit ›gefährlichen‹ Medikamenten, das sie im Schrank unter ihren Anziehsachen versteckt hatte. Sie ließ es nicht offen herumstehen, aus Angst, dass einer ihrer Schützlinge damit Missbrauch betreiben könnte.

Ich bat sie im Geiste um Verzeihung, begann, in ihrer Unterwäsche zu wühlen, und fand ziemlich schnell das hölzerne Kästchen, das mit einem kleinen Schloss gesichert war. Mit einem Schraubenzieher brach ich es auf. Aus den verschiedenen Fläschchen mit Schlaf- und Beruhigungsmittel wählte ich *Dormiben* aus, ein ziemlich starkes Mittel, von dem ich aber wusste, dass es meine Fähigkeit zu träumen nicht beeinträchtigen würde.

Ich überschlug kurz und entschied mich für fünf Tabletten: eine Elefantendosis, aber für meine Zwecke gerade so eben ausreichend; ich spülte sie mit einem halben Glas Wasser hinunter.

Ich legte mich auf Silvias Bett und wartete darauf, dass die Wirkung einsetzte, konzentrierte mich dabei auf meinen Atem und begann mit den Übungen, die ›luzides Träumen‹ vorbereiteten.

Ein luzider Traum ist etwas, das jedem mindestens einmal in seinem Leben widerfährt. Es ist der klassische Traum, in dem man weiß, dass man träumt, und Einfluss auf die Situation nehmen kann, in die man eingebettet ist, ohne dass man dabei aufwacht.

Mein Körper begann, sich zu entspannen.

Die Schwierigkeit liegt darin, den luziden Traum auf Kommando herbeizuführen. Man benötigt dazu schon ein gutes mentales Training und ein paar abgewandelte Yoga- oder Zen-Meditationsübungen. Es gibt Menschen, die es nie schaffen, so sehr sie sich auch bemühen, und andere können so etwas nur unter Hypnose.

Ich fühlte, wie meine Beine kribbelten.

Ich habe dafür meine ganz eigene Technik entwickelt und ich glaube, sie funktioniert bloß, weil bei mir im Kopf ein paar Schräubchen locker sind. Ich konzentriere mich beim Einschlafen auf einen Teil meines Körpers und mein Unterbewusstsein bemüht sich dann, mir diesen zu zeigen, während ich träume. Sobald ich dann begreife, dass ich eingeschlafen bin, davon aber nicht aufwache, ist der Versuch geglückt. Ich kontrolliere, was mit mir geschieht, und werde zum Regisseur eines Films voller Spezialeffekte. Ich beschloss, mich auf meine Hände zu konzentrieren, und starrte sie an, solange ich meine Augen offen halten konnte.

In meinem Kopf drehte sich alles. Meine Arme fielen an den Seiten herunter.

Vale und Alice saßen plaudernd an einem der Tischchen vor der Bar am Domplatz und schienen meine Gegenwart vergessen zu haben. An dieser Szene stimmte irgendetwas ganz und gar nicht, aber ich verstand nicht, was das war.

Ich versuchte, mich an der Unterhaltung zu beteiligen, aber ich bemerkte voller Angst, dass meine Stimme nicht zu hören war. Der Schrei einer Fliege, der Ruf einer Raupe. Die Frauen plauderten fröhlich weiter, während der Wind an ihren Nachthemden zerrte. Ich blickte auf meine Füße, sie waren nackt.

Wie peinlich, dachte ich, ich bin im Schlafanzug aus dem Haus gegangen. Wollen wir hoffen, dass es niemand bemerkt. Allerdings ließen alle Passanten hinter ihren chirurgischen Masken dumme Kommentare über mein Aussehen ab.

»Wird er wirklich wieder gesund werden?«, fragte Alice gerade.

»Ja. Sie müssen nur alles entfernen. Sie machen die Operation durchs Ohr, hinterher kann man nicht einmal mehr eine Narbe sehen«, antwortete meine Freundin.

Sie sprechen über mich, dachte ich. Ich möchte nicht, dass man mich operiert. Ich habe Angst. Noch einmal versuchte ich zu sprechen, aber jetzt spürte ich nicht einmal mehr meinen Mund.

Der Kellner schob eine Bahre voller Bierflaschen heran. Ich hoffte, dass er mich übersehen würde und wegen der anderen Kunden vergessen hätte, aber er kam direkt auf mich zu.

Er schlug das blutverschmierte Laken zurück.

»Du nimmst das Übliche, oder?«

Ich schüttelte den Kopf.

»Was denn, du möchtest nicht die übliche Tour? Sie haben schon die Spritzen vorbereitet, jetzt lass mich nicht warten. Du weißt doch, dass das keinen guten Eindruck macht. Gib mir deine kleine Hand, ich helf dir beim Hochklettern.«

Ich streckte den Arm aus. Meine Hand wirkte riesig, dick wie ein Ball. Meine Hand. Ich sollte mich an irgendetwas erinnern.

»Die kleine Hand«, wiederholte der Kellner.

Die Hand. Ich träume. Ich träume. Auf einmal konnte ich meinen Mund wieder bewegen. Ich sprach. »Ich träume. Es ist ein Alptraum. Ich bin gar nicht hier. Ich schlafe.«

Ich versuchte, meinen Körper, der im Bett schlief, zu spüren oder meine Augen zu öffnen. Die Szene verschwamm, wie im Fernsehen. Ich konzentrierte mich darauf, den Kanal zu wechseln und das Geschehen zu dirigieren.

Es war ein Traum, aber er hatte seinen eigenen Willen. Ich konnte ihn beeinflussen, aber ich konnte ihn nicht löschen. Es war, als ob ich versuchte, das Meer mit den Händen zurückzudrängen. Zunächst gehorchte es der Kraft meines Willens, dann kam es zurück, um sich so zu bewegen, wie es wollte.

»Schluss damit«, sagte ich. »Alice ist tot. Valentina ist zu Hause. Ich bin in einem Traum.«

Die zwei Frauen verloren an Bedeutung, die Passanten verblassten, der Kellner löste sich auf in einen grauen Fleck. Ich stand auf, ging zur Piazza. Wenn ich auf etwas starrte, wurden die Konturen klarer. Ich erkannte die Mauern, die Steine, das Pflaster.

Ich schritt durch die Menge, Menschen aus knisterndem Eis, und konzentrierte mich darauf, die Stimmen und die Geräusche auszublenden.

Ruhe.

»Wo bist du?«, rief ich.

›Hier.‹ Eine schwache Stimme antwortete mir, Tausende von Kilometern weit weg.

»Wo ist ›hier‹?«

›Hier.‹

Die Stimme schien von irgendwo hinter dem großen Eingangstor der Kathedrale zu kommen. Ich stemmte sie auf.

Die Kirche war ein dunkles Loch. Ich zwang sie, Formen anzunehmen. Die Bänke, die Schiffe, die Altäre.

»Ich sehe dich nicht.«

›Ich bin hier, beeil dich.‹

Ein Licht ganz hinten, hinter dem Hauptaltar. Die Fresken an den Wänden entstammten den jüngsten Horrorfilmen. Freddy Krueger, der die Madonna mit seinen Klauen gepackt hatte, Jason, der mit der Axt auf die Apostel einhieb, Hannibal Lecter, der den heiligen Sebastian mit Pfeilen beschoss.

›Hier hinten.‹

Ich ging im Schiff umher. Die Szene wurde farblos. Ein Tisch mit Stühlen. Auf einem davon ein Mann, den ich gut kannte. Er hatte mein Gesicht und meinen Körper.

Er winkte mir, dass ich mich setzen sollte.

»Hallo Partner«, begrüßte ich ihn. »Ich muss dich etwas fragen.«

Er nickte. »Ich weiß. Ich merke es sofort, wenn du mich in deine Träume hinüberziehst. Du hast gut daran getan, denn auch ich muss dir viele Dinge erzählen.«

Unsere verspiegelten Brillengläser spiegelten sich wider in alle Ewigkeit.

»Sandrone! So ein Mist! Sandrone, wach auf.«

Die Stimme dröhnte in meinen Ohren. Ich murmelte etwas.

»Sandrone! Komm zu dir!«

Ich spürte, wie jemand an mir zog. Meine Lider waren verklebt. Meine Zunge war geschwollen. Mein Hals brannte.

»Grrr.«

»Sandrone!«

Ich fühlte, wie ich aufgerichtet wurde. Ich strengte mich an und öffnete die Augen. Ich konnte nicht klar sehen. Ich schloss sie wieder. Ich bekam eine Ohrfeige. Noch eine.

»Hey!«, krächzte ich. »Aua.«

Ich öffnete erneut die Augen und versuchte, das Karussell, das um mich herum wirbelte, anzuhalten. Ein Gesicht schwebte direkt vor mir. Silvia. Ich schloss meine Augen wieder.

»Mir geht es gut«, brachte ich hervor. »Gib mir nur – eine Minute, damit ich mich sammeln kann.« Meine Zunge fühlte sich an wie Pappe.

»Steh langsam auf. Komm her. Ich helfe dir.«

Sie packte meine Beine und schwang sie über die Bettkante. Sie fühlten sich an wie Gummi. Der Rest meines Körpers auch.

Ich öffnete meine Augen wieder. Diesmal ging es besser. Die Wände standen dort, wo sie sein sollten. Ich fühlte einen Brechreiz, mein Magen zog sich zusammen, doch es kam nichts heraus. Es war nämlich schon alles herausgekommen: Mein Bauch war beschmiert mit Erbrochenem.

»Mir geht es gut«, wiederholte ich mit etwas festerer Stimme. »Nun denn. Jetzt stehe ich auf.«

Ich wäre der Länge nach hingeschlagen, wenn Silvia mich nicht festgehalten hätte.

»Jetzt geh. Nun mach schon, sei ein braver Junge. Einen Schritt, ja, noch einen.«

Ich bewegte mich ein wenig durchs Zimmer, bis ich meine Beine wieder fühlen konnte. In meinem Kopf pochten fürchterliche Schmerzen.

»Es reicht, Silvia. Mir geht es gut. Lass mich bitte sitzen.« Ich roch den Gestank des Erbrochenen.

»Gut. Setz dich hier auf den Stuhl. Jetzt rufe ich den Krankenwagen.«

»Nein. Nein. Mir geht es gut. Schau mal: Ich spreche, ich argumentiere vernünftig. Ich bin wach.« Mein Gehirn arbeitete im Schneckentempo. Hinter den Lidern konnte ich noch das Dunkel der Kirche und leuchtende Funken sehen.

Silvia fixierte mich mit einem Gesichtsausdruck, der sonst ihren Schützlingen vorbehalten war: dem professionellen Blick.

»Wie viel hast du genommen?«

»Lass mich nachdenken, … ähm … nur zwei …« Zwei hätten niemals genügt, um zu bewirken, dass mein Partner nicht wach wurde, während ich schlief, aber das sollte ich besser für mich behalten.

»Bist du sicher?«

»Ja.«

»Schlafmittel darf man doch nicht zusammen mit Alkohol einnehmen, bist du völlig übergeschnappt?«

»Ich hatte nicht viel getrunken.« Ich bemühte mich, meine Stimme beim Sprechen nicht wie die der Hexe aus ›Hänsel und Gretel‹ klingen zu lassen. Der Versuch misslang. »Los, komm, jetzt setz dich schon, du musst hier nicht die besorgte Mama spielen.«

Sie setzte sich mir gegenüber auf eine Ecke des Bettes, die wunderbarerweise vom Saft meiner Eingeweide verschont geblieben war. Oh, was für Kopfschmerzen!

»Als ich nach Hause gekommen bin, habe ich dich hier

gefunden, zusammengekrümmt und voll gekotzt. Du weißt, dass du hättest sterben können? Das ist dir doch klar, oder?«

»Es ist doch nichts passiert.« Irgendjemand spielte hinter meinen Schläfen den Sekretärinnen-Cha-cha-cha!

Sie schlug einen geduldigeren Ton an. »Sandro. Was ist denn nicht in Ordnung? Hast du Probleme mit deiner Arbeit? Herrje, ich bin doch deine Freundin.«

Ich hatte gerade ihr Bett voll gekotzt und sie hatte mich gefunden, wie ich im Schlafmittelrausch delirierte, aber ich wusste nicht, was ich ihr sagen sollte. Alles fing wieder an, sich zu drehen – ich konzentrierte mich auf einen Punkt an der Wand, damit es aufhörte.

»Silvia, Entschuldigung, aber jetzt geht es mir zu schlecht, um darüber zu reden. Bitte. Lass mich kurz duschen, dann erkläre ich dir alles. Wirklich.«

»In Ordnung. Ich gebe dir etwas zum Anziehen. Danach müssen wir allerdings reden.«

Nach der Dusche und mit einem sauberen T-Shirt fühlte ich mich schrecklich, also ging es mir besser, und ich konnte mir für Silvia eine Geschichte ausdenken, die einigermaßen glaubhaft war. Ich faselte etwas von autogenem Training unter Medikamenteneinfluss, um dem Gedächtnis auf die Sprünge zu helfen, und ähnlichen Quatsch.

Sie glaubte mir nicht, aber mein Gehirn befand sich immer noch im Streik und war nicht in der Lage gewesen, etwas mehr Einfallsreichtum zu entwickeln. Es beschränkte sich darauf, die elementarsten Körperfunktionen aufrechtzuerhalten und mir in einer verhexten Endlosschlaufe die Anweisungen zu wiederholen, die ich von meinem Partner erhalten hatte.

Er hatte jetzt das Ruder übernommen. Alle meine brillanten Schlussfolgerungen hatten sich als falsch erwiesen und ich hatte kein Fünkchen Kraft mehr, um eine Alternativstrategie zu entwickeln. Ich hatte vor meinem Partner zu Kreuze kriechen und ihn um Rat bitten müssen, ihn, der alles besser zu verstehen schien als ich. Vielleicht ließ er sich ja nicht so leicht von so banalen, menschlichen Gedanken über Gut und Böse, Richtig und Falsch ablenken. Für ihn ist alles eine Art algebraische Summe von Faktoren und er betrachtet die Welt wie durch das Vergrößerungsglas eines Insektenforschers, als wäre sie ein Insekt – voller Neugier, aber ohne Anteilnahme. Keine Träume, reine Fakten. Na denn, Sie haben das Kommando, Mister Spock. Vielleicht war es ja eine Nachwirkung des Schlafmittels, das noch in meinem Blut zirkulierte, oder vielleicht war an irgendeiner Stelle zwischen Schlaf und Wachsein etwas in mir zerbrochen, aber ich war glücklich, rein passiv den Drehbuchanweisungen folgen zu können, ohne mich zu sehr anstrengen zu müssen.

Falls ich jetzt noch irgendeinen Scheiß bauen sollte, dann müssen Sie sich schon an meinen Partner wenden, ich bin in Urlaub. Das Büro hat geschlossen. Der von Ihnen gewünschte Teilnehmer ist im Moment leider nicht erreichbar.

Um vier Uhr verließ ich Silvias Wohnung und scheuchte meine Klientin aus dem Bett. Sie, diese verfluchte Alte, schien perfekt in Form zu sein.

5

»Um Himmels willen, es ist fünf Uhr morgens«, jammerte die Contessa Carapelli auf einem Louis-XV-Stuhl in ihrem Salon. »Was soll ich Ihnen denn noch über Nicola erzählen?«

»Augusta. Jetzt stell dich nicht so an.« Seit einer Viertelstunde versuchte Rosa Gardoni ihre Freundin zur Zusammenarbeit zu bewegen, und allmählich verlor sie die Geduld. In der Zwischenzeit versuchte ich mich darauf zu konzentrieren, zu atmen, ohne umzukippen. Mir ging es immer noch grässlich. »Wir würden doch jetzt nicht hier sein, wenn es nicht wirklich wichtig wäre. Es geht um den Mord an meiner Nichte, vergiss das nicht.«

»Ich weiß, Rosa. Das tut mir so Leid. Aber ich habe damit doch gar nichts zu tun ...«

»Du nicht«, entgegnete die Greisin hart. »Aber dein Chauffeur schon. Es ist sehr wichtig, dass du auf die Fragen von Signor Dazieri antwortest. Jetzt.«

»Können wir das nicht morgen erledigen? Wenn ich nicht schlafe, dann geht es mir den ganzen nächsten Tag nicht gut.«

»Jetzt bist du doch schon wach, Augusta. Und wir müssen es wirklich unverzüglich hinter uns bringen.«

Ich hatte meine Klientin von Silvia aus angerufen und sie dann mit einem Taxi abgeholt. Ihr liebreizender Ehemann hatte Ausgang und so hatte sie niemanden, der den Wagen fuhr.

»Ich … Also gut.« Sie schnäuzte sich.

»Signora, Verzeihung, Contessa Carapelli«, setzte ich mit einer immer noch schrecklich heiseren Stimme an. Ich räusperte mich, um sie freizubekommen. Daraufhin brannte mein Hals so sehr, dass ich beschloss, es nicht weiter zu versuchen. »Erinnern Sie sich an die Nacht, als Alice von zu Hause fortgelaufen ist?«

»Wie könnte ich das vergessen. Es war furchtbar, einfach furchtbar.« Anscheinend war sie nicht in der Lage, normal zu sprechen, ohne alles überzubetonen wie eine Darstellerin in einer Daily Soap.

»Sicher. Sie sind dann nicht in Begleitung Ihres Chauffeurs nach Hause gekommen, ist das richtig?«

»Ja. Nicola ging es nicht gut. Sie hatten ihn doch zusammengeschlagen. Ich bin mit einem Taxi heimgekehrt.«

»Eigentlich hätte Nicola Sie nach Hause bringen sollen? Hatten Sie das so ausgemacht? Sind Sie da sicher?«

In dem Szenarium, das mein Partner entworfen hatte, war das ein entscheidendes Detail. Die Carapelli zögerte.

»Augusta. Jetzt ist nicht der Moment zu lügen.« Die Alte hatte sich wieder zu Wort gemeldet.

»Also … Wenn ich jetzt so darüber nachdenke, dann hatte Nicola mich für die Zeit nach Mitternacht um Ausgang gebeten. Ich sollte mit dem Taxi nach Hause fahren, falls ich länger auf dem Fest bleiben wollte. Ja, ich glaube, dass wir so verblieben waren.«

»Das haben Sie aber nicht der Polizei erzählt. Warum nicht?«

»Ich konnte mich nur schlecht erinnern …«

»Contessa, bitte! Hat Nicola Sie etwa gebeten, dass Sie lügen sollten?«

»Nein, also ich ...«
»Augusta!«
»Rosa, ach herrje, aber ich habe doch nicht gedacht, dass ich damit etwas Schlimmes tue!« Sie nagte an ihrem Taschentuch. »Nach allem, was passiert war, hatte Nicola mir gesagt, dass es so das Beste wäre. So müsste er seine Zeit nicht auf der Polizeiwache vertrödeln, um zu erzählen, wo er gewesen war. Schließlich hatte man den Mörder schon gefasst.«
Auch ein Blinder hätte bemerkt, dass Guarnieri für die Carapelli nicht nur ein einfacher Angestellter war. Sie hatte sich ganz schön in ihren stattlichen Kutscher verguckt, auch wenn sie das niemals zugegeben hätte, nicht einmal sich selbst gegenüber.
»Also hatte er Ihnen gesagt, dass er nach Mitternacht gehen würde, um seine eigenen Angelegenheiten zu erledigen?«
»Ja, ich glaube schon, ja. Er hatte gesagt, dass er einen alten Kollegen treffen wollte, aber dass er zum Schlafen nach Hause kommen würde, da wir am nächsten Tag in aller Frühe aufbrechen mussten. Ich hatte einen Termin auf einer Beauty-Farm.«
»Also ist er hierher zurückgekommen.«
»Ja, da bin ich mir sicher.«
»Um wie viel Uhr?«
»Wie soll ich das wissen?«, wurde sie schrill. »Denken Sie, dass ich kontrolliere, was mein Chauffeur macht?«
»Und wer hier im Haus könnte das wissen? Vielleicht jemand vom Personal?«, insistierte ich.
»Das weiß ich nicht, ist das wirklich so wichtig?«
»Ja.«
Nach einem kurzen Rundruf mit dem Haustelefon fand die Edelfrau ein Dienstmädchen, das sich an etwas erinnerte. Sie schlief im Zimmer über der Garage und wachte immer auf, wenn der Chauffeur das Tor zuschlug, und in jener Nacht hatte Guarnieri ganz besonders viel Krach dabei gemacht. Er war kurz nach vier heimgekommen. Das Dienstmädchen war sich da sicher, weil sie bereits eine Stunde später aufstehen musste, um irgendwelche wichtigen Aufgaben zu erledigen. Vielleicht frischen Fisch auf dem Markt kaufen oder das Tafelsilber putzen.

»Also Contessa.« Es bereitete mir immer noch Mühe, in zusammenhängenden Sätzen zu sprechen, und mein Geist befand sich immer noch auf Abwegen. »Lassen Sie uns also festhalten, dass Nicola um vier Uhr nach Hause gekommen ist, und ich habe ihn die Villa der Gardonis gegen eins verlassen sehen. Von der Villa bis hierher braucht man aber höchstens eine halbe Stunde.«

»Ich weiß nicht, was er getan hat. Ich schwöre es Ihnen.«

»Wenn ich Sie wäre, dann würde ich jetzt langsam schon mal damit anfangen, mir so meine Gedanken zu machen. Wie auch immer …« Ich wühlte in meinen Taschen – mit einem Gefühl in den Fingern, als ob sie in Boxhandschuhen steckten – und holte eine kleine Karte der Lombardei hervor. Ich breitete sie auf dem ovalen Tisch aus, unterdrückte den x-ten Aufstoßer, während die Gardoni hinter mich glitt.

»Also. In zweieinhalb Stunden hätte Nicola mit seinem Wagen hin und zurück höchstens eine Strecke von hundert Kilometern bewältigen können. Und das nur, wenn er niemals angehalten hätte, aber das bezweifle ich. Ich denke, dass er ganz im Gegenteil recht viel zu erledigen hatte.«

Die Karte war für mich ein einziger verschwommener Fleck. Ich kniff die Augen zusammen, um die Maßstabsskala zu finden, und dann zog ich mit einem Bleistift, der mir immer wieder wegrutschte, einen Kreis rund um die Villa Gardoni.

»Schauen Sie sich die Karte an, Contessa. Erkennen Sie innerhalb dieses Kreises möglicherweise irgendeinen Ort, an dem Sie Besitz haben? Bitte, schauen Sie hin.«

»Ich kann keine Karten lesen.«

Ich seufzte. »Jetzt stellen Sie sich doch nicht so an. Sehen Sie, das hier ist Mailand. Hier ist die Villa …«

Sie entschied sich jetzt doch, zur Brille zu greifen. »Ich weiß nicht. Da ist nur dieses alte Haus. Wo war es noch … ach je … hier, ungefähr hier.« Sie zeigte auf eine Stelle, die nach meiner ungefähren Schätzung knapp zwanzig Kilometer von der Villa entfernt lag.

»Was für ein Haus?«

»Es ist das ehemalige Zuhause meiner Mutter. Seit vielen Jahren lebt dort niemand mehr.«

»Und Guarnieri kennt es?«

»Ja, sicher. Wir lassen es gerade renovieren und ich habe ihn gebeten, ein Auge darauf zu haben, wie die Arbeiten vorangehen. Es ist nur ein altes Gehöft. Die Familie meiner Mutter war nicht besonders wohlhabend.«

Perfekt. »Alles klar. Da müssen wir also hin.«

»Und wann?«

»Jetzt. Eine andere Möglichkeit gibt es nicht. Sind Sie damit einverstanden, Signora Gardoni?«

Die alte Frau schaute mich fragend an, aber sie antwortete schlicht: »Wie Sie wünschen, Signor Dazieri.«

Nach wenigen Minuten war der Protest der Contessa niedergebügelt.

Die Taxifahrt zum Gehöft wurde zu einer der schlimmsten Autofahrten meines Lebens. Ich hatte das Gefühl, eine Wassermelone an meinem Hals baumeln zu haben, und in jeder Kurve spürte ich, wie sich mein Magen hob. Mir ging es so schlecht, dass ich jegliche Form zusammenhängender Gedanken aufgegeben hatte. Ich bin ein Roboter, drücken Sie bitte den richtigen Knopf. Ich kann sogar eine menschliche Stimme imitieren.

Ich wurde beinahe ohnmächtig, als ich dem Taxifahrer half, den Klapprollstuhl aus dem Kofferraum zu heben, daher überließ ich der Carapelli die verantwortungsvolle Aufgabe, ihn zu schieben.

Das Gehöft hatte einen quadratischen Grundriss: Innerhalb der Grundstücksmauern standen das Bauernhaus – ein einstöckiges Gebäude, das schon mindestens ein Jahrhundert alt war –, die Ställe, eine halbverfallene Holzscheune und ein Vorratsspeicher, allesamt eingerüstet. Im Innenhof wartete ein heruntergekommener Traktor zusammen mit einer verrosteten Egge auf bessere Zeiten. Daneben standen ein Kompressor und eine Betonmischmaschine, Säcke mit Kalk und Zement, Ziegelsteine und Sand.

Im ersten Licht des Tages begann ich mit meiner Suche, nachdem ich mir zuvor von der Herrin des Hauses die Schlüssel hatte aushändigen lassen. Ich ließ die beiden am Rande des Grundstückes stehen. Für alle Eventualitäten hatte ich dem Taxifahrer seine Taschenlampe abgekauft, wenn ich sie auch im Freien nicht brauchte.

Ich begann mit den verbliebenen Resten der Holzscheune, das Wohnhaus wollte ich mir bis zum Schluss aufheben. Dort war auf jeden Fall schon einmal nichts außer ein paar liegen gelassenen Werkzeugen, ebenso wenig im Stall, der im Inneren bereits vollständig renoviert war. Vielleicht, um daraus einen rustikalen Speisesaal zu machen, da man die Futtertröge für die Lebewesen mit vier Beinen entfernt hatte.

Ein kleiner Schuppen, der nach einem Werkzeugverschlag aussah, war mit einem Vorhängeschloss gesichert. Ich probierte alle Schlüssel aus, hatte allerdings keinen Erfolg.

No problem, mittlerweile war ich ans Schlösserknacken gewöhnt. Ich schaute mich um, fand ein Stück Gerüstrohr, das man seinem Schicksal überlassen hatte, und benutzte es als Hammer, wobei ich versuchte, mir nicht die Finger zu quetschen. Jeder Schlag hallte in meinen Schläfen nach, aber der vierte brachte den Durchbruch: Das Schloss ging entzwei.

Ich öffnete die Tür. Der Schuppen maß ungefähr vier mal vier Meter, keine Fenster, und im Schein der Taschenlampe machte ich ein paar Kisten mit verschiedenen Werkzeugen und jede Menge Staub aus. Ich sah mich ein wenig um, aber mir wäre bestimmt nichts aufgefallen, wenn nicht plötzlich etwas unter meine Schuhsohle geraten wäre. Ich versuchte zunächst vergeblich, es auf dem Zementboden abzustreifen, dann ließ ich mich ächzend auf einer Kiste nieder und tastete mit den Fingern nach dem Störenfried. In der Gummisohle meiner Nikes steckte ein kleiner Ring aus silbernem Metall. Ein kleiner zerbrochener Ohrring.

Ich verließ den Schuppen, um zu den beiden Frauen zurückzukehren, doch dann hielt ich inne, um sie aus einiger Entfernung zu beobachten. Sie stritten sich heftig und die hysterische Stimme der Carapelli drang bis zu mir herüber, auch wenn ich nichts verstehen konnte.

Rosa Gardoni saß ganz ruhig in ihrer Karre und verzog auch dann keine Miene, als die Contessa sie bei den Schultern packte und sie schüttelte. Sie beschränkte sich darauf, die lästige Frau mit einem knappen Klaps ihrer übertrieben langen Zigarettenspitze auf die Hand zu vertreiben. Ich beschloss, mich wieder zu ihnen zu gesellen, als sich die Carapelli gegen eine Mauer lehnte und losheulte.

»Geschäftliche Differenzen?«, fragte ich die zähe Alte.

Sie steckte sich ihre Waffe in den Mund und zündete sich eine weitere Zigarette an. »Ich habe die arme Contessa nur über ihren Mann aufgeklärt. Es war an der Zeit, dass ihr mal jemand die Augen öffnete.« Dann, zu ihr gewandt: »Augusta, benimm dich wie eine erwachsene Frau, wenigstens einmal in deinem Leben! Es gibt jetzt wichtigere Dinge als deinen gekränkten Stolz.«

Die menschliche Trauerweide drehte sich zu mir um. »Stimmt das, was Rosa mir da erzählt hat?«, schluchzte sie.

Ich zuckte mit den Schultern. Auch ich scherte mich einen feuchten Kehricht um ihren gekränkten Stolz. »Ich denke schon. Jetzt beruhigen Sie sich wieder, das ist Schnee von gestern.« Und zu meiner Klientin sagte ich: »Schauen Sie sich das mal an.« Ich reichte ihr den Ohrring.

Sie musterte ihn aufmerksam. »Sie meinen, er gehörte Alice?« Scharfsinnig wie immer, sie brauchte keine weiteren Erklärungen.

»Das kann ich nicht mit Sicherheit sagen, aber ich würde darauf wetten. Stecken Sie ihn ein. Wenn nötig, können wir damit einen DNA-Test oder etwas Ähnliches machen lassen. Irgendein Stück Haut wird schon hängen geblieben sein.«

Sie wickelte ihn fast ehrfürchtig in ein Taschentuch und steckte ihn in ihre Tasche.

»Aber wann soll Alice hier gewesen sein? Ich verstehe immer noch nicht.«

Ich auch nicht. Zumindest nicht alles.

»Jetzt ist es noch zu früh, darüber zu spekulieren, geben Sie mir noch ein wenig Zeit.« Ich raffte mich auf. »Jetzt schauen wir uns mal das Haus an. Bitte, Contessa, helfen Sie uns etwas.«

Der Abschluss der Bauarbeiten schien noch in weiter Ferne. Die Mauern waren abgestrahlt worden und die sichtbaren Balken hatten einen neuen Anstrich bekommen, aber Fenster und Türen fehlten noch und allenthalben standen Gerüste und Stützbalken herum. Die elektrischen Einrichtungen bestanden bislang nur aus aufgewickelten Kabelrollen und von den Sanitäranlagen existierten nur die Löcher in den Wänden.

Während die beiden lieben Freundinnen im Atrium auf mich warteten, stieg ich im Lichtschein der Taschenlampe die Treppen hoch. Der Zustand des oberen Stockwerks entsprach dem des Erdgeschosses, das ich gerade besichtigt hatte – leere Zimmer und Bauarbeiten. Ich stieß auf nichts von Bedeutung, aber ich nutzte die Gelegenheit, mich ein paar Minuten unbeobachtet zu setzen, um wieder zu Atem zu kommen.

Mittlerweile hätten die Nachwirkungen des Schlafmittels eigentlich verflogen sein müssen, aber ich fühlte mich immer noch wie ein von einem Hund ausgelutschter Hausschuh. Ich konnte mich an keinen Rausch erinnern, nach dem ich mich so erbärmlich gefühlt hätte.

Ich raffte mich auf und kehrte ins Untergeschoss zurück, wo sich die Gardoni mit finsterem Gesicht nun doch dazu durchgerungen hatte, die arme Witwe zu trösten, dann ging ich die Treppen zum Keller hinunter.

Ursprünglich mochte es einmal ein Vorratskeller gewesen sein, jetzt hatte man daraus eine Art Taverne von hundert Quadratmetern gemacht. Sie war so gut wie fertig mit einem komplett neuen Fußboden aus Terracotta-Fliesen. Warum nur bauen sich die Leute, die von einem modernen Haus träumen, keines in der Stadt?

Ich fand nichts Interessantes und begriff, dass ich in einer Sackgasse steckte. Was konnte ich jetzt noch tun? Die Anweisungen meines Partners waren präzise gewesen, aber hier endeten sie.

»Statte der Carapelli einen Besuch ab,« hatte er gesagt. »Versuch herauszubekommen, wann Guarnieri zurückgekommen ist, und berechne eine mögliche Fahrtroute. Studier dann die Karte. Sollte sich an Guarnieris Strecke irgendein interessantes Gebäude befinden, dann begib dich dorthin. Und schau dich um.«

Das hatte ich gemacht und mein Partner hatte in jeder Hinsicht Recht gehabt. Und nun?

Ich stieg wieder nach oben und zermarterte mein Hirn wegen der nächsten Schritte.

»Signora Contessa, wer ist in letzter Zeit noch hergekommen, außer Guarnieri?«, fragte ich, als ich wieder zu den beiden Nornen stieß.

Die Carapelli versuchte nachzudenken. »Ich weiß es nicht. Ich komme selten hierher. Ich schickte immer Nic… Nicola …«, bei diesem Wort brach ihr die Stimme, aber Gott sei Dank verzichtete sie darauf, wieder loszuheulen, »… um alles zu beaufsichtigen. Ich denke, dass es nur die Arbeiter des Bauunternehmens waren.«

»Arbeiten sie immer noch?«

»Ja, sie werden bald da sein.«

Ich schaute auf die Uhr. Sechs. Die tüchtigsten Bauarbeiter aus Bergamo beginnen ihr Tagwerk so um halb acht, spätestens um acht.

»In Ordnung, dann warten wir hier auf sie.«

Die Carapelli brach über der Rückenlehne des Rollstuhls zusammen.

»Ich bitte Sie, ich kann nicht mehr. Lassen Sie mich nach Hause fahren.«

Ich schüttelte – vorsichtig – den Kopf. »Halten Sie durch, wir haben es fast geschafft. Wenn Sie wünschen, können Sie sich unter einem Baum etwas hinlegen. Ich werde mich ein Weilchen nach oben verziehen, um … nachzudenken. Bitte lassen Sie mich allein, damit ich mich konzentrieren kann.«

Ich stieg die Stufen hoch und spürte in meinem Rücken zwei verwunderte Augenpaare. Ich schloss die Tür eines kleines Badezimmers, setzte mich auf die staubige Toilette und schrieb meinem Partner ein paar kurze Notizen. Ich schloss die Augen und wartete auf den seligen Schlummer. Jetzt bist du an der Reihe, dachte ich. Komme, was da wolle, aber lass uns die Sache zu Ende bringen.

»Möchten Sie einen Kaffee?«

Ich fuhr zusammen. »Wie bitte?«

Ein unbekanntes Gesicht um die fünfzig musterte mich. Ein Maurer im Overall.

»Einen Kaffee, ich habe noch etwas in meiner Thermoskanne. Ich habe das Gefühl, dass Sie ein bisschen eingenickt sind.« Er lächelte und rieb sich den Staub von den Händen. »Wir sind ein gutes Stück vorangekommen. Wir haben bereits den ganzen Fliesenboden abgetragen und jetzt beginnen wir mit der Buddelei. Es ist so schade, wir hatten ihn eben erst gelegt. Und das kostet doch ein Heidengeld. Aber wenn die Contessa es so wünscht. Ich habe immer noch nicht verstanden, wozu das gut sein soll ...« Er schaute mich fragend an, als er meinen Gesichtsausdruck bemerkte. »Was ist, stimmt irgendetwas nicht?«

Mir wurde plötzlich bewusst, dass Stunden vergangen sein mussten. Ich war nicht mehr in dem Badezimmer, in dem ich mich niedergelassen hatte, sondern saß auf einer der Treppenstufen, die zu den oberen Stockwerken führten. Unter mir lärmten Presslufthämmer und die Stimmen der Arbeiter.

Der Maurer wartete noch auf eine Antwort.

»Nein, nein, alles in Ordnung. Ich nehme Ihren Kaffee gerne an, vielen Dank. Sie haben gesagt, dass Sie den Fliesenboden entfernen. Meinen Sie den Estrich der Taverne?«

»Aber sicher. Das haben Sie doch gesehen, oder?« Er reichte mir einen Plastikbecher voller lauwarmer Brühe.

»Sie haben Recht, entschuldigen Sie bitte. Aber ich bin noch ein wenig schläfrig.« Rissen sie jetzt das Haus nieder? Ich hoffte, dass mein Partner wusste, was er da tat. Aber ich hatte keine andere Wahl, als mich auf ihn zu verlassen.

Es war vier Uhr nachmittags, ich hatte neun Stunden geschlafen. Zum Glück fühlte ich mich jetzt wesentlich besser, auch wenn mein Kopf noch voller Watte zu sein schien. Ich kramte in meinen Taschen nach einer Notiz meines Partners, die ich dann in der Innentasche meines Trenchcoats fand. Der erste Satz lautete: *Wir kommen gut voran.* Na, immerhin.

Als er aufgewacht war, hatte er auf die Arbeiter gewartet und erfahren, dass der Fußboden vor einem Monat neu verlegt worden war. Vorher war dort nur festgestampfte Erde gewesen, auf die man eine Ladung Zement gekippt hatte, darauf waren dann die Fliesen verlegt worden. Er hatte entschieden, dass man alles herausreißen müsse, was bei der Hausherrin zu einer hysterischen Nervenkrise geführt hatte, die allerdings auf Druck unserer Klientin die Verwüstung ihres Besitzes akzeptieren musste. Die Ärmste hatte sich dann nach Hause bringen lassen, während Rosa Gardoni geblieben war und wartete.

Wie immer hatte sie nicht nach den Gründen meiner Handlungsweise oder der meines Partners gefragt. Sie hatte beschlossen, uns bis zum Beweis des Gegenteils als verlässlich einzustufen. Mein Partner schrieb:

Wenn ich Recht habe, wirst du nach Abschluss der Arbeiten die Antwort auf alles finden. Wenn ich Unrecht habe, beginnen wir wieder von vorne. Aber der Ohrring, den du gefunden hast, hat mich davon überzeugt, dass ich richtig liege. Wenn die Teilchen eines Puzzles nicht mehr passen, muss man entweder das Puzzle umtauschen oder neue Teilchen suchen.

Alles klar.

Während die Arbeiter ihr Werk verrichteten, beschloss ich, die Ermittlungen zu Ende zu bringen.Um 11.25 h habe ich Renés Eltern zu Hause angerufen. Ihre Nummer habe ich bei der Telecom erfragt habe. Ich habe mir etwas mehr über Eve erzählen lassen. Castellini hatte nur nicht genügend nachgehakt und du hast diese Spur vernachlässigt, weil du so sehr davon überzeugt warst, dass es nur einer der anderen Namen von Alice war. Den Germanis zufolge arbeitete Eve als Bedienung in einem Fitnesscenter in Mailand.

Daraufhin hatte er sich auf die Suche gemacht, um in der näheren Umgebung eine Bar zu finden, die bereits geöffnet hatte, und nach einem längeren Fußmarsch hatte er eine Osteria mit öffentlichem Fernsprecher auftreiben konnte. Er hatte dann alle Fitnesscenter angerufen, die im Telefonbuch standen. Das fünfzehnte war ein Volltreffer. Eve hatte dort gearbeitet, aber vor anderthalb Monaten gekündigt.

Eine halbe Stunde später habe ich wieder angerufen und mit verstellter Stimme nach Nicola Guarnieri gefragt. Er ist dort Stammkunde. Wie du siehst, passt alles zusammen. Ich ermahne dich noch einmal ausdrücklich, die Polizei zu benachrichtigen, bevor du zu den Gardonis fährst – und ich weiß, dass du zu ihnen fahren wirst.

Ich hatte keine Zeit mehr, darüber nachzudenken, was mein Partner damit meinte, da der Arbeiter von vorhin die Treppen heraufgelaufen kam und nach mir rief. Er machte ein betroffenes Gesicht.

»Signor Dazieri. Kommen Sie, schnell!« Ich lief hinter ihm her, drei Stufen auf einmal nehmend, während er weitersprach. »Wir haben gerade unter dem Zement gegraben, wie Sie gesagt haben. Dann ist einer meiner Männer mit der Schaufel auf etwas gestoßen. Er hat geglaubt, dass es eine große Wurzel sei, aber ...«

Wir waren im Keller angekommen. Er sah jetzt erheblich weniger nach einer Luxustaverne aus. Die Terracotta-Fliesen waren verschwunden und Zementstücke stapelten sich an den Wänden des Raumes. Die Erde unter dem Zement war an verschiedenen Stellen aufgegraben worden und an einem der Löcher hatte sich eine kleine Gruppe von aufgeregten Arbeitern versammelt, zwischen denen allein die alte Dame die Ruhe zu bewahren schien.

Ich bahnte mir meinen Weg und kniete mich am Loch nieder.

In zwanzig Zentimetern Tiefe schaute etwas hervor, das aussah wie ein Stück trockenes, von der Sonne gebleichtes Holz. Ich guckte genauer hin.

Es war eine Hand beziehungsweise das, was der ungelöschte Kalk davon übrig gelassen hatte.

»Das war es also, was Sie erwartet hatten zu finden, nicht wahr, Signor Dazieri?«, fragte mich meine Klientin.

Einen Augenblick lang konnte ich nicht sprechen. Die Teilchen glitten jetzt endlich an ihren Platz, ganz wie es mein Partner vorhergesagt hatte. Der Schock der Erkenntnis machte mich schwindlig.

»Ja, das war es«, brachte ich gerade noch so eben hervor.

»Wer ist das?«

»Ein Junge mit Namen René oder ein Mädchen namens Eve. Sie liegen beide hier unten.«

6

Der Maurer, der mir den Kaffee angeboten hatte, steuerte den klapprigen Lieferwagen in Richtung Stadt, an Bord meine Klientin und ich. Wir hatten die Ankunft der Bullen gar nicht erst abgewartet.

Vom Beifahrersitz aus wandte ich mich nach hinten, um nach der unheilvollen Alten im Laderaum zu sehen, da ich mir Sorgen machte, dass sie von der ganzen Durchrüttelei diverse Knochenbrüche davontragen würde. Das hätte ich mir auch sparen können. Sie hockte unbeeindruckt in ihrem Rollstuhl und hielt sich entschlossen am Türgriff fest.

Ich hatte mich zuvor vergeblich bemüht, sie dazu zu bewegen, doch bitte auf dem Gehöft zu bleiben. Auch mit dem Appell an ihren gesunden Menschenverstand, dass während der Exhumierung der beiden Leichen die Anwesenheit eines von uns beiden dringend erforderlich sei, hatte ich mich nicht durchsetzen können.

»Signor Dazieri«, hatte sie zu mir gesagt, als ich in den Wagen steigen wollte, »bis jetzt habe ich Ihre Anweisungen anstandslos befolgt, auch als Sie verlangten, dass der Fußboden herauszureißen sei, ohne dass Sie sich dazu herabließen, mir mitzuteilen, wonach Sie überhaupt suchten. Deshalb möchte ich Sie nun begleiten, da Sie es nun gar so eilig haben, von hier fortzukommen.«

Ich zögerte und suchte nach Ausflüchten. Es gab keine. »Ich muss zu Ihrem Sohn, Signora. Ich glaube nicht, dass Sie mitkommen sollten.«

»Ganz im Gegenteil, das ist nur ein Grund mehr. Auf diese Weise können Sie sichergehen, dass man Sie auch hineinlässt. Ich werde anrufen, um mein Kommen anzukündigen.«

»Also, wissen Sie, das wird bestimmt nicht angenehm werden.«

»In dieser Angelegenheit ist bislang überhaupt nichts angenehm gewesen.« Sie piekste mir mit ihrer Zigarettenspitze in die Brust. »Sie arbeiten für mich, das sollten Sie nicht vergessen.«

Damit war die Diskussion beendet und ich muss gestehen, dass ich mich allmählich an ihre Anwesenheit gewöhnte.

Der Maurer holperte über ein Loch, woraufhin ich fast mit dem Kopf gegen das Verdeck knallte. Er fuhr mit der maximalen Geschwindigkeit, die diese Kiste hergab, da er so schnell wie möglich wieder umkehren wollte, um ja nichts von dem Bullenballett mit Blaulicht, Sirenen und Knarren zu verpassen.

›Benachrichtige die Polizei‹, hatte mein Partner geschrieben. Das war mit Sicherheit die beste Idee, aber so oft ich mich auch bemühte, Ferollis Nummer in das Handy einzugeben, meine Finger verweigerten einfach den Dienst. Stattdessen hatte ich völlig unlogischerweise Daniele Zuccheros Nummer gewählt. Ich wusste gar nicht so genau, was ich ihm sagen wollte, und als sein Anrufbeantworter am anderen Ende ansprang, hinterließ ich eine wirre Botschaft. Umso schlimmer.

Um achtzehn Uhr wurden wir an dem Haus in der Via Tibaldi abgesetzt und der Lieferwagen fuhr mit qualmenden Reifen davon. Die Alte drückte so lange die Klingel, bis das Hausmädchen mit den Schlappen wie gewohnt öffnete.

Die beiden Eheleute warteten im Wohnzimmer. Sobald sie meines liebreizenden Gesichtes ansichtig wurden, sprangen sie von dem Sofa auf, auf dem sie gesessen hatten.

»Mama!«, rief Gardoni. »Was willst du mit diesem Menschen hier? Du hast ja keine Ahnung, mit wem du es da zu tun hast!«

Auch die Gattin war blass geworden und drückte die Zigarette, die sie gerade rauchte, wütend in einem bronzenen Aschenbecher aus, der die Form einer Meerjungfrau hatte.

»Rosa«, zischte sie, »es steht dir frei, mit diesem ekelhaften Menschen gemeinsame Sache zu machen. Aber in unserem Haus wollen wir ihn nicht mehr sehen, also schaff ihn bitte wieder von hier fort.«

Meine Klientin winkte ab, als ob sie eine lästige Fliege verscheuchen wollte. Ich bemerkte, dass sie erschöpft war, um einiges erschöpfter als ich. »Schluss jetzt mit diesem Blödsinn«, sagte sie knapp. »Signor Dazieri ist hier, um mit euch zu sprechen, und mich interessiert es sehr, zu hören, was er zu sagen hat. Daher müsst ihr ihn wohl oder übel ebenfalls anhören.«

»Mama, du kannst uns nicht dazu zwingen!«, versuchte sich der Hausherr zu wehren.

»Und ob ich das kann. Hast du die Absicht, mich aus dem Haus zu werfen? Oder möchtest du das übernehmen, Claretta?«

Ich machte dem ein Ende. »Ich glaube, dass diese Szene völlig unnötig ist. Keiner von Ihnen beiden ist in der Lage, mich gewaltsam von hier zu entfernen, deshalb denke ich, dass es für alle das Beste ist, wenn Sie mich einfach anhören.«

»Warum sollten wir?«, fragte Claretta Gardoni.

»Vielleicht, um Neuigkeiten über den Tod Ihrer Tochter zu erfahren. Möchten Sie denn nichts darüber wissen?«

»Aber ja doch«, sagte Gardoni zu seiner Frau und setzte sich wieder. »Wenn die Sache dann endlich ein Ende hat.«

»Du bist ein Blödmann«, erhielt er als Antwort. Aber auch sie nahm wieder Platz.

Ich bemühte mich zum Teakholztisch, der die Mitte des Raumes einnahm, und stützte mich dagegen, damit niemand bemerkte, dass mir vor lauter Aufregung die Knie weich geworden waren.

»Ich möchte die Sache gar nicht unnötig in die Länge ziehen, aber da hier auch meine Klientin anwesend ist, werde ich ein paar zusätzliche Erläuterungen geben, damit es keine Missverständnisse gibt.« Die drei starrten mich an. Ich gab mir einen Ruck und merkte dann beim Reden, dass in meinem Kopf bereits alles ganz klar war. »Im gesamten Mordfall Alice gab es sehr viele Dinge, die ich mir nicht erklären konnte. Vor allem den Ablauf der Ereignisse am Abend der Party: Warum war Alice auf so theatralische Weise ausgerissen, wo sie es sich doch viel einfacher hätte machen können, warum hatte sie die Pistole an sich genommen, warum nur hegte sie keinen Verdacht, dass derjenige, der sie mit dem Motorrad abholte, ein Mörder war?«

»Meine Tochter war an diesem Abend nicht Herrin ihrer Sinne! Haben Sie das immer noch nicht kapiert?«, schrie Claretta Gardoni. »Ich möchte Ihnen nicht länger zuhören!«

»Und doch werden Sie mir zuhören müssen! Ruhe jetzt!«, schrie ich daraufhin. Sie hielt den Mund und so fuhr ich in einem fast normalen Tonfall fort. »All das ergab für mich einfach keinen Sinn, ebenso wie Alices plötzliche Wesensänderung keinen Sinn ergeben hatte. Bis kurz vor ihrem Tod wollte sie nur von zu Hause ausziehen und ihr eigenes Leben zusammen mit ihren Freunden leben. Und obwohl sie sich gehen ließ und es zuließ, dass sie von vermeintlichen Freunden ausgebeutet wurde, so hat sie doch niemals Anzeichen geistiger Verwirrung erkennen lassen. Jawohl, ich habe ausgebeutet gesagt, Signora Claretta, jetzt machen Sie schon den Mund wieder zu, bitte. Ich wiederhole noch einmal, dass ich das einfach nicht begreifen konnte, und alles, was ich danach herausfand, machte die Sache nur noch komplizierter. Schließlich habe ich diese Ungereimtheiten erst einmal verdrängt. Aus einem Teil der Beweise hatte sich nämlich für mich ergeben, dass es höchstwahrscheinlich nicht Skizzo war, der auf dem Motorrad gesessen hatte, und als ich dann den Mann gefunden hatte, den ich für den wahren Mörder hielt, war meine Begeisterung darüber so groß, dass ich darüber die Details vernachlässigte. Das war mein erster Fehler. Mein Hauptverdächtiger war ein junger Kerl aus Rom namens René.«

Die beiden wurden bleich wie der Tod.

»Ich bin rein zufällig auf ihn gestoßen und alles passte. Jemand, wahrscheinlich Alice, hatte ihn von der Villa aus angerufen, er war kurz vor dem Mord spurlos verschwunden – vielleicht hatte Alice ja einen anderen Freund gehabt, ohne dass Skizzo davon wusste. Alles in allem war er der perfekte Kandidat für mich. Ich verstand zwar nicht so genau, warum er Ihre Tochter umgebracht haben sollte, aber ich nahm an, dass es mit einer Reihe von Erpressungen zu tun hatte. Seine Eltern gaben an, dass er in Mailand eine Freundin gehabt hatte, auf die Alices Personenbeschreibung passte, ein Mädchen, das sich, ganz wie ich es erwartet hatte, nach Renés Verschwinden nicht mehr gemeldet hatte. Perfekt, alles ergab einen Sinn. Dann habe ich ein Foto von ihr gesehen und musste einsehen, dass ich mich auf der ganzen Linie geirrt hatte. Renés Freundin sah Alice zwar sehr ähnlich, aber sie war es nicht. Sie trug im Gesicht keinerlei Ringe und ganz im Gegensatz zu Alice war sie blond. Es war also nicht Alice, aber ich stellte fest, dass sie mit einem ordentlichen Make-up gut und gern das Mädchen hätte sein können, das ich am Abend der Party in einem abgedunkelten Zimmer liegen gesehen hatte. Ich war Alice nie zuvor begegnet und die Fotos, die ich danach in den Zeitungen sah, waren zu alt. Ich hätte wohl auch nie gemerkt, dass man mich an der Nase herumgeführt hat.«

»Paolo«, Claretta Gardoni hatte wieder begonnen, ihren Mann mit schneidender Stimme zu bedrängen, die Anrede knallte wie ein Peitschenhieb durch den Raum, »jetzt musst du ihn aber zum Schweigen bringen. Du kannst nicht zulassen, dass er damit weitermacht.« Aber Gardoni bekam den Mund nicht auf, er rührte sich nicht einmal. Daraufhin wandte sich die Frau direkt an mich. »Sie erzählen einen Haufen Blödsinn«, schrie sie. »Dafür werde ich Sie fertig machen.«

»Ich bitte Sie, Signora, lassen Sie mich doch fortfahren. Wir sind ja schon fast am Ende angelangt. Ich erspare Ihnen meine weiteren Überlegungen und gehe direkt zu den Schlussfolgerungen über. Nehmen wir doch einmal an, wir möchten jemanden umbringen, ohne aufzufliegen. Dazu benötigt man schon ein sehr gutes Alibi, aber meistens reicht das nicht, denn schließlich ist allgemein bekannt, dass man auch Killer anheuern kann. Viel besser ist es daher, wenn man einen Sündenbock hat, am besten jemanden, an dessen Unschuld niemand auch nur einen Moment lang glauben möchte. Ein Punkabbestia bietet sich da sehr gut an, denn die kann keiner leiden. Nehmen wir also an, dass man einen Punkabbestia als Sündenbock benutzen möchte, so einen wie Skizzo zum Beispiel. Dann ist es sehr wichtig, dass das Opfer dabei gesehen wird, wie es sich zusammen mit ihm davonmacht, bevor es ermordet wird. Zufälligerweise ist Skizzo genau in der Nacht davor verschwunden und dann kommt jemand mit einem Motorrad, um Alice abzuholen. Skizzos Fingerabdrücke sind auf dem Motorrad und auf der Pistole, also war er es. Aber wenn wir unsere Vermutungen ein wenig weiterspinnen, dann können wir uns auch genauso gut vorstellen, dass Skizzo am Vorabend von jemandem gekidnappt und unter Drogen gesetzt wurde, von jemandem, der dafür sorgte, dass Skizzo seine Fingerabdrücke auf dem Motorrad und der Waffe hinterließ. Dazu bedurfte es nicht allzu viel, da Skizzo so gut wie immer betrunken war. Wenn also nicht Skizzo auf dem Motorrad gesessen hat, und genau das glaube ich, dann muss es jemand anderes gesteuert haben. Jetzt haben wir ein weiteres Problem: Wie kann man das Opfer davon überzeugen, genau im richtigen Moment vor Zeugen abzuhauen? Das ist nicht möglich. Also muss ein anderer an seiner Stelle ausreißen. Hier kommt nun Eveline ins Spiel, die für diese Gelegenheit von jemandem engagiert wurde, dem die Ähnlichkeit zwischen den beiden Mädchen aufgefallen war. Dem tatsächlichen Mörder, der Eve und René umbringen wird, sobald sie am vereinbarten Treffpunkt ankommen, um den Lohn für das zu kassieren, was die beiden armen Teufel für irgendeine Inszenierung ohne weitere Konsequenzen gehalten haben. Der die Leichen dann an einer Stelle vergräbt, die seines Wissens in wenigen Tagen unter einer dicken Schicht Zement verschwinden wird. Der Alice dann in einen Wald bringt und dort erschießt, nachdem er das Mädchen zunächst fast zehn Tage lang an irgendeinem Ort betäubt gefangen gehalten und sie dann wie ein Päckchen auf dem Hof der Carapellis zwischengelagert hatte, um sie schnell ins Auto umladen zu können. Der außerdem die Krankenschwester umbringt, da er zu Unrecht befürchtete, sie hätte sich irgendetwas zusammengereimt, nur weil ich sie besucht habe, um ihr ein paar Fragen zu stellen. Für fast alle stand fest, dass Skizzo Alice umgebracht hatte, und damit war der Fall gegessen. Nur zwei Personen konnten sich von der Inszenierung nicht täuschen lassen und das wart ihr, ihr Drecksäue. Was hattet ihr denn so Wichtiges zu verstecken, was sollte Alice meiner Klientin nicht erzählen? Was hat euch in die Arme eines Erpressers und Mörders wie Nicola Guarnieri getrieben?« Die letzten Worte musste ich herausschreien, da Claretta Gardoni aufgesprungen war und aus vollem Hals kreischte.

»Nein, nein! Nicht hier!« Ich brauchte eine Weile, ehe ich begriff, dass sie gar nicht mit mir sprach, und als ich es begriff, war es zu spät.

Ich verspürte einen Schlag im Rücken und flog längs in das Zimmer, während meine Ohren von einer lauten Explosion ganz taub geworden waren. Man hatte auf mich geschossen. Mein Mund füllte sich mit Blut und ich hatte das Gefühl zu ersticken. Aber ich spürte keine Schmerzen. Ich spürte nicht einmal meinen Körper. Ich trieb kraftlos im Wasser, ich war in den Schoß meiner Mutter zurückgekehrt.

Die Stimmen hallten wie in einer Grotte. Paolo und Claretta Gardoni schrien unverständliches Zeug – irgendwo Lärm, Schritte.

»Jetzt wird ein für alle Mal Schluss gemacht, du elendes Stück Scheiße.« Ich hörte eine Stimme über mir und zwei Männerschuhe kamen in mein Gesichtsfeld. »Was bist du doch für ein Arschloch.«

Eine weiterer Knall, aber ich wurde nicht getroffen. Ungläubig starrte ich auf das Projektil, das vor mir auf dem Boden auftraf, genau an der Stelle, an der bis gerade eben noch mein Kopf gelegen hatte. Der Marmor öffnete sich wie eine Staubblüte: wunderschön. Ich begriff, dass mein Körper in Bewegung war. Er rollte sich herum, er drehte sich, alles wie in Zeitlupe. Die Zimmerdecke, das verwirrte Gesicht von Guarnieri, der Boden, dann wieder die Decke – kurze Bildeinsprengsel blitzten vor meinen Augen auf, während ich komplett die Orientierung verloren hatte. Ich hätte gern meine Augen geschlossen und mich treiben lassen, aber ich konnte es nicht, denn ich war nicht mehr derjenige, der meinen Körper steuerte. Das war mein Partner. Er hatte die Kontrolle übernommen, als ich ins Koma fiel.

Mein Körper rollte weiter und stieß dabei gegen verschiedene Möbel. Es gab eine weitere Explosion, dann sah ich, wie mein linker Arm nach vorne griff und irgendetwas packte und davonschleuderte.

Ich erkannte den Meerjungfrau-Aschenbecher aus Bronze wieder, der nun in einem extrem langsamen goldenen Bogen auf Guarnieri zuflog, der mit gezückter Pistole vor mir stand, und ihn ins Gesicht traf. Er kippte nach hinten und im Licht der Sonnenstrahlen, die durch die halb geschlossenen Fensterläden drangen, bildete ich mir ein, sein Blut träge davonstieben zu sehen, einen funkelnden Tropfen nach dem anderen. Guarnieri stand nicht wieder auf, genauso wenig wie mein Körper. Mein Partner konnte noch mit ihm zum Sofa robben, lehnte sich dagegen und drückte dann eine Hand gegen die Rippen in dem vergeblichen Bemühen, die Wunde zu verschließen. Das Blut quoll im Rhythmus meines Herzschlags heraus, breitete sich auf meiner Kleidung aus, tropfte auf den Fußboden.

Mein Partner hob den Kopf und musterte die beiden Gardonis, die sich aneinander klammerten, in der Mitte des Raumes direkt neben dem Rollstuhl, in dem meine Klientin leblos nach hinten gesackt war. Arme alte Frau, ich hatte sie zu einem Massaker mitgenommen.

»Haben Sie immer noch nicht verstanden, dass es vorbei ist?«, hörte ich meine Stimme fragen. »Es gibt keinen Ausweg mehr, Sie können nirgendwohin.« Ich hustete und sah, wie aus meinem Mund rote Spritzer kamen. »Es bleibt Ihnen nichts mehr.«

Meine Worte schienen die zwei aus ihrer Starre zu lösen, sie liefen in den Flur Richtung Ausgang. Sie entschwanden in der Ferne, aber einen Augenblick – oder eine Ewigkeit – später begannen sie, immer lauter zu schreien, außerdem war noch ein wirres Getöse zu hören. Während meine Augen allmählich immer verschwommenere Bilder lieferten, kamen sie wieder ins Wohnzimmer zurück, rückwärts, die Hände schützend vor sich haltend, wie um eine grauenhafte Bedrohung abzuwehren.

Dann sah ich sie auch.

Sie kamen zu Dutzenden, bunt und laut. An ihrer Spitze Daniele Zucchero, dahinter dann Punks, Skinheads, Jugendliche mit Palästinenserfeudel, Großstadtrapper, Graffitikünstler. Mein letzter Telefonanruf hatte also doch etwas gebracht.

Als ich davonglitt, hörte ich, wie mein Partner murmelte: »Hab keine Angst.«

Wie lieb, sein letzter Gedanke galt mir.

Dunkle Nacht.

Während der Woche, in der ich im Koma lag, verpasste ich eine ganze Menge. Zunächst einmal den Aufmarsch der Bullen in dem Haus der Gardonis. Wie ich später erfuhr, konnten die Zeitungen nicht einmal annähernd das Tohuwabohu wiedergeben, das daraufhin zwischen den Leoncavallo-Anhängern und der von einem rasenden Ferolli angeführten Polizeitruppe entbrannte. Mein Lieblingswachtmeister hatte es einfach nicht verkraften können, dass er als Letzter am Schauplatz des Geschehens eingetroffen war, und wenn die Krankenpfleger nicht so geistesgegenwärtig gewesen wären, mich schleunigst von dort fortzuschaffen, hätte er mir wahrscheinlich den Gnadenschuss verpasst. Ich sollte mir allerdings nicht einbilden, dass Daniele die Massen eigens zu meiner Rettung mobilisiert hatte. Er hatte nur einen Demonstrationszug, der sich bereits auf dem Weg zurück ins Sozialzentrum befand, ein wenig umgeleitet.

Dann verpasste ich die Freilassung Skizzos, der das Kunststück fertig brachte, den Journalisten, die am Gefängnistor von San Vittore auf ihn warteten, vor die Füße zu kotzen.

Und zu guter letzt wie die Punkabbestia in meinen Krankenhausflur einfielen, um mich zu feiern, komplett mit Hunden und allem Drum und Dran; und in ihrem Gefolge ein Fähnlein faschistoider Survivalspezialisten, die eine Ehrenplakette für meine erwiesene Tapferkeit mitbrachten.

Glücklicherweise wachte ich erst ein paar Tage später auf, mit Schläuchen in der Nase und der Infusionskanüle im Arm.

Guarnieri hatte mich zweimal getroffen, ehe er mit einer Gehirnerschütterung darniedersank. Die Kugel in den Rücken hatte vor ihrem Austritt aus der Brust ein paar Knochen durchschlagen und die Splitter hatten sich in meine linke Lunge gebohrt. Die Ärzte hatten ganz schön ackern müssen, bis alle entfernt waren. Die zweite hatte mich im Oberschenkel getroffen und um Haaresbreite die Hauptschlagader verpasst. Von diesem Treffer hatte ich überhaupt nichts mitbekommen.

Während ich mehr im Jenseits als im Diesseits schwebte, hatte ich ein weiteres Schauspiel verpasst, nämlich Vales Auftritt als persönliche Krankenschwester, die dafür extra ihr Lager in meinem Raum aufschlug. Sie war erst dann von meiner Seite gewichen, als man erklärte, dass ich außer Lebensgefahr sei, und mir eine Glückwunschkarte dagelassen, auf der sie mir mitteilte, dass wir uns ja dann nach ihrem Urlaub wieder sehen würden. Sie war einfach nicht der Typ, der Zeit damit verplemperte, mir die Bettpfanne zu leeren, zumal sie wusste, dass ich sie trotzdem liebte. Daher war sie für eine Woche in die Tropen gefahren. Allein, wie ich hoffte.

Zum Glück waren da noch Alex und der Elefant, die mir Gesellschaft leisten konnten. Der Elefant war der Erste, der mich besuchen kam, und er brachte mir einen kleinen Fernseher mit, dessen Kosten er sich mit Stefania geteilt hatte. Von da an sollten sie noch eine ganze Menge miteinander teilen. Zwischen den beiden hatte es gefunkt und jetzt waren sie glücklich zusammen. Die Schöne und das Biest: Herzlichen Glückwunsch.

Als ich wieder sprechen konnte, ohne zu röcheln, empfing ich auch Besuch von der alten Hexe mit ihrem Nibelungenhelden. Sie hatte also doch überlebt. Guarnieri hatte sie nur mit einem kräftigen Schlag ins Gesicht betäubt, ehe er auf mich schoss. Als Erinnerung an dieses Abenteuer klebte ihr ein schönes dickes Pflaster auf der linken Wange.

»Letztendlich ging es also wieder einmal nur ums liebe Geld«, sagte ich zu ihr.

Sie nickte. »Früher oder später wäre sowieso alles herausgekommen, aber mein Sohn hoffte, dass ich diese Welt verlassen würde, ehe jemand mitbekam, dass er sich an den Finanztöpfen meiner Firma vergriffen hatte. Das Geld, das er verdiente, reichte ihm offenbar nicht, aus welchem Grunde auch immer.«

Aus dem Fernsehen hatte ich erfahren, dass jeden Tag neue Schweizer Konten aufgetaucht waren, die auf den Namen der Gardonis lauteten. »Aber Alice hatte es herausgefunden … Deshalb hatte sie Sie so dringend sprechen wollen, als Sie durch die Weltgeschichte reisten. Eine Verhaftung wäre für sie der einfachste Weg gewesen, ihre Eltern loszuwerden. Wenn Sie sie nicht angezeigt hätten, wäre sie wahrscheinlich selbst zur Steuerfahndung gegangen.«

»Ja. Vielleicht hatte Alice in ihren Unterlagen gewühlt oder irgendetwas aufgeschnappt. Meine Nichte war ja nicht auf den Kopf gefallen, auch wenn sie versucht haben, sie als verrückt hinzustelllen. Nur in einer Sache war sie etwas blauäugig, nämlich als sie diesem elenden Kerl Guarnieri vertraute.«

Ich nahm mir die Zeit, in Ruhe durchzuatmen. Ich bekam zwar Schmerzmittel, aber wenn ich etwas zu viel Luft in meine Lungen pumpte, kam es mir vor, als würde jemand mit Sandpapier darüber fahren.

»Das war ein weiterer Fehler von mir. Als Patty mir etwas von einem neuen Freund Alices erzählte, hatte ich einfach angenommen, dass es sich um René handelte«, sagte ich schließlich. »Stattdessen war es Guarnieri. Sich bei anderen Leuten lieb Kind machen, das konnte Guarnieri wirklich, das muss man ihm lassen.«

Und er konnte auch rechnen. Erst kassierte er bei Il Biondo – zurzeit flüchtig – und dessen Kunden – allesamt im Gefängnis – ab, und als er dann erfahren hatte, was Alice über ihre Eltern wusste, hatte er sofort begriffen, dass er hier den Coup seines Lebens vor sich hatte, vorausgesetzt, er würde die kleine Nervensäge für immer zum Schweigen bringen. Er hatte es sauber geplant und dann mit beachtlichem Geschick einen Zug nach dem anderen gemacht. Er war es gewesen, der die Gardonis dazu bewogen hatte, einen Sicherheitsmann zu engagieren, der als unbeteiligter Zeuge dienen sollte. Und er war ein solcher Perfektionist, dass er am Partyabend eine vergebliche Verfolgungsjagd mit Eve hinlegte, um eventuelle echte Verfolger auszuschalten.

»Dieser Hurensohn«, schloss ich meine Ausführungen.

Wir verharrten einen Moment in Schweigen. Die Alte fuhr mit einem Finger über meine Ehrenplakette, die mit Tesa befestigt über meinem Bett prangte: Ich konnte es kaum erwarten, sie endlich wegzuschmeißen.

Dann nahm sie die Konversation wieder auf, doch sie

konnte ihren Schmerz nicht verbergen. »Ich verstehe das alles nicht. Ich kann ja begreifen, dass ein Monster wie Guarnieri ein kleines Mädchen wie Alice umbringt, aber mein Sohn, ihr eigener Vater … Das ist einfach unfassbar.«

»Ja, das ist unfassbar.« Ich konnte sie nicht trösten. »Aber ich glaube nicht, dass die beiden von allein je den Mut dazu gefunden oder überhaupt daran gedacht hätten. Es war Guarnieri, der das alles ausgeheckt und durchgeführt hat, sie waren dabei nur Komplizen, ihre Mitwisserschaft sollte ihnen nur das eigene Überleben garantieren. Alice hätte sie vernichtet, vielleicht, weil sie die beiden durchschaut hatte, oder vielleicht, weil sie ihre tote Schulkameradin rächen wollte.« Ich bewegte mich im Bett, versuchte, dabei nicht meine Infusionskanüle herauszureißen. »Ihr Sohn ist ein schwacher Mensch, Signora, und Ihre Schwiegertochter hatte lange dafür gekämpft, um dorthin zu gelangen, wo sie dann war. Sie hätte das niemals aufgegeben, nicht einmal für ihre Stieftochter. Es war ein Spiel auf Leben und Tod und alle haben dabei verloren.«

Wieder machte sich Schweigen breit und ich hörte auf dem Gang das Quietschen des Wagens der Essensausgabe. Es war fast fünf Uhr, Abendbrotzeit im Krankenhaus. Was für ein Elend!

Lars machte sich das Schweigen seiner Herrin und Meisterin zunutze und beteiligte sich zum ersten Mal am Gespräch. Mich traf fast der Schlag.

»Entschuldigen Sie die Frage, Signor Dazieri, aber wenn Sie so von der Schuld Paolos und Clarettas überzeugt waren, warum haben Sie dann nicht die Polizei gerufen statt Ihrer Freunde vom Leoncavallo?«

Eine gute Frage. »Hm. Zunächst einmal hatte ich nicht den geringsten Beweis. Dann hätte ich nicht gedacht, dass Guarnieri sich ausgerechnet dorthin geflüchtet hatte, um noch etwas Geld für seine Flucht ins Ausland loszuschlagen. Ich dachte, dass ich damit allein klarkommen würde.«

»Nur deshalb?«

»Na ja …« Was sollte ich ihm sagen? Dass ich wollte, dass die Paria Mailands, auf die man so viel Scheiße ausgekippt hatte, im Gegenzug in dieser Sache das letzte

Wort haben sollten und ich so meine Genugtuung bekam? Dass ich beschlossen hatte, mich wenigstens einmal auf die richtige Seite zu stellen? Im Grunde genommen war ich mir nicht einmal selbst über die Antwort im Klaren. »Sagen wir es so, ich habe nicht allzu viel Vertrauen in die Polizei. Berufskrankheit.«

»Ich verstehe.« Sein Gesicht sagte mir genau das Gegenteil.

Die Alte fasste sich wieder. »Jetzt lassen wir Sie ausruhen. Wir werden später noch einmal wiederkommen und Ihnen etwas zu lesen mitbringen. Oder eingedenk Ihrer schlechten Angewohnheiten etwas zu trinken.« Sie gab ihrem Mann ein Zeichen, dass er sie hinausschieben möge. »Übrigens, Ferolli wartet draußen und möchte mit Ihnen reden. Ich habe ihn freundlich darum gebeten, doch noch einen Kaffee trinken zu gehen, damit ich mit Ihnen ein wenig allein sprechen konnte. Ich nehme allerdings an, dass er jetzt bestimmt sofort hereinplatzen wird. Auf Wiedersehen.«

Ferolli, o mein Gott. Dazu hatte ich keine Kraft mehr. Ich schloss die Augen und versuchte mit aller Gewalt einzuschlafen. Sollte sich doch mein Partner mit ihm herumärgern. Schließlich war er doch das Genie in der Familie, oder etwa nicht?

Erläuterungen

Argot: früher Gaunersprache, heute auch Slang sozialer Randgruppen

Alberoni, Francesco ist ein Soziologe, der wöchentlich eine populärwissenschaftliche Kolumne im *Corriere della Sera* schreibt, in der er zwischenmenschliche Beziehungen jeder Art thematisiert.

Brianzolanisch: Das ›rococò brianzolo‹ bezieht sich auf die Brianza, eine der reichsten Gegenden Italiens in der Nähe Mailands; die Stilrichtung ist am ehesten dem ›Gelsenkirchener Barock‹ vergleichbar.

Claretta: Mussolinis Geliebte hieß Claretta Pettacci.

Cazzulati, Eritreo: Comicfigur in Italien, die am ehesten mit dem Großvater des Kleinen Arschlochs zu vergleichen ist.

Diabolik ist eine italienische Filmfigur ähnlich wie Fantomas.

Gip: Abkürzung für ›Giudice per le Indagini Preliminari‹, den Untersuchungsrichter.

Koma ist das japanische Wort für ein Kinderspielzeug, einen Kreisel.

Moncada: italienisches Rittergeschlecht aus dem Mittelalter.

Papetti, Fausto ist ein italienischer Schnulzensaxophonspieler, er hat Ende der 60er Jahre und in den 70er Jahren überwiegend Soundtracks und u. a. Stücke von *Santana* mit seinem Saxophon zu Schanden geblasen.

Paragraph 180: Unterstützt von Italiens Kommunisten, aber auch von christdemokratischen Politikern, erwirkten die Anhänger des Psychiaters Franco Basaglia 1978 ein Gesetz, das die Abschaffung der großen Heilanstalten vorsah, weil verheerende Zustände herrschten. An ihre Stelle sollte eine gemeindenahe Versorgung in den Allgemeinen Krankenhäusern treten.

Sarariman: So heißen japanische Geschäftsleute. Verballhornung von *salary man*.

Treccani ist die italienische Entsprechung des Brockhaus-Lexikons.

Internationale Kriminalromane

Sandrone Dazieri: **Ein Gorilla zu viel**
Deutsche Erstausgabe, aus dem Italienischen von Barbara Neeb
ISBN 3-89425-503-X
Eigentlich sollte der ›Gorilla‹ dafür sorgen, dass die 17-jährige Tochter des Mailänder Industriellen und ihre Punkerfreunde nicht die Gartenparty der Familie stören. Aber das Mädchen verschwindet und wird am nächsten Tag ermordet aufgefunden. Die Ermittlungen führen in die Unterwelt Mailands.

Kirsten Holst: **Du sollst nicht töten!**
Deutsche Erstausgabe, aus dem Dänischen von Paul Berf
ISBN 3-89425-501-3
Drei Morde an jungen Mädchen beunruhigen Jütland. Die Polizei tappt im Dunkeln. Dann wird auch noch der Pastor auf dem Friedhof erschlagen. Ein komplizierter Fall, den die dänische Queen of Crime den LeserInnen elegant präsentiert.

Susan Kelly: **Tod im Steinkreis**
Deutsche Erstausgabe, aus dem Englischen von Inge Wehrmann
ISBN 3-89425-502-1
Roma und Hippies kommen zum Mittsommerjahrmarkt ins englische Hungerford. Als am alten Steinkreis ein 6-jähriges Mädchen mit gebrochenem Genick gefunden wird, muss Superintendent Gregory Summers gegen die Medien und den Mob kämpfen.

Felix Thijssen: **Cleopatra**
Deutsche Erstausgabe, aus dem Niederländischen von Stefanie Schäfer
ISBN 3-89425-504-8
Amsterdam: Unter dem Tennisplatz eines ehemaligen Ministers wird ein Skelett gefunden. Privatdetektiv Max Winter dringt bei seinen Ermittlungen in die arrogante Welt der Mächtigen ein, die glauben, sich alles erlauben zu können, Mord inklusive. – *Ausgezeichnet als bester niederländischer Kriminalroman 1999!*

Jacques Vettier: **In eigener Sache**
Deutsche Erstausgabe, aus dem Französischen von Christel Kauder
ISBN 3-89425-500-5
Carole Ménani, Untersuchungsrichterin in Nizza, würde zu gerne den schändlichen Überfall auf sie vergessen, aber ein Unbekannter verfolgt sie weiter. Sie stößt auf einen nicht aufgeklärten Mord, und eine Kette von rätselhaften Verbrechen begleitet ihre neuen Ermittlungen in dem alten Fall.

grafit

Krimis von Horst Eckert

Die Zwillingsfalle

ISBN 3-89425-238-3 DM 18,80

Ein sechsfacher Mord in der Sauna eines Fitnesscenters bringt nicht nur die umstrittene Sokoleiterin Ela Bach ins Schwitzen. Auch die Kommissare Köster und Zander kochen ihr eigenes Süppchen.

Finstere Seelen

ISBN 3-89425-218-9 DM 19,80

Ist der ›Kannibale‹ nach 11 Jahren wieder aktiv geworden? Gibt es einen Trittbrettfahrer? Ein komplexer Fall voller Emotionen für die Mordermittler vom KK 11.

Aufgeputscht

ISBN 3-89425-078-X DM 19,80

Marlowe-Preis 1998 der dt. Chandler-Gesellschaft
Drei Kommissare - ein Wettlauf um Karriere und Geld, drei Fälle, die zu einem einzigen verschmelzen, erzählt auf die harte amerikanische Art.

Bittere Delikatessen

ISBN 3-89425-059-3 DM 16,80

Feinkostkönig Fabian wird niedergestochen; die Bluttat ist für die Medien ein gefundenes Fressen. Kommissar Engel gerät unter Druck - getrieben von Publicitysucht, gefordert vom Chef, angefeindet von Kollegen, angezogen von einer schönen Verdächtigen.

Annas Erbe

ISBN 3-89425-053-4 DM 16,80

»Eine spannende, geheimnisumwitterte Geschichte, ... bitterböse Quasi-Enthüllungen über Filz, Korruption und Sittenpolizei, ein bißchen Liebe - und eine gekonnte Schreibe. ... ein vielversprechendes Debüt.« (Überblick)